ROSE CARLYLE

A GAROTA NO ESPELHO

TRADUÇÃO
MARCIA BLASQUES

astral
cultural

The Girl in the Mirror © 2020 Rose Carlyle
Esta edição é publicada por acordo com a Allen & Unwin Pty Ltd através da International Editors' Co.
Tradução para Língua Portuguesa © 2021 Marcia Blasques
Todos os direitos reservados à Astral Cultural e protegidos pela Lei 9.610, de 19.2.1998. É proibida a reprodução total ou parcial sem a expressa anuência da editora. Este livro foi revisado segundo o Novo Acordo Ortográfico da Língua Portuguesa.

Editora Natália Ortega
Produção editorial Esther Ferreira, Jaqueline Lopes, Renan Oliveira e Tâmizi Ribeiro
Preparação Luciana Figueiredo
Revisão Alessandra Volkert e Letícia Nakamura
Capa Paulo Caetano
Foto de capa Shutterstock Images
Foto da autora © Jane Ussher

Conteúdo sensível: Este livro contém trechos de abuso sexual que podem desencadear alguns gatilhos.

Dados Internacionais de Catalogação na Publicação (CIP)
Angélica Ilacqua CRB-8/7057

C282g
    Carlyle, Rose
      A garota no espelho / Rose Carlyle ; tradução de Marcia Blasques. — Bauru, SP : Astral Cultural, 2022.
      304 p.

    ISBN 978-65-5566-208-5
    Título original: The girl in the mirror

    1. Ficção inglesa I. Título II. Blasques, Marcia

22-1512   CDD 823

Índices para catálogo sistemático:
1. Ficção inglesa

 ASTRAL CULTURAL EDITORA LTDA.

BAURU
Avenida Duque de Caxias, 11-70
8º andar
Vila Altinópolis
CEP 17012-151
Telefone: (14) 3879-3877

SÃO PAULO
Rua Major Quedinho, 111 - Cj. 1910, 19º andar
Centro Histórico
CEP 01050-904
Telefone: (11) 3048-2900

E-mail: contato@astralcultural.com.br

Em memória do meu irmão, David Carlyle.

PRÓLOGO

Nos doze primeiros dias de nossas vidas, éramos uma só pessoa. O cérebro do nosso pai e a beleza da nossa mãe emaranhados em um único embrião abençoado, o herdeiro uno da fortuna Carmichael. No décimo terceiro dia, nós nos dividimos. Quase não deu tempo. Mais um dia, e a divisão teria sido incompleta. Summer e eu teríamos sido gêmeas siamesas, talvez compartilhando órgãos importantes, tendo que enfrentar a difícil escolha entre uma vida acorrentadas uma à outra e uma separação cirúrgica que poderia ter nos deixado mutiladas.

Do jeito que foi, nossa separação ficou imperfeita. Podemos parecer idênticas, mais do que a maioria dos gêmeos, mas como gêmeas espelhadas, somos imagens espelhadas uma da outra. As diminutas assimetrias do rosto da minha irmã — a bochecha direita mais cheia, a maçã do rosto direita mais alta — são reproduzidas na minha face do lado esquerdo. As demais pessoas não conseguem ver as diferenças, mas, quando me olho no espelho, não vejo eu mesma. Vejo Summer.

Quando tínhamos seis anos, meu pai tirou um ano sabático da Irmãos Carmichael, e nossa família foi velejar pela costa leste da Austrália até o sudeste da Ásia. Nossa cidade natal, Wakefield, é o último lugar seguro para nadar antes de entrar no território dos crocodilos, então Summer, nosso irmão caçula, Ben, e eu passamos muito do tempo que ficamos naquele cruzeiro brincando dentro do iate.

Eu amava tudo o que dizia respeito ao *Betsabeia*. Era um saveiro feito sob encomenda, o casco de alumínio elegante equipado com as melhores madeiras — deques de teca, armários de carvalho —, mas o que eu mais amava era o engenhoso espelho duplo no banheiro. O construtor tinha instalado dois espelhos em um canto de ângulo reto com tanto cuidado, que eu mal conseguia discernir o ponto de intersecção entre eles. Quando eu olhava direto para um dos espelhos, eu via Summer, como sempre. Mas quando eu olhava entre os dois, para além da junção, bem no canto, via uma imagem não reversa. Eu via meu verdadeiro eu.

— Quando eu crescer, vou ter um desses espelhos na minha casa — falei para Summer, observando a solene garota loira no espelho pronunciar as palavras ao mesmo tempo que minha voz.

Summer colocou a mãozinha no meu peito.

— Mas, Íris, achei que você gostasse de fingir que tudo estava direito, do outro lado — disse ela.

— Os espelhos não mudam o que há por dentro. — Afastei a mão dela. — Além disso, meu coração está do lado direito.

Éramos o caso mais extremo de espelhamento que os médicos já viram. Não eram só as diferenças faciais, quase indetectáveis sem um compasso de calibre. Tinham feito imagens do meu abdômen quando eu era bebê, e meu fígado, pâncreas, baço, todos os meus órgãos, estavam do lado errado do corpo. Foi como os médicos descobriram que tínhamos nos dividido tão tarde. Quando eu ficava imóvel e observava meu peito desnudo, era o lado direito que movia em uma vibração rítmica, prova de que meu coração estava no lugar errado.

Dentro de Summer, no entanto, tudo estava como devia ser. Summer era perfeita.

PARTE 1

ÍRIS

CAPÍTULO 1

O ESPELHO

Desperto na cama da minha irmã gêmea. Meu rosto está esmagado entre travesseiros fofos cobertos de algodão branco. Pareço uma criança novamente, trocando de lugar com Summer, e, mesmo assim, tudo está mudado. Somos adultas agora, e esta é a cama de Adam também.

Viro de costas e observo o quarto do casal. Tudo é exagerado e exuberante; as cores são arejadas e em tons pastel, mas o carpete é da cor de um pêssego maduro. Há algo ilícito em estar deitada ali, embora Summer e Adam estejam a milhares de quilômetros de distância, fora até mesmo da Austrália. Alguém deve ter trocado os lençóis desde que eles partiram, mas ainda consigo sentir o cheiro de Summer. Ela cheira a coisas inocentes: bronzeador, maçãs e praia.

Este quarto tem a cara de Summer, por isso é chocante lembrar que ela não escolheu estes móveis. Adam já tinha esta casa quando Summer se casou com ele, não muito tempo depois que sua primeira esposa, Helen, morreu. O quarto se parece muito com como estava no dia do casamento de Summer, no ano passado. É como se minha irmã tivesse se moldado à vida que outra mulher deixou para trás. Ela é maleável demais.

A cama superking-size está situada em uma janela tipo *bay window* com uma vista deslumbrante da praia de Wakefield. Eu me esforço para me sentar — a cama é macia demais — e me apoio na cabeceira de mogno, deixando meu rosto ser banhado pela luz do sol nascente. O turquesa do Mar de Coral se mistura com as manchas douradas do sol refletido. Eu gostaria de estar na água neste exato momento, nadando em meio àquelas cores. Há coisas que preciso deixar a água levar embora.

De onde estou, empoleirada na beira do penhasco, de um lado consigo ver o rio Wakefield, na parte norte da cidade, cortando a terra como uma ferida. Summer sempre amou o rio, embora, por ser terreno fértil para crocodilos de água salgada, não seja adequado para nadar. Ela gosta de contemplá-lo da ponte que nosso pai construiu sobre as águas — seu primeiro projeto de construção.

Do outro lado, uma praia impecável se estende de norte a sul, selvagem e aberta às ondas do oceano. No meio do caminho ao longo da praia, uma mansão de estilo falso vitoriano com um toque de bizantino destaca-se em meio às demais residências à beira-mar. É a casa na qual crescemos; pelo menos foi onde moramos até que nosso pai morreu.

Minha mãe, Annabeth, ainda deve estar dormindo no quarto extra, então esta é minha chance de xeretar as coisas de Summer. Se eu estivesse cuidando da casa, jamais me enfiaria no quarto de hóspedes, mas Annabeth se diverte em ser despretensiosa. Ela tentou me impedir de dormir aqui, quando apareci tarde da noite ontem, mas não pude resistir.

Abro caminho para levantar da cama bagunçada e esfrego o pé descalço no tapete grosso. Março ainda é alto verão em Wakefield, e enquanto caminho pelo quarto, o ar morno beija meu corpo nu. Neste mesmo horário, ontem, eu estava nas montanhas da Nova Zelândia, onde o inverno já estava congelando o ar matinal.

Uma das paredes do closet está forrada com os vestidos de Summer, um arco-íris de sedas e rendas. Fico surpresa em ver que as gavetas ainda estão cheias de lingeries, mesmo que ela e Adam planejem ficar fora do país durante um ano. As lingeries são típicas de Summer, cheias de rosas, com um estilo recatado, mais adequadas para uma pré-adolescente do que para uma mulher casada de vinte e três anos. Há um monte de peças; ela certamente não perceberia se metade desaparecesse — não que eu sonhasse em roubar aquilo. Suponho que ela não tenha conseguido fazer todas aquelas roupas caberem no iate.

O iate. *Betsabeia*. Este é o ponto central da questão. É por isso que sinto como se Summer e eu tivéssemos trocado de lugar. Porque Summer está no *Betsabeia*. E o *Betsabeia* não é meu, nunca foi meu, nunca será meu, mas sinto que devia ser. Sinto como se Summer estivesse dormindo na minha cama, no meu iate.

Summer nunca amou o *Betsabeia*, mas agora o *Betsabeia* é a sua casa. Ela e Adam compraram o iate, compraram de maneira justa do patrimônio do meu pai, e agora Summer e Adam são proprietários do barco, assim como são donos da casa na qual estou agora.

O que eu tenho? Uma conta bancária minguando, um anel de casamento que não quero mais, um punhado de móveis que deixei para trás na Nova Zelândia. Um piano que provavelmente jamais tocarei de novo. Era um instrumento fuleiro, de todo modo. Summer e Adam têm um melhor.

Pego um conjunto de calcinha e sutiã que de tão inocente chega a ser quase pornográfico. Tecido de algodão amarelo, cheira a colégio interno: tacos de hóquei e banhos gelados. O sutiã é GG, e eu uso G, mas parece que vai servir. Visto a calcinha. Quero ver como Summer fica com ela.

Enquanto fecho o sutiã, o telefone toca em algum lugar da casa. Vai acordar Annabeth. Suponho que terei de encará-la e responder às suas perguntas sobre por que estou aqui. Noite passada fingi estar muito cansada.

Mal tenho tempo para pensar antes que Annabeth venha para cima de mim.

— Ela está aqui — minha mãe anuncia para o aparelho enquanto atravessa o quarto em uma camisola desgrenhada e com o cabelo loiro meio grisalho parecendo armado. Minha mãe está naquela idade em que precisa de maquiagem e produtos capilares para alcançar a beleza que antes era natural; sua aparência não é a melhor neste momento. — Não, não, ela já estava acordada. Amei o sutiã de algodão, Íris. Summer tem um igual. — Seus olhos azuis sonolentos me encaram de modo míope. Ela sacode o telefone no meu rosto, como se eu não fosse capaz de vê-lo a menos que estivesse sob meu nariz.

Pego o aparelho e expulso Annabeth do quarto.

— Feche a porta quando sair!

Quem poderia me ligar? Quem sabe que estou na Austrália, e ainda mais na casa da minha irmã?

— Alô? — Minha voz hesita, como se eu tivesse sido pega onde não devia estar.

— Íris! Graças a Deus você está aí. — É Summer. A voz dela é entrecortada com soluços irregulares. — Você tem que me ajudar. Estamos encrencados. Você é a única que pode nos ajudar.

Não consigo me concentrar, porque fico ponderando se o comentário de Annabeth sobre o sutiã me entregou. Summer pode ser estranhamente possessiva com suas roupas. Mas minha irmã não parece ter escutado. Ela está falando alguma coisa sobre Adam, alguma coisa sobre como ela precisa de mim, como Adam precisa de mim. Adam quer que ela diga que a ideia foi dele e que está rezando para que eu aceite.

De relance, olho para o cabideiro de Adam, com camisas brancas sociais. Cada uma delas tem o formato dele, como se uma fileira de Adams invisíveis as usasse aqui no guarda-roupa comigo. As camisas são tão grandes no peito, tão compridas nas mangas. Seguro uma diante do rosto. Tem cheiro de cravo. Consigo ver Adam neste branco imaculado, a pele reluzindo de um jeito sombrio.

— O pobrezinho está com o pipi inchado e vermelho, e tem algo vazando. É horrível. O prepúcio está tão esticado. Ele está chorando o tempo todo.

O que ela está falando? Fico curiosa. Somos gêmeas, mas não temos esse tipo de relacionamento. Nunca ouvi Summer descrever o pênis de ninguém antes, muito menos o do marido. Que diabos há de errado com ele?

— A pior parte é quando ele tem uma ereção. É excruciante. Bebês têm ereções, você sabe. Não é nada sexual.

Bebês?

— Espere. Você está falando de Tarquin?

— De quem mais seria?

Silêncio.

Tarquin. A outra coisa que Summer assumiu quando Helen morreu, junto à casa de Helen e o marido de Helen. O bebê.

Summer é mãe de Tarquin agora. Adam e Summer concordaram que Tarquin merecia uma família normal, então Tarquin chama Summer de "mamãe". Ou pelo menos vai chamar, se algum dia o menino aprender a falar.

— Summer, eu sei que menininhos têm ereções. Temos um irmão caçula, sabia? Já vi essas coisas. — Summer sempre presume que não sei nada sobre crianças, explicando que precisam de banhos diários e de horários regulares para ir para a cama, ou algum detalhe igualmente fascinante, como se eu fosse uma idiota. A última coisa na qual quero pensar agora é no pipi de Tarquin, em especial se estiver vazando.

— Confie em mim, você nunca viu nada parecido com isso — afirma Summer. — Está ficando perigoso. A infecção pode se espalhar. Os médicos dizem que ele pode perder o pênis. Ele pode morrer. — A palavra sai com um soluço. — Ele precisa de cirurgia. Uma circuncisão de emergência. Não podemos voar com ele para casa. Ele vai fazer a cirurgia hoje, aqui em Phuket. Estamos no hospital internacional.

A voz de Summer é rápida e trêmula. Ela oscila na corda bamba entre a histeria descontrolada e uma enxurrada de lágrimas. Na maior parte do tempo, Summer é confiante de si e graciosa, enquanto eu sou nervosa e desajeitada, mas, quando as circunstâncias vão mal, sou aquela que a mantém em pé.

Assumo meu papel agora. Penduro a camisa de Adam de volta no cabideiro e aliso-a no lugar. Ninguém poderia dizer que foi tocada.

— Um hospital internacional é uma coisa boa — comento.

— Sim. Eles têm sido tão gentis conosco aqui.

— Isso é bom, e é bom que você tenha me ligado. — Digo "bom" como se fosse um mantra, acalmando Summer. — Claro que posso ajudar. Você ainda não contou para Annabeth?

— Não consegui... — A voz de Summer treme novamente.

— Posso contar para ela. Ela pode ir até Phuket hoje mesmo. Não me importo em tomar conta da casa por alguns dias.

Nenhuma resposta.

— Pelo tempo que você e Adam precisarem — acrescento.

— Não, não, Íris. Precisamos de você aqui, não da nossa mãe.

Minha cabeça começa a zumbir. Summer precisa de mim. Adam precisa de mim. Mas por quê? Não sou boa com bebês. Tarquin já tem pai e mãe. Os únicos que ele conhece, pelo menos. Para que vão precisar de mim?

Eu me imagino na Tailândia, nadando em torno da Marina Real de Phuket, com sua flotilha de superiates, bebendo coquetéis. Daqueles bem fortes, não os sem álcool que papai nos comprava quando éramos crianças. Certamente nem todos aqueles donos de iates milionários querem namoradas tailandesas. Alguns deles devem preferir loiras.

Mas no que estou pensando? Tarquin está doente. Parece que o pênis dele está apodrecendo. Não vai haver tempo para beber e flertar. Certamente.

— Estamos em uma situação difícil, Íris, e não podemos contar para ninguém a respeito. Só para pessoas nas quais confiamos cem por cento. — Summer faz uma pausa.

— Bem, obviamente você pode me contar — garanto.

— É claro. Só estou dizendo que você precisa manter isso em segredo. A admissão temporária do *Betsabeia* venceu e já fizemos a verificação de saída dele da Tailândia. Estávamos prontos para partir, mas as praias são bem bonitas. Pensamos que podíamos passar mais algumas semanas aqui sem que ninguém soubesse. Nunca imaginaríamos que Tarquin ficaria doente. Foi em um momento terrível. Se a alfândega descobrir que o *Betsabeia* ainda está na Tailândia, vão apreendê-lo. As pessoas aqui são adoráveis, mas há muita corrupção.

Do jeito que Summer fala, parece que corrupção é algum tipo de doença, como malária, uma condição com a qual os pobres tailandeses sofrem sem ter culpa. Mas estou curiosa demais para ouvir o restante para implicar com ela.

— Então, o que vocês querem que eu faça?

— Ah, maninha, não sei como pedir um favor tão grande assim. Adam é um bom velejador, mas nunca foi além das rotas costeiras. Você sabe como é difícil navegar em alto-mar. É um longo caminho até Seicheles, ainda mais em quinze dias, e o fim da temporada está próximo. Tudo bem que os tufões só começam em abril, mesmo assim, não podemos esperar até lá. Precisamos tirar o *Betsabeia* da Tailândia agora. E você sempre foi uma velejadora tão boa, Íris. Vamos pagar as passagens de avião, é claro, e Adam diz que você pode escolher todos os turnos que quiser.

Enquanto Summer fala, volto para o quarto e me aproximo da parede de vidro. A água reluz ao longe, batendo nas rochas desbotadas pelo sol. Não consigo acreditar nas palavras de Summer. É bom demais para ser verdade. Eu derreto através do vidro, e estou flutuando em direção ao oceano, me transformando em um alegre tom de verde-azulado.

Adam está falando ao fundo agora. Será que ele estava escutando o tempo todo?

— Diga para ela que farei os turnos da noite. — Ouço aquela voz profunda salpicada com a cadência das ilhas Seicheles. O tom fica mais baixo. Seguro o telefone mais próximo ao ouvido e fecho os olhos, lutando para escutá-lo.

— Acredite ou não, Íris gosta de velejar à noite — Summer diz. Quando fala com Adam, sua voz se torna brincalhona, suave, líquida. Não é de estranhar que eu mal consiga ficar no mesmo ambiente que minha irmã e seu marido.

Todavia parece que não terei de passar muito tempo com os dois. O plano parece ser que Summer fique em Phuket com Tarquin e sua genitália inflamada, enquanto eu deixarei para trás meu emprego fracassado, meu casamento fracassado e minha vida fracassada, e sairei velejando pelo oceano Índico no iate que amei desde a infância. E quem vai comigo? Meu cunhado, o rico, bonito e carismático Adam Romain.

Eu me imagino velejando até Seicheles, um país dos sonhos repleto de coqueiros e praias tranquilas, mas não como uma mera turista, porque meu marido é da ilha, então, de certa forma, é um retorno ao lar.

Bem, nada de marido, no meu caso. Cunhado. Mesmo assim.

— Claro que quero ajudar, mas tenho várias entrevistas de emprego agendadas. — Isso não é verdade; ainda não comecei a procurar. Estou tentando imaginar como explicar para potenciais empregadores por que larguei meu último trabalho. — E tenho um monte de contas para pagar.

Quando Summer volta a falar, sua voz é mais baixa.

— Nós cobrimos tudo — ela garante. — Passagem de avião, dívidas que você tiver de pagar, qualquer coisa de que precisar. Sinto muito por isso, Íris. Sei que as coisas andam difíceis para você com a partida de Noah. Sei que não é justo pedir isso. Se eu não estivesse desesperada. Se nós não estivéssemos desesperados...

Não é sempre que Summer precisa de algo. Em toda a nossa vida, ela sempre se contentou com o que teve, feliz com seu destino. Como se qualquer um pudesse ter o destino de Summer. Mas não suporto me prolongar nisso. Ela parece realmente feliz — e, em um instante, pode pensar em outra pessoa para ajudá-la.

— Tudo bem. Farei isso por você, maninha.

Summer grita de alegria do outro lado da linha.

* * *

Em poucos minutos, está tudo planejado. Adam encontrou um voo direto. Partirei de Wakefield agora de manhã. Tenho uma hora para aprontar as malas e contar tudo à nossa mãe antes de seguir ao aeroporto. Estarei em Phuket no fim da tarde. Estarei no *Betsabeia*.

Adam pega o telefone.

— Qual é sua data de nascimento? Ah, que estúpido eu sou, claro que já sei isso. Qual é seu nome do meio? O mesmo de Summer?

— Não tenho um nome do meio.

— Sério? Só Íris? Ok, isso é fácil. Curto e doce. Espere um segundo, queri... Íris... o site está confirmando a reserva.

Ele quase me chamou de querida? Esse pensamento tem um efeito profundo. Sinto em meu corpo. Fico corada de vergonha; eu realmente deveria tirar o sutiã de Summer.

Mas agora Adam se despede de mim. Ao fundo, Summer pergunta sobre as vacinas de Tarquin, mas Adam não sabe as respostas para os questionamentos dela. Ele sempre é tão vago que faz com que eu me pergunte como diabos consegue administrar uma agência de viagens. Summer tem de gerenciar toda a vida deles. Ele devolve o telefone para minha irmã, que me pede para enviar os registros de vacinação de Tarquin por e-mail. Então desliga.

Encontrar os registros é fácil. Summer arquivou tudo no guarda-roupa. Estou surpresa com a organização extrema dela. Sua vida está toda descrita ali; tem até uma pasta rotulada "Pratos favoritos de Adam". Quando tiro da prateleira, um manual de sexo cai no chão. O *Kama Sutra para Millennials*. Parece muito manuseado.

Eu poderia olhar aquilo o dia todo, mas preciso me mexer. Tenho de me vestir, comer alguma coisa, informar os planos para Annabeth. Minha mãe mal se acostumou com meu aparecimento súbito e vou desaparecer novamente. Ela também vai ficar louca de preocupação com o Tarquin. Ela trata o menino como se fosse seu neto de sangue.

Primeiro vou ao banheiro da suíte a fim de dar uma olhada na lingerie de algodão de boa moça de Summer. E é quando vejo. A única coisa que Summer mudou naquela casa.

Os dois painéis de espelho devem ter custado uma fortuna, e deve ter sido uma missão e tanto levá-los até ali. Devem ter sido instalados com muito cuidado. O ângulo é exato, a junção quase invisível. Melhor até mesmo do que a do iate.

Se Summer de fato quisesse um espelho duplo, aquilo não me incomodaria, não me atormentaria por dentro. Somos gêmeas; não posso culpá-la por querer as mesmas coisas que eu. Mas Summer nunca se importou com quem vê no espelho. Ela nunca se interessou na questão das "gêmeas espelhadas". Sei que ela instalou este espelho porque ficou bonito. Cabe perfeitamente no espaço e, com a porta do quarto aberta, ele reflete a parede de vidro e o oceano além.

Mesmo as coisas com as quais não se importa, Summer as consegue antes.

Eu olho para o espelho duplo na diagonal. A garota no espelho me encara de volta. Ela veste a roupa íntima amarela de Summer, mas não é Summer. A bochecha mais cheia é a esquerda, a maçã do rosto mais alta é a esquerda.

A garota no espelho sou eu.

CAPÍTULO 2

O TESTAMENTO

Houve um momento em que Summer foi filha única.

Annabeth tem uma veia boêmia, então se recusou a fazer um ultrassom durante a gravidez, embora meu pai estivesse desesperado para saber o sexo do bebê. E a barriga dela não estava muito grande. Não havia nada que indicasse a existência de dois bebês.

Então, nasceu uma menina. Minha mãe segurou a criancinha rosada e loira em seus braços e lhe deu o nome com o qual sonhara durante toda a sua vida: Summer Rose.

Foi quando perceberam que eu estava chegando. Sem dúvida, meu pai sentiu suas esperanças frustradas aumentarem novamente — uma segunda chance para ter um menino. Annabeth só esperava que não fossem gêmeas idênticas.

Ambos ficaram desapontados. Meu pai, sempre lógico, sugeriu Summer e Rose como nomes para as duas, mas Annabeth não podia abrir mão do nome com o qual já tinha abençoado minha irmã.

Mais tarde, naquele mesmo dia, alguém levou um ramalhete de íris para minha mãe, e algo naquelas flores pontiagudas e sem perfume deve ter chamado a atenção, porque foi o nome que meus pais resolveram me dar. Annabeth sempre contava essa história como se significasse algo especial, mas eu não conseguia me livrar da impressão de que ela olhou ao redor do quarto do hospital e escolheu meu nome a partir da primeira coisa que viu porque ainda queria que Summer fosse Summer Rose.

Com a mala na mão, saio correndo do quarto de Summer e Adam e desço a escada flutuante. Acertei tudo para que meu tio Colton me levasse até o aeroporto, já que a vista de Annabeth não anda boa ultimamente. Não vou deixar que ela venha comigo. Depois do telefonema de Summer, consegui escamotear a verdade, então ela está com a impressão de que o motivo pelo qual vim para a Austrália foi para poder ajudar com o *Betsabeia*. Mesmo assim, ela já fez perguntas demais sobre Noah.

O tio Colton é uma companhia mais tranquila, embora, à medida que envelhece, sua semelhança com meu pai esteja se tornando quase assustadora. Quando chego ao pé da escada, Colton está parado ao lado da minha mãe na espaçosa sala de estar branca, onde tudo é banhado pelos raios de sol graças às claraboias que Adam instalou. Ambos contemplam a grande foto emoldurada de Tarquin quando era recém-nascido na parede da sala. Tarquin está magro e doentio, com tubos de respiração no nariz, e não está no colo de sua mãe moribunda, mas de uma jovem enfermeira da ala neonatal.

Parados como estão, meu tio e minha mãe parecem ambos muito loiros e bem conservados, e não consigo evitar o pensamento feio de que Annabeth pode estar atraída por aquela reencarnação inquietante de seu marido. Por outro lado, ela provavelmente não consegue enxergar bem o bastante para apreciar a similaridade. Ela sofre de degeneração macular, assim, tudo em seu mundo é visualizado em baixa.

— Então tudo isso eram coisas da Helen? Os móveis e o piano, é claro... — tio Colton pergunta. Helen era pianista, e seu piano de cauda Steinway ainda tem lugar de destaque na sala de estar de Summer e Adam. Não combina com a decoração: é escuro e pesado, onde todo o restante é iluminado e leve.

— Imagino que ninguém toque isso? — ele acrescenta.

— Acho que Summer e Adam esperam que Tarquin aprenda um dia. — Annabeth solta um suspiro. — É engraçado que Summer tenha um piano tão bonito quando é Íris quem sabe tocar. — *Engraçado* não é bem a palavra que eu teria usado. Minha mão coça de vontade de abrir a tampa e passar meus dedos sobre aquelas teclas imaculadas, para deixar a música quente e doce encher aquele espaço arejado, mas estou atrasada.

A caminho do aeroporto, tio Colton é o chato de sempre. Fala sem parar sobre as garotas adoráveis que Francine está criando e como Virgínia está indo bem no ensino médio, mas escuto sem prestar muita atenção. Do jeito que ele fala, alguém poderia pensar que Francine era sua esposa, em vez da viúva do irmão. Uma das três esposas que meu pai deixou para trás.

Sozinha na sala de embarque, depois de me despedir do meu tio, me divirto um pouco procurando gêmeos, e encontro vários pares. A maioria das pessoas não percebe irmãos gêmeos, nem mesmo os idênticos, depois que passam da fase de usarem roupas iguais. Poucos gêmeos são tão parecidos quanto Summer e eu, então um corte de cabelo e um estilo de roupa diferente são o suficiente para fazê-los escapar do olhar do público.

Mas eu nunca deixo de notar outros gêmeos. Posso até localizar gêmeos bivitelinos, porque não é a aparência que os entrega.

Um irmão e uma irmã, jovens adolescentes, passam por mim, com os mesmos olhos profundos e tristes. Desaparecem em segundos, mas eu sei. Ela é meia cabeça mais alta, graciosa e feminina, enquanto ele ainda é um garoto magrelo, de cabelos claros. A maioria das pessoas pensaria que ela é um ou dois anos mais velha, mas isso não incomoda o garoto. Eles riem sobre isso juntos e esperam ansiosos pelo dia em que ele ficará mais alto do que ela. Consigo notar essas coisas.

O jeito como sussurram enquanto caminham — sorrindo, aproximando as cabeças — é a primeira pista, mas o que os entrega é o fato de que ele está carregando a mala dela, juntamente a dele. Que garoto adolescente carrega a mala da irmã? Um gêmeo, é claro.

Na sequência, uma família se acomoda nos bancos de frente para mim. Mãe, pai e duas meninas que possuem os mesmos traços.

Chineses continentais. Não sou boa em adivinhar a nacionalidade, mas sempre dá para perceber gêmeos chineses porque os pais têm aquele sorriso típico do "nós derrotamos a política do filho único". Esse sorriso parece durar o restante da vida deles. Se me perguntar, direi que são malucos. Tenho planejado me ater à política do filho único desde os catorze anos. Eu estaria planejando a política do nenhum filho se não fosse por certas complicações. Se não fosse pelo testamento do meu pai.

As gêmeas chinesas já começaram a recusar roupas iguais; as peças que vestem são diferentes de um jeito desafiador. Uma está de vestido, a outra, de calça jeans. Uma tem cabelo curto, embora não combine com ela.

Por mais diferentes que pareçam, no entanto, elas não sabem como parar de se comportar como gêmeas. Sua mãe pega uma lancheira e lhes entrega dois ovos cozidos — Summer também é assim, está sempre alimentando Tarquin, aparentemente apavorada com o fato de que ele possa experimentar algum dia uma pontada de fome. As gêmeas pegam os ovos por um momento. Uma delas descasca o ovo enquanto a outra espera, e depois a mesma descasca o segundo ovo. Ela abre os dois ovos e entrega as gemas para a irmã, ficando com as claras. Só então as gêmeas comem, como se respondendo a uma deixa invisível. Cada uma delas coloca na boca primeiro o conteúdo da mão esquerda, depois o da direita. E mastigam em uníssono.

Conheci gêmeos assim antes, é claro. Chloë e Zoë, minhas amigas na faculdade de Direito em Melbourne, eram esse tipo de gêmeas. Dividiam roupas, amigos, segredos. Mal podiam acreditar que eu tinha deixado minha irmã gêmea em outra cidade — Summer ficou em Wakefield e foi para a faculdade de enfermagem. Comprometer-me a quatro anos de separação da minha irmã gêmea pareceu ser ao mesmo tempo a melhor e a pior decisão da minha vida. Escapei das comparações constantes dos demais, mas minhas próprias comparações depois que saí de Wakefield eram com a Summer das redes sociais, ainda mais glamorosa do que a garota de verdade.

A garota no espelho

Tudo o que eu precisava saber para entender o relacionamento de Chloë e Zoë era que uma enviava mensagem de texto para a outra sempre que ficava menstruada. Eu prefiro não saber quando Summer está naqueles dias. Há algo nauseante no jeito como ela usa calcinha branca ou de cores pastel todos os dias do mês, como uma garota em um comercial de absorvente interno. E pensar na menstruação de Summer sempre me faz lembrar do concurso de beleza.

Houve algum momento em que Summer e eu éramos como Chloë e Zoë, ou como essas gêmeas devoradoras de ovos? Honestamente, não me lembro. Summer teria sido a gêmea que descascava o ovo e então daria as duas gemas para a irmã. Todo mundo sempre soube que ela era um doce. Era gentil com todos. Por mais idênticas que fôssemos, Summer era, de algum modo, mais bonita. Ela tinha uma beleza interna.

Se esse momento existiu, foi o último ato do meu pai que o destruiu. Desde que ele morreu, Summer e eu não somos como os outros gêmeos. Nosso pai me ensinou que não há o suficiente para dois. Há só uma vida que temos de compartilhar.

* * *

Ridgeford Carmichael, conhecido como Ridge — embora eu nunca tivesse tido coragem de chamá-lo pelo primeiro nome, como faço com Annabeth —, era o típico australiano que ganhou a vida com o próprio esforço, orgulhoso de todas as características das quais as pessoas em outros países têm vergonha: seus ancestrais sem berço, sua falta de educação, suas três esposas, cada uma mais jovem, mais loira e mais fecunda do que a anterior.

Quando eu estava crescendo, sabia que a Irmãos Carmichael era uma firma de construção, mas meu pai parecia ter outros empreendimentos em andamento, então nunca soube exatamente de onde todo o dinheiro dele vinha. Ele estava sempre envolvido em investimentos imobiliários, sempre almoçando ou jantando com políticos, sempre viajando para o exterior. Meu pai era um homem forte, com feições ásperas e bronzeadas. Embora fosse mais de uma década mais velho do que Annabeth, não parecia; ele foi extrovertido e robusto até o dia de sua morte.

Meu pai cresceu sem família. Passou a infância em um orfanato e em um lar do Estado. Tudo o que parecia saber sobre seu passado era que algum ancestral tinha sido levado para a Austrália por roubar um copo de cerveja em um pub inglês.

Talvez seja por isso que meu pai era tão dinástico. Aos vinte e dois anos, descobriu que tinha um irmão mais novo, e conseguiu a custódia de Colton, que tinha doze. Meu pai mandou Colton para o melhor colégio interno em Wakefield. Colton se tornou seu protegido, e depois seu sócio.

Meu pai adiou ter filhos até ganhar seus milhões, e, nesta época, sua primeira esposa, Margareth, era velha demais. Depois que se divorciou de Margareth, meu pai não repetiu o mesmo erro; Summer e eu fomos concebidas na lua de mel dos nossos pais. Quando Annabeth resolveu parar de ter filhos depois de engravidar do nosso irmão caçula, meu pai foi embora com Francine, que era recém-saída da escola católica. Mas eu ainda não tinha entendido a extensão de sua obsessão em povoar o mundo.

Estes são os fatos de sua vida, mas que não capturam a essência do meu pai. Talvez tudo o que eu precise dizer para descrevê-lo seja: ele não gostava de pessoas boas. Descobri isso na última vez em que eu o vi com vida.

* * *

Nossa família estava reunida na sala de jantar na grande casa em Beach Parade, no início de dezembro, pouco tempo depois que Summer e eu fizemos catorze anos. Annabeth estava contando uma história sobre um encontro com um mendigo. Mais cedo, naquele mesmo dia, ela tinha levado Summer e a mim até Billabong para escolher uma roupa de praia nova para o Natal; numerosas caixas embrulhadas em papel de presente estavam agora sob nossa árvore de Natal. A caminho do shopping, Annabeth desejou um feliz Natal para um mendigo e lhe deu uma nota de vinte. Ele, cheirando a lata de lixo, pegou o dinheiro da mão dela e seguiu direto para a loja de bebidas.

— Bem na minha frente! — Annabeth exclamou, jogando uma porção generosa de canelone de peru no prato do meu pai. Ele inclinou o prato de porcelana, inspecionando-o para ver se não tinha quebrado com o golpe da grande colher de prata.

— Então vocês estavam do lado de fora da loja de bebidas quando você deu o dinheiro para esse idiota? — meu pai perguntou.

— Estou tentando criar nossas filhas para serem pessoas boas, Ridge.

— Pessoas boas são imbecis — meu pai retrucou, antes de se virar para mim e dar uma piscadinha.

Concordei entusiasmada. Summer era a bela da nossa família — até eu sabia disso — e Ben era o único menino, o herdeiro. Mas era eu que tinha sido incluída na piada especial do meu pai.

Examinei minha mãe, meu irmão, minha irmã. Annabeth tinha dado dinheiro para um mendigo na área externa de uma loja de bebidas. Ben, aos dez anos e pequeno para sua idade, era tão sensível que meu pai tinha desistido de ensiná-lo a caçar, embora ele tivesse uma mira excelente quando treinava nas latas. E Summer, bem, Summer era Summer.

Mas eu era Íris, a gêmea inesperada, a gêmea excedente, e, com aquela piscadela, meu pai me deu um novo lugar em nossa família. Não uma pessoa boa. Não uma imbecil.

É por isso que pensei que pelo menos ganharia minha parte do dinheiro da família — não que eu esperasse que meu pai fosse morrer tão logo. Um pai comum não teria visto muita coisa em mim, não se comparada à minha irmã angelical, mas meu pai sempre pareceu apreciar meu traço de cinismo. Ridge odiava a ideia de que seu dinheiro seria perdido, e é necessário ter um belo jogo de cintura para não perder uma fortuna. Parecia que meu pai achava que eu seria adequada para a tarefa.

Annabeth e meu pai já tinham se divorciado nessa época, o que talvez desculpe em parte os pronunciamentos dele no jantar sobre a capacidade intelectual dela. Talvez seja estranho que ele ainda aparecesse para jantar às vezes, quatro anos depois de deixar minha mãe, mas ele ainda era dono da casa em Beach Parade. Mais tarde, quando fui para a faculdade de Direito, eu me perguntei como diabos meu pai conseguiu manter essa propriedade intacta durante dois divórcios. Talvez Annabeth fosse boa demais para seu próprio bem. Ou talvez os juízes tivessem medo de Ridge Carmichael, o homem que era dono de metade de Wakefield. Qualquer que fosse o motivo, quando morreu, meu pai deixou suas três esposas e seus sete filhos com o suficiente para uma vida confortável. Quanto ao grosso de sua fortuna, é aí que a situação fica interessante.

Durante os primeiros anos depois do divórcio, ficamos na casa da praia. Meu pai se mudou para a casa de sua namorada, Francine, que vivia em uma cobertura no centro de Wakefield. Francine tinha uma filha de dois anos chamada Virgínia. Presumimos que fosse filha de um relacionamento anterior de Francine.

Quando meu pai se casou com Francine, eles mudaram o sobrenome de Virgínia para Carmichael. Eu ainda não questionava quem poderia ser o pai dela, embora minha mãe devesse ter suas suspeitas. Mas Annabeth jamais diria uma palavra contra seu ex-marido. Ela agia como se tivesse tido sorte de ter sido casada com ele, mesmo sendo uma mulher muito bonita e de temperamento doce — a esposa perfeita, a combinação ideal para um homem como Ridge. A única pista que minha mãe dava quando algo a incomodava era o vigor excessivo com que ela realizava os afazeres domésticos, batendo o aspirador de pó nos móveis e jogando as almofadas de volta para seus lugares.

Mas quando Summer e eu tínhamos catorze anos, Francine deu à luz mais três bebês: Vicky, Valerie e Vera Carmichael. Como Francine, as meninas eram todas loiras demais para serem chamadas de loiras; o cabelo delas era branco. O nascimento da quarta filha desequilibrou a balança de poder. Agora havia mais delas do que de nós, e Francine começou a fazer barulho para trocarmos as casas. Descobriu-se que Ridge era dono das duas propriedades. Ninguém quer morar em um apartamento com quatro crianças, mesmo que seja uma cobertura de vários andares, com jardim e piscina no andar de cima, mas eu não sei se Francine teria tido sucesso se meu pai não tivesse morrido.

Depois do jantar naquela noite, quando dei um beijo de despedida em meu pai, implorei que ele me levasse na viagem de barco que ele planejava fazer nas férias. Desde o divórcio, ele levava Summer, Ben e a mim para a Tailândia todo verão, mas naquele ano ele ia levar Francine e as filhas deles.

— Posso ajudar a velejar, papai — falei. — Vou até ajudar com os bebês.

Meu pai riu.

— Fique aqui e ajude sua mãe — disse ele. — Impeça-a de jogar fora todo o meu dinheiro.

Duas semanas mais tarde, meu pai teve um ataque cardíaco no píer em uma praia ao sul de Phuket e foi declarado morto no local. Francine disse que seu corpo teve de ser levado de volta à costa em um autorriquixá, porque o píer antigo não era forte o bastante para suportar o peso de uma ambulância.

Francine e suas filhas estavam de volta à Austrália em dois dias. Os marinheiros que viviam em Phuket, um grupo disparatado de hippies, velhos marujos e sonhadores de todas as partes do mundo, uniu-se para ajudar a jovem viúva. Eles organizaram a repatriação do cadáver do meu pai, alimentaram e confortaram as crianças, e levaram o *Betsabeia* até a marina, içando o barco em uma vaga seca, onde ele ficou durante os nove anos seguintes, porque ninguém na família sabia o que fazer com ele.

Eu tinha conhecido aquelas pessoas, aqueles homens maltrapilhos dos mares, em nossas férias com meu pai. Ele bebia com esse grupo, mas às vezes parecia que só conversava com eles para colecionar histórias sobre sua estupidez: sua navegação amadora, suas vidas monótonas, como os comerciantes tailandeses os roubavam.

Eram pessoas boas, meu pai dizia, como se fosse a pior coisa que se podia falar sobre alguém.

E agora eu entendia. Pessoas boas são imbecis.

No funeral de meu pai, Annabeth usou seda negra, e Francine usou cetim negro. Francine, inundada de pérolas, liderou um cortejo de filhas pálidas como fantasmas usando vestidos brancos iguais, seus cabelos lisos presos por longas fita negras. Annabeth — mais alta, mas uma figura muito menos imponente — estava cercada por mim e por Summer em linho feito sob medida e por Ben em seu primeiro terno. Annabeth só tinha três filhos, mas tinha o menino. Francine era a esposa mais recente e mais jovem, mas Annabeth ainda era mais bonita. Além disso, Annabeth tinha a casa da praia. Ou era o que pensávamos.

Margareth não foi ao funeral. Acho que ela era a única esposa que sabia como meu pai era de verdade. E eu estava prestes a descobrir, antes mesmo que a cerimônia começasse.

A agência funerária ficava em uma dessas repartições públicas que visam não ofender ninguém e acabam sendo tão sem alma quanto uma estação de trem. Quando chegamos, um homem de fala suave com a pele surpreendentemente rosada puxou Annabeth de lado. Ele explicou que o caixão do meu pai seria levado até a cerimônia em uma maca com rodas. Por causa dos regulamentos de saúde e segurança.

De qualquer forma, não sei se meu pai teria conseguido reunir seis amigos leais para carregar seu caixão. Havia centenas de pessoas chegando para a cerimônia, mas não eram amigos do peito do meu pai. Fora a família, eu não conhecia ninguém. Estavam todos sorrindo e conversando uns com os outros. Ninguém estava chorando.

O homem rosado perguntou para minha mãe se algum de nós gostaria de "ver o falecido antes de fecharmos o caixão para a cerimônia". Ele gesticulou na direção de um corredor vazio, distante da sala na qual a multidão de enlutados alegres se reunia. Ele pode não ter percebido que Annabeth era a ex-esposa. Ela parecia desamparada o suficiente para ser a viúva.

— Meus filhos são jovens demais para isso — disse Annabeth e nos conduziu até nossos parentes. Os pais dela estavam em um canto com meus tios, tias e alguns primos. Eles pareciam estar com calor e com coceira, desajeitados nas roupas pretas emprestadas. Janeiro em Wakefield é uma época que castiga, e o ar-condicionado já estava mostrando sinais da idade.

Eu não queria espionar, mas precisava saber se meu pai estava realmente morto, e eu meio que queria ver o caixão sobre rodas. Foi fácil escapar dos meus avós e seguir pelo corredor. Abri o que parecia ser a porta de uma tumba e me encontrei sozinha com o cadáver do meu pai.

Ele tinha morrido nos trópicos, e acho que tinha sido embalsamado, mas havia um cheiro fraco na sala. Lembrei-me de um cachorro morto na sarjeta que tinha visto — e sentido o cheiro — quando era criança, em uma rua tailandesa lotada. Agora eu tinha certeza de que meu pai estava morto.

Mesmo assim, segui em frente até vê-lo. O grande Ridge Carmichael reduzido a um cadáver imóvel dentro de um caixão. Seu corpo parecia oco, e seu rosto exibia um tom cinzento horrível. Só seu cabelo parecia normal. Ele tinha acabado de completar sessenta anos, mas só uns fios de cabelos brancos teimavam em aparecer entre os fios.

Sessenta anos era velho para ser pai de crianças pequenas, mas era jovem para morrer.

Vasos altos, cheios de flores brancas, tinham sido colocados ao redor do caixão do meu pai, emblemas de amor. E não qualquer flor. Alguém tinha escolhido as variedades: rosas e íris.

Meus olhos se encheram de lágrimas. Alguém tinha feito aquilo em homenagem a mim e à minha irmã gêmea, as filhas mais velhas do meu pai. Nenhum de seus outros filhos tinha nomes de flores.

Enfiei o nariz no primeiro buquê de íris que encontrei e respirei fundo. Eu sabia que não tinha cheiro, mas é um hábito que tenho a vida toda de cheirar a flor que tem meu nome. Sempre quis que cheirassem tão bem quanto rosas, e acho que parte de mim acredita que a persistência deveria ser o suficiente para conseguir o que se quer neste mundo.

Enquanto eu estava cheirando as íris sem aroma, sendo recompensada só com o odor da morte, as portas se abriram atrás de mim. Olhei ao redor. Um tecido havia sido colocado sob o caixão, e alcançava o chão. Era o único lugar para me esconder. Entrei ali embaixo.

Bem na hora. Paralisei ao ouvir o som de saltos altos. Minha mãe sempre usava sapatos sem saltos. Quem seria?

A intrusa se aproximou do caixão e ficou em silêncio. Eu não conseguia respirar.

Então a porta se abriu de novo, e ouvi passos suaves.

— Francine — ouvi a voz de minha mãe. — Peço desculpas. Me falaram que Ridge estava sozinho.

Francine e Annabeth sempre tinham sido educadas uma com a outra. Educadas demais.

— Não, sou eu quem devia me desculpar — disse Francine. — Eu concordei em permitir que você tivesse este tempo, mas quando chegou a hora, não pude aguentar que colocassem essa... essa tampa sem que eu o visse mais uma vez.

— Era uma coisa pequena para se pedir — disse Annabeth. — Dez minutos sozinha com o pai dos meus filhos. Você podia ter me dado isso. Logo você que vai ter tudo o que era meu.

— O que você quer dizer com isso?

— Você acha que vai poder me dar algum tempo para fazer as malas antes de me expulsar da minha casa?

Eu estava presa contra as rodas do carrinho. O espaço não era grande o bastante para esconder meu corpo, e a ponta de um sapato estava aparecendo por debaixo do tecido. Eu o apertei com mais força, puxando o pé para o corpo com lentidão infinita. Enfiei as unhas das mãos na pele dos braços.

Francine levantou a voz, seu sotaque carregado ficou ainda mais pronunciado.

— Você não pode achar que eu sabia sobre o testamento. Claro que eu queria a casa, e não fiz segredo disso. Seus filhos estão quase crescidos agora, pelo menos as meninas. Você deve ver que é a vencedora aqui, Annabeth. Suas gêmeas estarão casadas e grávidas aos dezoito anos... uma delas, pelo menos... e então vocês ficarão com tudo. Você tirou a sorte grande. Virgínia só tem seis anos. Que esperança ela tem de derrotá-las e ficar com o dinheiro? Você pode se dar ao luxo de me dar a casa. Não é nada comparado aos milhões que estão indo até você. Cem milhões, Annabeth.

Meu corpo estremeceu, perdi o equilíbrio e caí sentada com um baque. Congelei, mas as duas mulheres não pareceram ter ouvido. Minha mãe estava falando agora, em um tom de voz que nunca ouvi antes — uma voz fria e sem expressão.

— Como você ousa? — disse ela. — Como ousa sonhar por um minuto que eu prostituiria minhas filhas por esse dinheiro! Minhas filhas merecem mais do que isso. Francine, prometo para você que Summer e Íris nunca vão ouvir falar deste testamento. Se quiser prostituir sua filha na adolescência, pode ficar com o dinheiro de Ridge, cada centavo dele. Minhas garotas vão se casar e ter filhos quando estiverem prontas, quando fizerem suas escolhas de forma livre, sem as fantasias doentias de Ridge. Nenhum neto meu vai chegar neste mundo para ganhar um prêmio nojento. Para viver os sonhos de um homem morto.

A risada aguda de Francine me fez tremer.

— Belo discurso, Annabeth. Como você parece virtuosa. Se puder guardar segredo, todo o poder ficará com você, mas segredos desta magnitude dão um jeito de serem revelados. Acho que minhas filhas merecem saber a verdade. Acredito que elas farão o melhor pela família... se suas meninas conseguirem manter as pernas fechadas tempo o bastante para dar uma chance para as minhas. E agora eu a deixarei sozinha com o pai dos seus filhos.

— Não — disse minha mãe. — Já fiquei aqui tempo demais.

Alguma coisa na voz dela — eu podia ouvir seus olhos percorrendo a sala — me fez segurar a respiração, encolhendo mais o corpo.

E então as duas mulheres foram embora, e eu fiquei sozinha novamente com o cadáver do meu pai.

A sala rodopiava ao meu redor. Meu pai estava morto, e minha mãe tinha se tornado uma pessoa diferente, dura e amarga.

E tínhamos de abrir mão da casa da praia. Esse foi meu primeiro pensamento. Casamento, gravidez, bebês — aos catorze anos, eu não pensava em nada daquilo. Annabeth tinha dito que não queria nos contar, então fingiria não saber.

Summer não precisava saber.

Eu sempre soube que a Irmãos Carmichael era um empreendimento multimilionário, e tio Colton era só o sócio minoritário. Ridge era dono da maior parte. Tinha sido dono.

Ali eu soube o quanto valia a fortuna dele. A casa da praia, a cobertura, que minha mãe descreveu como "migalhas", e cem milhões de dólares.

Enquanto cantávamos durante o funeral, as palavras de Annabeth e Francine dançavam na minha cabeça, e contei os anos. Dezoito anos era a idade legal para se casar, menos de quatro anos para mim e para Summer, mas Ben só faria dezoito em oito anos, e para Virgínia ainda faltavam doze. Se Summer não soubesse do testamento, não havia como ela se casar e ter um bebê quase na adolescência. Ela não era esse tipo de garota. E Ben... Annabeth e Francine tinham tratado Ben como alguém fora do páreo. Elas não o mencionaram nem questionaram o silêncio uma da outra sobre isso. Todos os adultos pareciam saber que Ben não seria pai de uma criança.

Meu pai sabia disso, percebi. A frustração do meu pai, sua raiva contida contra meu irmãozinho, estava, de algum modo, conectada com esse mistério.

Introvertido e erudito mesmo aos dez anos, Ben não era como o restante de nós. Embora, em geral, fosse mais obediente do que Summer e eu. Sentia que ele estava esperando até ter idade o bastante para forjar seu próprio caminho. Era como se ele rejeitasse tão completamente os valores do meu pai, que não se incomodava nem em discutir. Estava apenas esperando que meu pai se fosse.

Eu tinha ouvido meu pai murmurar algo sobre "a morte do sobrenome Carmichael". Não conseguia imaginar como isso pudesse se relacionar aos raros atos de rebelião silenciosa de Ben, mas essa era a única parte da conversa que eu não tinha entendido. O que eu tinha certeza era de que Ridge Carmichael, o grande patriarca, não tinha deixado sua fortuna para seu filho. E não a dividira em sete partes. Como um senhor medieval, ele queria manter sua fortuna unificada pelo máximo possível de gerações.

Meu pai tinha legado seu império para o primeiro de seus sete filhos que se casasse e produzisse um herdeiro.

* * *

Francine estava certa sobre um assunto. Segredos tão grandes assim escapam. De alguma maneira, no fim do funeral, Summer já sabia.

No carro, a caminho de casa, ela sussurrou no meu ouvido:

— Não vou deixar meu pai ditar minha vida. Não me importo com o dinheiro dele. Não vou me casar antes de me apaixonar.

E eu pensei: *Bom para você, irmã. Leve o tempo que precisar.*

Para mim, a corrida tinha começado.

CAPÍTULO 3

A TROCA

Está escuro quando meu avião aterrissa no aeroporto internacional de Phuket. Saio do ar frio estático do avião para a noite pantanosa da Tailândia, e a umidade tropical encontra minha pele.

Bocejo enquanto atravesso a pista. Foi um longo voo, e eu ainda não tinha me ajustado ao fuso horário de Queensland. Meu relógio biológico ainda está acertado para o horário da Nova Zelândia.

Também tenho outros ajustes para fazer. Saí das montanhas para os trópicos, da adorável neve da alpina Nova Zelândia para a fervilhante Tailândia turística. Estou suando sob o calor úmido. E ainda estou usando minha aliança de casamento. Pelo menos, escapei de ter de dar explicações para Annabeth e de todo o choro que teria de suportar. Summer não vai me amolar. Ela sabe tudo sobre mim e Noah. Mas isso já ficou para trás.

No meu último dia na Nova Zelândia, fui até um salão de beleza e dei um trato em mim mesma, como um gesto simbólico para deixar Noah para trás. Revirei meu Facebook atrás de uma boa foto para mostrar para a cabeleireira como queria que meu cabelo fosse cortado e minhas sobrancelhas feitas, mas não consegui encontrar uma que parecesse boa. No fim, tive de me contentar com uma foto antiga de Summer que, por acaso, eu tinha na carteira. Bem, não tão antiga assim. Era do dia do casamento dela.

— Quero ficar desse jeito — falei para a garota.

— Meu Deus, mal consigo acreditar que é você — disse a vaquinha. — Suas sobrancelhas estão tão diferentes. Não é que você foi uma noiva linda? E seu marido parece um astro de cinema!

Nossas sobrancelhas são as únicas coisas que permitem que as pessoas diferenciem Summer de mim. Minhas sobrancelhas são grossas e mais claras. As de Summer são duas linhas escuras, um contraste surpreendente com seu cabelo dourado, formando um nítido e irritante arco. Mas a esteticista fez um ótimo trabalho. Ela as replicou exatamente.

Claro que eu não achei que me encontraria com Summer logo depois de fazer o cabelo e a sobrancelha. É um pouco constrangedor, já que parece que a imitei, o que já é algo no qual ela meio que parece acreditar. Sei disso, ainda que ela nunca tenha mencionado.

Estou me acertando com minha mala no salão de desembarque quando um braço forte a retira de minhas mãos e sou envolvida em um abraço musculoso. Adam.

— Maninha — ele murmura. — Meu Deus, estamos tão felizes que esteja aqui! — Ele pressiona meu rosto em seu pescoço e me segura.

Ele tem um cheiro doce e almiscarado, e seu jeito caloroso me pega desprevenida. Só encontrei Adam algumas poucas vezes, nas minhas visitas para ocasiões familiares, como o casamento dele com Summer; mesmo assim, ele sempre age como se me conhecesse tão bem quanto conhece minha irmã, me chamando pelo apelido que ela usa, e me incluindo em suas piadas internas sobre o restante da nossa família. Mantenho o corpo imóvel e me lembro de que sou a cunhada dele. Pense como irmã. Amigável, mas não muito amigável.

Eu o olho nos olhos e dou um sorriso.

— Adam! É bom ver você. Eu estava esperando Summer.

Adam é ainda mais alto do que me lembro, e sua voz é tão profunda que vibra através de mim. Sua pele tem um lindo tom vermelho-dourado; não é muito mais escura do que a de Summer ou a minha, mas seus cachos negros e seu sorriso radiante mostram que a África desempenhou um papel essencial em sua herança. Adam foi para a Austrália quando adolescente, filho único de pais os quais viajavam pelo mundo, e mudou-se para o país com tanto zelo que seus pais foram persuadidos a ficar.

É o tipo de movimento que só Summer poderia fazer — depois de uma sucessão sem fim de namorados surfistas loiros intercambiáveis —, este casamento inesperado com um viúvo que já tem um filho. Vindo das ilhas Seicheles, um país do qual eu mal ouvira falar, Adam é mais glamoroso e misterioso do que qualquer marido australiano jamais poderia ser. Claro, ajuda o fato de ele administrar uma agência de turismo sofisticada e ser dono de uma mansão no alto de um penhasco em Seacliff Crescent, uma das ruas mais exclusivas de Wakefield.

— Um de nós precisa ficar com Tarq o tempo todo — diz Adam. — A cirurgia foi bem, mas ele precisa lutar contra a sepse. — Seu tom de voz é solene.

Maldição. Eu devia ter começado a conversa com uma pergunta preocupada sobre "Tarq". Não importa; tenho certeza de que ouvirei muita coisa sobre ele.

— Pobrezinho. — E faço uma contração facial.

— Precisamos voltar para lá — continua Adam. — Ele ainda não acordou. Quero estar lá quando isso acontecer. Meu Deus, você é a cara de Summer, maninha. Nunca vou conseguir distinguir vocês duas. — Ele me abraça de novo, um abraço de urso. Seu rosto está no meu cabelo. Juro que ele inspira, como se quisesse sentir meu cheiro.

Agora ele caminha em direção à saída, e me esforço para acompanhar seu passo. Parece que estamos indo direto para o hospital. Será que vou encarar uma noite de vigília ao lado da cama? Quanto esforço por alguns coquetéis na marina.

A multidão no aeroporto é uma mistura equilibrada de tailandeses e de *farang*, como eles nos chamam. Eu me pergunto, enquanto passamos pela porta, se Adam e eu parecemos marido e mulher. É sempre óbvio que ele e Summer são um casal, apesar das aparências contrastantes, mas talvez seja a felicidade conjugal irradiando deles que os marca como pertencentes um ao outro.

O que Adam e eu irradiamos? Constrangimento? Sempre que estou com ele, é difícil não pensar no quanto Summer deve ter contado sobre mim. Os detalhes que ele deve saber sem terem sido ditos. Por ser casado com ela, é como se ele me visse sem minhas roupas.

Adam encontra um táxi, abre a porta para mim e me ajuda a me acomodar no banco de trás.

— Passe para lá — ele me pede com um sorriso enquanto pressiona a coxa contra a minha.

Eu me remexo no assento e abro a janela para respirar o ar da noite. O motorista sai em ritmo frenético. Como era de se esperar, Adam tem dificuldade para lembrar o nome do hospital.

Enquanto seguimos para o sul, tento atualizar meu mapa mental a respeito de Phuket depois de quase dez anos longe. Estou ansiosa para conferir meus antigos lugares favoritos e descobrir frases em tailandês. Mas tudo mudou. Vielas estreitas para autorriquixás e pedestres se transformaram em rodovias de várias faixas repletas de carros. Minhas lembranças foram pavimentadas. Até os cheiros são diferentes. Lembro que as noites cheiravam a jasmim, não a fumaça dos carros e esgoto.

Adam tem novidades para me contar, mas suas palavras são um emaranhado de jargão hospitalar e sentimentalismo. Ao contrário de Summer, ele contorna qualquer descrição da parte do corpo inflamada de Tarquin que me trouxe até aqui. Através da névoa de obsessão parental, colho alguns fatos úteis. O *Betsabeia* está em boa forma, pronto para o mar e carregado com comida e peças sobressalentes. Summer estocou o iate com provisões suficientes para pelo menos dois meses. O rádio SSB está quebrado e o sinalizador de emergência está obsoleto, mas Adam comprou um telefone por satélite portátil, que pode baixar e-mails e previsões do tempo, além de fazer e receber chamadas de voz. É o que precisamos para fazer uma viagem segura.

— É difícil agendar um horário conveniente para ligar, e as tarifas para chamadas de telefone são ultrajantes — explica Adam —, então usaremos e-mail se você concordar, a menos que seja uma emergência. — Ele realmente parece se importar se estou feliz com os arranjos que ele fez. Como se houvesse alguém com quem eu precisasse falar nas próximas semanas. Ou em qualquer momento.

Adam parece ter se familiarizado com o essencial da manutenção do iate, e logo me sinto reconfortada porque o *Betsabeia* não vai afundar por causa de um vazamento catastrófico ou perder o mastro em algum lugar entre sua localização atual e a África. Imagino que consigo lidar com tudo mais que possa acontecer no mar.

— Então... está tudo acabado com Noah? — Adam pergunta, inclinando-se para mais perto.

Confirmo com a cabeça.

— O homem é maluco — continua Adam. — Mas a perda dele é o ganho de outro cara de sorte. Garanto que não vai ser você que vai olhar para trás com arrependimento, Íris. Summer concorda comigo. Você é de longe boa demais para ele.

— Bem, você tem que me achar bonita.

Eu me encolho de vergonha com minha piada sem graça, mas Adam sorri como se fosse uma observação cotidiana.

— Não deixe minha esposa ouvi-la dizendo isso. Bonita é um elogio fraco. Acho que vocês são duas rainhas da beleza.

Rainhas da beleza? Será que Summer contou para Adam sobre os concursos de beleza? A expressão franca de Adam me garante que ele não sabe que está atingindo uma ferida. Mesmo assim, o elogio parece ser uma alusão àquele dia.

Paramos diante de um edifício moderno, limpo. Adam me leva pelos corredores silenciosos e bem iluminados rumo ao quarto de Tarquin, enquanto eu ensaio dentro da minha cabeça minha rotina de tia preocupada.

Acontece que não preciso fingir minha reação. A visão do meu sobrinho franzino — o que ele é —, deitado ali e conectado àqueles equipamentos, me abala. Tarquin não parece nem um pouco maior do que da última vez que eu o vi, no casamento de Summer, vestido com um ridículo smoking de anão. Naquela época, ele parecia irritante e barulhento, já não mais um bebê, embora ainda não soubesse andar. Ele engatinhava para todo lado, pegando tudo e rolando no chão até que sua camisa branca ficou coberta de manchas da grama. Agora ele está deitado, imóvel e doente. Seu cabelo avermelhado lhe cai sobre a testa, e seus pequenos membros parecem frios e vulneráveis.

Isso é sério. Tarquin pode ser um menino mimado, mas minha irmã o ama. Ele é filho de Adam. E aqui estão eles, presos em um país estrangeiro, com um iate extravagante correndo risco também. Estou feliz por estar aqui para ajudar. E se Tarquin morrer enquanto Adam e eu estivermos no mar? Ele ficará inconsolável.

Devo parecer chateada, porque Adam aperta meu ombro de um jeito fraterno.

— Eu sei. É um choque. Tem sido muito difícil para Summer.

Mas onde está Summer? Tarquin está sozinho naquele quarto austero. Está dormindo ou inconsciente, mas, se tivesse acordado, ninguém estaria ao seu lado.

E agora braços suaves e frios me envolvem, e o cheiro do hospital dá lugar ao aroma mesclado de maçãs e praia.

Summer está aqui.

— Maninha! Senti tanto a sua falta. Como posso agradecer por ter vindo? — A voz dela tilinta como prata.

Eu me viro e encontro seu olhar. Seus olhos azul-claros são firmes e calorosos. Minha irmã não me examina — meu corte de cabelo e minhas sobrancelhas passam despercebidos —, ela simplesmente encara minha alma. Eu me pergunto, não pela primeira vez, se há algo que eu poderia fazer que não receberia seu perdão incondicional e instantâneo. Ela é tão confiante que me mata.

— Eu me sinto tão mal — confessa ela. — Jurei não deixar Tarquin sozinho nem por um segundo, mas vocês demoraram tanto. Eu estava estourando de vontade de fazer xixi, e achei que nunca fossem chegar!

Adam se aproxima de nós, e dou um passo para trás antes de ser pega no abraço marital. Ele beija Summer nos lábios, um beijo comovente e ardente. Isso é uma língua, enquanto o filho deles está deitado aqui, em coma? Mas posso aguentar olhar. Então ele a solta e fita a esposa como se a visse pela primeira vez.

Summer é realmente uma beleza. Ela engordou um ou dois quilos desde que a vi na Nova Zelândia, há alguns meses, mas o peso foi para os lugares certos. Ela é curvilínea e dourada como um pêssego e, como sempre, não tem consciência de seu charme. Ela usa um short jeans desbotado e uma camiseta de algodão que fornece um vislumbre de sua cintura bronzeada. Mesmo em roupas casuais, ela parece uma garota de revista; eu me sinto vestida demais com minha minissaia vermelha e meus sapatos altos. As pernas de Summer são musculosas, torneadas, sem falhas. As minhas podem ser mais magras, mas devem parecer flácidas e pálidas.

Na verdade, há uma falha. Summer se inclina sobre o corpo imóvel de Tarquin, e vejo de relance o longo "S" que serpenteia pela parte interna de sua coxa direita, desaparecendo no short. Nunca poderei ver a cicatriz de minha irmã sem uma pontada de culpa.

Adam pega o prontuário médico de Tarquin e se acomoda na cadeira ao lado da cama para lê-lo. Ah, não. Parece que passaremos a noite aqui. De fato, é difícil imaginar que o pai amoroso será capaz de se afastar e ficar a um oceano de distância enquanto seu filho e herdeiro definha à beira da morte.

Por que vim para cá? Não me deram comida suficiente no avião, e a fome está tornando tudo mais difícil. É deselegante pedir um pouco de comida quente e um lugar confortável para se deitar? Summer e Adam estão sussurrando agora, e tudo o que consigo ouvir é *Tarq, Tarky, Tarquin*. Mesmo se não fosse o nome mais irritante do mundo, qualquer um o odiaria depois de ficar em um quarto com esses dois por cinco minutos. Pelo menos agora eles têm algo real com o que se preocupar, em vez de saber se as bolachas orgânicas contêm açúcar ou se o idiota precisa de outra camada de protetor solar.

É difícil dizer o que é mais desagradável, se a química extraordinária ou a obsessão compartilhada pelo pirralho. Summer já se esqueceu por completo de que Tarquin não é seu filho, embora você possa pensar que o fato de que ele não veio com um adoçante de cem milhões de dólares poderia ser uma lembrança constante. E também há o fato de que ele não se parece em nada com ela. Ele se parece com Adam, embora seu cabelo acobreado tenha vindo de Helen, uma marca da ascendência indígena australiana.

Summer nunca teve a chance de conhecer Helen, que estava ocupada morrendo de uma coisa ou outra enquanto Tarquin lutava por sua vidinha na UTI neonatal. Adam não sairia do lado de Helen, então o primeiro vislumbre que ele teve de seu bebê foi uma foto de Tarquin nos braços da enfermeira que alguém levou até a ala onde Helen estava. Meses mais tarde, Adam ampliou a foto e a pendurou na parede de sua sala.

Porque a enfermeira na foto é Summer. Foi assim que ela conheceu Adam. Ela estava embalando o bebê dele enquanto o pai via a esposa morrer. Depois, ela foi tão doce com o ratinho sem mãe que Adam a convidou para ser a madrinha de Tarquin. Eles mantiveram contato depois que Tarquin teve alta da ala neonatal, e então começaram a namorar.

Não sei o que eu esperava encontrar na Tailândia. Achei que podíamos festejar, como os adultos faziam naquela época. Mas a realidade é outra. Summer está envolvida com sua própria família. Eu me esgueiro em direção à porta. Talvez eu possa encontrar um restaurante em algum lugar perto do hospital. Ou um bar.

— Desculpe, Íris, nós a mantivemos aqui tempo demais — Summer diz. — Tenho uma refeição e uma cama esperando por você no *Betsabeia*. Vamos.

Depois de um último beijo lascivo entre ela e Adam, Summer pega minha mala e saímos de lá.

* * *

Do lado de fora do hospital, as ruas são movimentadas, cheias de luzes, lojas, pedestres e *scooters*. Cabeças se viram quando Summer e eu passamos, naturalmente caminhando no mesmo ritmo. Somos gêmeas idênticas que ainda são notadas sempre que estamos juntas. Status de celebridade instantânea. Summer é uma mulher carismática, uma loira muito atraente. E eu sou o espelho dela.

Quando falo para as pessoas sobre a beleza de Summer, elas sempre me olham de um jeito estranho. Será que é minha forma tímida de anunciar que acho que sou uma deusa? Mas não é. Sou idêntica a Summer, mas, quando estou separada dela, não sou nada especial. Cabeças não viram por minha causa. Sou só outra jovem mulher razoavelmente bonita que, sem dúvida, parece forçada.

Summer não precisa nem tentar. Mesmo com o uniforme verde de enfermeira, o cabelo preso, o rosto sem maquiagem, ela chama a atenção. Em todos os lugares aonde vai, ela é o sol no céu matinal. A primeira rosa da primavera. Sou a sombra dela, seu duplo, seu principal acessório.

Summer consegue um táxi.

— Praia de Yanui — ela informa ao motorista. O nome é familiar, mas não consigo me lembrar de onde.

Saímos em disparada pelas ruas cintilantes, e fico surpresa novamente em ver como Phuket mudou. Parece que estou vendo uma bela mulher destruída pela idade.

Summer percebe meu olhar.

— Eu sei. A Phuket que amamos se foi. Adam e eu não suportamos como está lotada. — Ela aperta meu braço. — Mas é bom ter você aqui. Parece... que está tudo no lugar. Como se pudéssemos, juntas, deixar de lado nossas lembranças sobre este local.

Meu coração está batendo rápido demais há mais tempo do que consigo perceber e, quando ela diz isso, ele volta ao ritmo, lento e constante. Talvez a batida do meu coração esteja compassada com a de Summer, agora que estamos jutas. Alguma coisa mudou desde a última vez que a vi, mas estou com dificuldade para identificar o quê. Ela já era gentil comigo antes, nos Alpes do Sul, tanto quanto é aqui. Summer é sempre gentil, sempre alheia a qualquer tipo de rivalidade, mas isso não está mais me irritando.

O táxi segue para o sul, por uma rodovia da qual não me recordo.

— Praia de Yanui. Quando fomos para lá?

Summer dá de ombros.

— Não me lembro. Tudo mudou tanto. Yanui é bonita, mas está cheia de restaurantes. Também há aspectos bons nas mudanças, acho. Todo mundo fala inglês agora, e há muitas lojas que atendem aos gostos ocidentais.

Algo em mim teria preferido falar tailandês e comer comida tailandesa quando estou na Tailândia, mas deixo esse comentário de lado.

— Por que vocês não estão ficando na marina?

Summer sussurra sua explicação, inclinando-se tão perto de mim que sua respiração faz cócegas em meu ouvido.

— É arriscado demais levar o *Betsabeia* até a marina quando ele já foi liberado pela alfândega.

Meu sonho de tomar coquetéis e ver alguns bilionários se dissipa no ar fumegante. Ah, bem, não é por isso que estou aqui. Estou aqui para velejar. Com Adam.

Deixamos a rodovia, fazemos um retorno e entramos novamente em ruas tão lotadas como se fosse pleno dia. Grupos de homens ocidentais, com impressionantes barrigas de cerveja, passeiam pelas ruas movimentadas com bebidas nas mãos. Garotas tailandesas perambulam pelas portas dos bares — ou bordéis? — rebolando em vestidos de veludo.

— Por acaso, essas garotas são maiores de idade? Parecem ter doze anos.

— A maioria delas é mais velha do que parece — explica Summer —, mas isso tem nos incomodado. Na verdade, apoiamos uma instituição de caridade que ajuda garotas menores de idade a sair da prostituição. Mas Phuket não é toda assim, maninha. Há partes intocadas, e a comunidade de iatistas é adorável. Fizemos grandes amigos. É difícil deixá-los.

Summer faz "grandes amigos" em todos os lugares. Ela pode deixá-los para trás porque sabe que fará mais aonde quer que vá.

Quando compraram o iate, ela me disse que tinham planejado passar seis meses velejando ao redor das ilhas Seicheles, visitando a família estendida de Adam. Summer não tem medo da enxurrada de parentes.

Por fim entramos em uma rua estreita e iluminada, e tenho um vislumbre da areia branca e perfeita. Estamos a poucos metros da praia. Entre os edifícios em ruínas, vejo a joia negra resplandecente que é o oceano à noite. O mar de Andamão. Pela janela, o aroma fresco da vastidão do mar chega até mim.

Summer paga uma quantia pecaminosa para o motorista.

— Isso é quase meu último *baht* — ela murmura antes de desaparecer em uma loja para comprar suprimentos de última hora. Tiro meus saltos altos vermelhos e pressiono os pés na areia suave e cristalina. Mesmo à noite, ainda está morna por causa do sol.

Yanui Beach. Minha memória desperta. É onde meu pai morreu. Este é o lugar onde deixei meus sonhos. É o último lugar em que me lembro de ter sido feliz, depois do divórcio.

Nas últimas férias, na Páscoa, quando eu tinha treze anos, navegamos até as ilhas Andamão, passando duas noites no mar. Meu pai fez Summer e eu assumirmos o turno juntas, velejando com o barco pela noite escura, para que ele pudesse dormir um pouco. Ele disse que tinha assumido responsabilidades de adulto aos treze anos, e que isso fora sua formação. Mas Summer estava tão assustada e foi tão inútil que a mandei para a cama e velejei com o *Betsabeia* sozinha.

Acontece que meu pai estava certo. Eu cresci naquela noite. Havia vinte toneladas de um requintado veleiro sob meu comando, respondendo a cada movimento meu como um parceiro de dança, ajeitei as velas e dirigi manualmente com um instinto que eu mal sabia ter. Era como se eu tivesse nascido para fazer aquilo. Às vezes, quando toco piano, em especial se ninguém está me ouvindo e estou apenas tocando, em vez de praticando para uma prova ou um concerto, minhas mãos se sentem do mesmo jeito — vivas e naturais, como se soubessem coisas sobre a vida e a vivência que eu mesma não sabia. No comando do *Betsabeia*, todo o meu corpo se agitou com a mesma sensação de familiaridade, de estar viva, de tudo estar certo.

Quando meu pai voltou ao convés na madrugada rosada, o *Betsabeia* navegava pelas águas leitosas do mar de Andamão em uma boa velocidade, vencendo os quilômetros. Ele tinha recolhido a vela de genoa antes de ir para a cama, para manter um ritmo gentil, mas eu a desfraldei, centímetro por centímetro, e agora ela estava tão cheia quanto um sonho, e estávamos voando. Na nossa frente, no horizonte ocidental, uma forma escura brilhava. A ilha Andamão do Sul. Terra à vista.

Meu pai não conseguia acreditar no tanto de quilômetros que tínhamos percorrido e, enquanto o sol esquentava minha nuca, eu me deleitei com os raros elogios paternos. Summer, emergindo com ar sonolento de seu quarto de dormir, aceitou a repreensão sarcástica de meu pai como merecida e me parabenizou, enquanto Ben me encarava como se eu fosse algum tipo de feiticeira.

— Um dia vou levar você para cruzar o oceano — anunciou meu pai, e eu estava exultante o suficiente para responder:

— Não, eu que vou levar você! — Ben e Summer ficaram tensos, e achei que tinha ido longe demais, mas meu pai gargalhou, me deu um tapa nas costas e disse:

— Continue navegando, capitã. Vou fritar o bacon.

Eu estava no topo do mundo. Naquela época, não havia uma corrida para ver quem se casava primeiro, nenhum testamento para colocar todos nós contra nossas meias-irmãs, nenhuma necessidade de ter filhos. Agora tenho vinte e três anos e, pela primeira vez na vida, me sinto velha. Não consigo acreditar que deixei passar cinco anos desde que alcancei a idade para casar e não produzi um herdeiro mágico. Uma idiota feia já podia ter feito isso, e aqui estou, brilhante e linda — bem, talvez não tão linda, mas bonita o bastante —, e ainda não engravidei.

Mesmo depois que Noah foi embora, fiz alguns testes de gravidez, na esperança de que ele tivesse me deixado um pequeno, mas significativo presente de despedida, mas não tive sorte. Agora meu casamento está cem por cento acabado, e tenho de esperar doze meses antes de conseguir me divorciar. Um desastre.

A garota no espelho

O único ponto de luz, o único vislumbre de esperança, é que, por mais idiota que eu tenha sido nos últimos cinco anos, Summer tem sido mais idiota ainda. Desde os catorze anos, ela se apega à ideia de que não vai deixar o testamento governar sua vida. Ela alega estar feliz com o dinheiro que ela e Adam têm juntos. Eles têm uma vida confortável, segundo os padrões da maioria das pessoas. Vamos encarar os fatos: eles são ricos. Só não são tão ricos quanto à fortuna Carmichael.

E Summer ainda diz que Tarquin é "o suficiente por enquanto" e que ela não tem pressa de dar outro bebê para Adam.

Nem mesmo por cem milhões de dólares.

* * *

Summer sai da loja e pega minha mala. Ela luta contra o peso.

— Sinto muito — digo. — Não sabia que estaríamos ancorados. Devia ter feito uma mala mais leve.

— Não tem problema.

Eu a sigo pela praia. Os restaurantes colocaram mesas e cadeiras na areia, e fileiras de *farang* comem e bebem na penumbra, mas passamos por eles, que ficam na linha da maré alta.

A maré está muito baixa agora, e lá no fundo da areia molhada, na escuridão, encontramos a coisa mais rara da Ásia: solidão.

A lua ainda não nasceu, mas as estrelas brilham intensamente no céu. Um cachorro vira-lata sai da frente da minha irmã enquanto ela segue diante de mim na direção de uma forma negra na beira da água.

— Você reconhece o *Salomão*? — ela pergunta.

Ela está falando do cachorro? Não — a forma iminente à nossa frente se mistura com a lembrança do nome.

Salomão, nosso bote. Um barco a remo antigo, feito de madeira kauri da Nova Zelândia, pintado de preto para combinar com o *Betsabeia*. Ele espera por nós em meio às sombras, quieto como uma emboscada.

Não é a opção mais prática. Não há espaço para um motor em sua bela popa. Estou surpresa que Summer e Adam não o tenham substituído por um bote motorizado. Summer não é exatamente uma remadora.

Minha mão segura a amurada do *Salomão*, e enquanto a madeira lisa aquece minha pele, sinto minha infância brilhando ao meu redor na noite. Todos os melhores momentos, antes da morte do meu pai. Aprendi a remar neste bote, muito antes de Summer e Ben. E então nós, crianças, íamos para todo lado no *Salomão*. Éramos livres para explorar praias e enseadas, riachos e cavernas. Eu estava no comando.

E agora o *Salomão* pertence a Summer. Estou surpresa em ver que minha irmã cravou com firmeza a âncora do bote na areia, contra a maré crescente. Ela sempre foi inútil para esse tipo de tarefa — mas talvez Adam tenha cuidado dessa parte.

— Posso remar? — As palavras escapam da minha boca.

— É claro. Maninha, você é a capitã agora! Adam e eu sabemos que você é uma grande velejadora. Contei para ele como, quando éramos adolescentes, você estava sempre correndo ao redor das boias com aqueles caras do iate clube. Jamais sonharíamos em dar ordens para você. Enquanto você estiver aqui, o *Betsabeia* é seu barco.

Duas semanas ou mais murmurando ordens para Adam. Eu poderia me acostumar com aquilo.

Summer guarda minha mala no *Salomão* enquanto recolho a âncora. Jogamos nossos sapatos em cima da mala e empurramos o bote até as águas tranquilas e frias ao redor dos nossos tornozelos.

— Você pode entrar agora. Sente-se na popa — digo, mantendo o bote estável para ela. Summer obedece. Ela está mais ágil do que costumava ser, mas o *Salomão* ainda estremece enquanto ela se ajeita no assento.

Conduzo o *Salomão* para águas mais profundas, levantando minha saia. Summer está certa em me deixar no comando. Não posso deixar de assumir o controle, os mil hábitos que nos mantêm em segurança no mar invadindo meu corpo como memória muscular. Leve o *Salomão* para o fundo, não deixe o fundo do barco raspar na areia.

Coloque todo mundo no bote primeiro, mantenha a proa voltada para o mar. Eu poderia fazer isso mesmo que as ondas estivessem quebrando ao nosso redor; costumava saborear o desafio de lançar um bote nas ondas, mas o mar de Andamão parece um lago esta noite. Mesmo assim, é bom manter minha habilidade náutica. Empurro meus pés contra o leito do mar e subo em meu assento de remadora em um único movimento, pegando os remos e me afastando da costa. Olho por sobre o ombro e vejo quatro ou cinco luzes de ancoragem a centenas de metros de distância. Sem dúvida, a mais alta delas brilha no mastro do *Betsabeia*.

— Espere! — exclama Summer, mas é tarde demais. Já estamos em águas fundas.

— O que foi?

— A última vez que tocamos em terra firme pelas próximas duas ou três semanas. Sinto como se devêssemos fazer algo, dizer adeus.

— A última vez que tocamos em terra firme?

— Nós vamos partir ao nascer do sol — ela avisa.

Meu sangue acelera. Nada mais do entediante Tarquin, do trânsito barulhento, dos turistas sexuais e das crianças prostituídas. Eu estava animada para vir até Phuket, mas não há mais nada aqui para mim. Estou pronta para partir. Amanhã, estarei livre. Amanhã, seremos eu e o doce e azul oceano. Eu e...

— Nós? — pergunto. — O que quer dizer com "nós"? Você está falando de Adam e de mim?

— Ah, não acredito que Adam não contou para você — Summer começa. — Houve uma mudança de planos de última hora. Não tínhamos levado em conta a burocracia tailandesa. Parece que precisam que o tutor legal fique com Tarky para consentir qualquer outro procedimento médico que seja necessário, e Adam é seu único tutor vivo. Então, Adam precisa ficar.

Ela acaba de arrancar meu único motivo para vir até aqui, e não posso dizer uma palavra.

O rosto de Summer está na escuridão, sua silhueta contra as luzes da praia, mas ela consegue ver minha expressão. Eu me viro para encarar a proa, como se tentasse distinguir a forma do *Betsabeia* entre o grupo de iates ancorados.

— Você ficou chateada — constata Summer —, mas não vê que isso é muito melhor? Quero dizer, você e Adam mal se conhecem. O que vocês dois fariam semanas a fio?

Adam não vem. Pela tristeza em meu coração, sei que foi ele quem me atraiu até aqui. Duas ou três semanas sozinha com Adam, sentindo seu cheiro, fitando seus olhos abissais, me emocionando com sua voz.

Mesmo assim, teria sido uma agonia. Piadas fraternais, uma galanteria desajeitada, e eu quase explodindo de desejo proibido. Não é como se ele fosse largar Summer só porque eu velejo melhor.

Summer disse "nós", então ela deve querer dizer que ela e eu vamos velejar, mas não é possível que ela esteja feliz com isso. Summer conta com Adam para mantê-la em segurança no mar. Velejar é uma atividade física, e Summer, apesar de toda sua graça, é uma péssima marinheira, lenta e desajeitada.

Sei o que eles querem que eu faça. Assumo uma expressão neutra e me viro na direção de Summer. Continuo empurrando os remos pelas águas sedosas.

— Você quer que eu veleje sozinha no *Betsabeia*, não é?

— Você sempre disse que queria fazer isso.

Ela está certa. Eu sempre me gabei de minhas habilidades náuticas, e é possível navegar com o *Betsabeia* sozinha. Mas uma viagem solo significa estar a cargo de tudo vinte e quatro horas por dia, dando uns cochilos quando for possível. Significa semanas de completa solidão, completo isolamento.

Talvez seja disso que eu precise. Deixar minha irmã e sua vida perfeita para trás. Encarar meus demônios lá fora, na imensidão azul.

Sem chance. Lamento minhas bravatas adolescentes. Se Summer acha que estou disposta a fazer uma viagem solo, vou ter de decepcioná-la. Ficar completamente sozinha me deixaria louca em metade de um dia.

— Estou brincando! — Summer exclama. — Acha que eu deixaria você cruzar um oceano sozinha quando já passou por tantas dificuldades? Além disso, eu amo você, Íris. Quero ir com você! Não vê que é perfeito? Você me tem todinha só para você por todo o caminho até a África. Ah, maninha! Depois de vivermos separadas por tanto tempo, vai ser uma experiência para criarmos laços de novo! Nunca estive tão animada com algo em toda a minha vida!

Ela esquece onde está e se lança para a frente para me abraçar. O *Salomão* balança. Jogo o corpo a estibordo e abaixo os remos com força para impedir que nós duas acabemos no mar.

CAPÍTULO 4

A SURPRESA

Estou deitada em uma otomana na cabine do *Betsabeia*, os braços pressionados contra a superfície morna do convés de teca. Meu corpo balança com o ritmo suave do mar tropical, e o zéfiro mais leve, o fantasma da brisa noturna, se agita em meus membros desnudos.

Não preciso de lençol aqui. E dormi só de calcinha e sutiã. Eu me sento e, pela primeira vez, olho para a Tailândia sob a luz do dia. A praia de Yanui é tranquila ao amanhecer, com cães na praia e um casal a cem metros do ancoradouro. Além da praia, o terreno é densamente arborizado. É difícil conectar este idílio com a metrópole abarrotada e cansada que vislumbrei noite passada. As mesas até foram retiradas da areia, e os restaurantes estão ocultos pela folhagem.

Os outros iates ancorados ali perto são todos embarcações oceânicas. Cada um tem sua bandeira na popa, e daqui consigo enxergar a bandeira dos Estados Unidos e a do Reino Unido. Um saveiro exibe a bandeira australiana, assim como o *Betsabeia*. As tripulações desses barcos devem estar dormindo. Posso fingir que sou a única pessoa viva no mundo.

Summer mantém uma cesta de frutas na sala do piloto. Pego uma banana e vou até o deque lateral para jogar a casca no mar.

Com o respingo, formas escuras aparecem correndo por debaixo do casco. Rêmoras. Eu me lembro destes peixes. Eles vivem sob o casco dos iates, grudados na quilha. Eles costumavam seguir o *Betsabeia* de uma baía até a seguinte, pegando uma carona e vivendo dos restos jogados ao mar. São como damas macabras. Mas a casca de banana não é muito do gosto deles, então eles dão só uma farejada e voltam para o lugar de onde vieram.

Olho para baixo, absorta pelo calor esmeralda do mar. Estamos ancoradas em águas profundas, mas o mar é tão límpido que posso distinguir indícios da areia cor de marfim abaixo. Dormi na melhor cama do mundo. A cabine do *Betsabeia* tem o comprimento ideal para meu corpo, e o tilintar de seu cordame alto, o rangido de suas tábuas e o bater das ondas, estes sons são minha canção de ninar favorita.

Summer, como prometido, tem me tratado como capitã desde que pisei a bordo. Noite passada, ela me presenteou com o boné de marinheiro de Adam, que tem a palavra "Capitão" bordada em linha dourada. Ela tem um conjunto desses bonés. O dela tem a palavra "Tripulação" e fica estupidamente grande em sua cabeça. No boné infantil de Tarquin está escrito "Marujo". Summer levou minha mala para o camarote do *Betsabeia*, de onde ela já tirou seus pertences e os de Adam, e foi se espremer no confortável beliche que ela e eu dividíamos quando éramos crianças. O dormitório de estibordo foi transformado em um aconchegante quarto de criança para Tarquin, ou eu deveria dizer que voltou a ser usado como quarto de criança, já que era onde Ben costumava dormir quando era pequeno o bastante para precisar ficar no berço.

Para descer do convés, tive de passar por duas cancelas à prova de criança: uma entre a cabine e a sala do piloto, e outra entre a sala do piloto e a escada até o salão. O salão ocupa o espaço central do *Betsabeia* e é formado por uma cozinha estilo americano, mesa de jantar e um sofá de couro. Tudo estava tão organizado e náutico como sempre, e a luz das estrelas fluía pelas vigias redondas e escotilhas de convés que servem como claraboias.

O desenho do *Betsabeia* é simples. Do salão saem portas que levam até os dormitórios, que são apertados e baixos, esmagados sob a sala do piloto. Outra porta leva ao camarote, que ocupa toda a largura do iate, com espaço para uma cama de casal macia e toda comodidade, até mesmo uma TV presa na parede. A última porta, é claro, leva ao banheiro com seu espelho duplo.

Enquanto eu desfazia as malas, Summer preparou uma refeição apimentada, *gang garee gai*; ela se lembrava de que eu amo comida tailandesa. E me serviu uma taça de vinho para "comemorar nosso reencontro".

— Sinto muito que não tenha acontecido sob as melhores circunstâncias.

— Mas estou muito comovida que você tenha vindo me ajudar. — Ela se emocionou. — Você é a melhor irmã do mundo. Vamos tornar esta noite especial. Tarky está fora de perigo. Está em boas mãos, e o médico disse que terá alta em uma ou duas semanas. Então vamos nos concentrar em nós. — Ela hesitou. — Sinto que não ajudei em nada quando fui para Queenstown.

Só minha irmã poderia se culpar pelo desmantelamento do meu casamento já condenado. Ela devia estar exultante pela prova de que estava certa o tempo todo.

Summer se manteve fiel ao seu plano de nunca contar a um namorado sobre o testamento. Embora seja talentosa, bem-humorada e linda, ela já foi deixada mais de uma vez, e eu já a vi com o coração partido por causa de um desses caras inúteis. Mesmo assim, ela nunca hesitou. Não contou nem mesmo para Adam antes do casamento. Que bônus de lua de mel para ele.

Eu gostaria de ter feito a mesma coisa com Noah. Não queria que o testamento influenciasse a decisão de Noah de se casar comigo, mas ele estava hesitante, e eu achei que isso poderia apressar um pouco os eventos. Noah e eu estávamos namorando em Melbourne havia alguns meses, mas então ele aceitou uma sociedade minoritária em um escritório de advocacia em sua cidade natal na Nova Zelândia. Quando liguei para Summer a fim de lhe contar sobre a partida planejada dele, ela anunciou que tinha acabado de ficar noiva de Adam.

Noah não tinha terminado realmente comigo. Não por completo. Íamos morar em países diferentes e sair com outras pessoas por um tempo, era só isso. Eu queria que ele tivesse esse tempo para ter certeza do que queria, mas pensei que ele poderia ter a informação completa sobre a situação financeira. Talvez ele nem precisasse aceitar esse emprego com a fortuna que tínhamos diante de nós. Podíamos fugir para nos casarmos, ter um bebê e ficar riquíssimos em menos de um ano.

O plano foi bem no início. No dia depois que contei para Noah sobre a fortuna, nós entramos com o pedido para nos casarmos em situação de urgência. Em quinze dias, éramos marido e mulher; eu tinha me mudado para Queenstown com Noah e até consegui um emprego no escritório dele. Não queria realmente o emprego, mas não achava que seria por muito tempo. Eu já deveria estar grávida quando fosse o momento de retornar a Wakefield para o casamento de Summer. As coisas estavam andando bem.

O primeiro sinal de problema foi quando Noah não quis ir para o casamento de Summer, meses mais tarde. Alguma coisa estava errada, mas não sabia o quê. Será que ele estava bravo porque eu ainda não estava grávida? Deus sabe como estávamos tentando. E Summer e Adam não estavam com pressa de ter um bebê. Eles iam comprar o *Betsabeia* e viajar ao redor do mundo com Tarquin.

Advogados têm trabalhos estressantes, em especial sócios novos, e eu podia deixar de lado algumas indiscrições. O traço do perfume de outra mulher, uma voz ronronante de fundo quando Noah ligava para dizer que não precisava esperá-lo para jantar, porque ele trabalharia até tarde novamente — esses detalhes não importam no contexto mais amplo. Lori era sua ex-namorada, uma paixonite de infância. Agora eles estavam trabalhando na mesma firma, e eu podia ver no que aquilo ia dar. Mas não me importava, me importava?

Mas Noah e eu não estávamos mais fazendo sexo.

A garota no espelho

Mais ou menos nessa época, Summer veio me visitar. Enquanto estava na Nova Zelândia, ela tentou persuadir Noah a dar outra chance ao nosso casamento. Eu tive um mau pressentimento sobre isso o tempo todo. Uma vez que alguém passava algum tempo com uma versão minha mais gentil, o que essa pessoa diria? Summer deu o melhor de si, contudo Noah saiu de casa enquanto eu a levava até o aeroporto.

Continuei me iludindo de que poderia continuar em Queenstown e seguir trabalhando no escritório de advocacia dele. Íamos continuar amigos, Noah e eu. E Lori. Éramos todos adultos. E se eu fosse digna e profissional, ou se ele me visse saindo com algum cara novo e atraente, com certeza veria o que tinha deixado para trás e voltaria correndo para mim. Talvez não voltássemos de modo permanente, mas só precisava dele por perto por um ou dois meses. Diabos, uma noite podia ser o bastante. Todo mundo não faz sexo com seu ex algumas vezes antes de se separar definitivamente? Ainda parecia uma aposta melhor do que tentar encontrar um novo marido, ao mesmo tempo que esperava que Summer continuasse sem ter filhos tempo o bastante até meu divórcio sair.

Acontece que trabalhar para seu ex, e junto à mulher com a qual ele cometeu traição, é um longo exercício de humilhação, e sexo com o ex nem sempre é uma realidade. Quem diria. E quando você consegue atrair um cara com aparência decente o bastante para exibir na frente do seu ex, ele diz: "Bom para você, Íris. Fico contente que esteja feliz." E o cara novo diz: "Você só queria me exibir para seu ex? Não me ligue novamente".

E assim foi a Nova Zelândia.

Mas nada disso importa agora que estou aqui. Caminho pelo convés do *Betsabeia*, verificando se tudo está bem para a viagem, como se eu tivesse jogado todos os meus problemas ao mar.

Meu pai e eu costumávamos sonhar com esta viagem, então sei o que me espera. Um longo trecho suave, para oeste, pela Baía de Bengala, e daí rumamos para o sul, para cruzar a Linha do Equador — tempestades seguidas de marasmo —, e atravessar um trecho rápido e agitado pelo oeste do oceano Índico, e em seguida pelas rotas tempestuosas e comerciais do Sudeste. O desembarque nas ilhas Seicheles deve acontecer em uns quinze dias.

O tempo é essencial. No fim da temporada, a monção de leste é fraca, e no longo quebra-ventos que é a Tailândia, onde estamos agora, ela desaparece diariamente lá pelo meio-dia. O resultado é uma quietude assustadora — quente, sem vento e imóvel. Em uma viagem durante a Páscoa, passamos duas horas no meio de cada dia à deriva e suando como antigos marinheiros condenados em um oceano que parecia pintado. Meu pai se recusou a ligar o motor. Ele era o que é conhecido nos círculos do iatismo como um "purista", o que quer dizer alguém que se recusa a usar o motor ou a instalar um tanque de combustível decente porque prefere ver sua tripulação secar ao sol, mesmo que a tripulação seja seus filhos. Em especial se são seus filhos.

Mas, deixando de lado o excesso de confiança em suas velas, o *Betsabeia* é perfeito. Tem dezoito metros de cumprimento, mas é estreito, tão esguio e leve quanto um cavalo puro-sangue. Seu mastro é alto, e a configuração das velas e dos cordames permite que o barco veleje rápido contra o vento. Summer e Adam substituíram todos os cordames aqui na Tailândia, e está tudo impecável e novo. Ele brilha sob a luz da manhã.

Sinto-me mais confortável aqui no convés. O camarote tem escotilhas suficientes para garantir ar fresco, mas ainda é claustrofóbico em uma noite quente.

Dormi aqui noite passada, cansada pelo voo, enquanto Summer ainda me enchia de comida e vinho. Ela estava em um clima confessional, como se tentasse criar um contexto para nossa maratona transoceânica fortalecedora de laços entre gêmeas. De fato, enquanto eu me esticava na cama e deixava meus olhos se fecharem, tenho certeza de que ela estava começando a falar sobre sua vida sexual.

— Ele gosta de fazer as coisas com calma — dizia Summer. — Nunca acho que ele está me apressando. Ele acende velas e me dá rosas, e sabe muito bem como tocar uma mulher. Ele fica tão duro...

A garota no espelho

Summer não estava me contando isso, estava? Ela sempre foi tão pudica. Em meu estado sonolento, eu lutava para entender o que estava ouvindo.

— As coisas doces que ele diz quando fazemos amor — Summer continuava —, mesmo quando me penetra tão fundo que dói... E quando ele me beija, é como se estivesse sedento. Ele diz que é como beijar o sol.

Fico parada na proa do *Betsabeia* e tento convencer a mim mesma de que sonhei essa conversa. Summer nunca fala desse jeito. Mas me lembro de puxar o travesseiro sobre meus ouvidos, determinada a não escutar mais nada. E então eu certamente sonhei, porque senti lábios firmes sobre os meus e correspondi ao beijo ao abrir bem a boca, embora soubesse que não devia fazer isso, que não era Noah, que não era meu marido. Ele tinha um cheiro picante, e seus braços fortes me seguravam com força, prendendo os meus na lateral do meu corpo. Mas não me importei, eu queria aquilo. Ele enfiou a língua fundo na minha boca, e senti que a língua dele era dura.

Foi demais para mim acordar no camarote, na cama suntuosa de Summer e Adam. As luzes estavam apagadas. Deviam ter se passado horas; Summer devia ter adormecido em algum lugar. Desesperada para me livrar do sonho, corando na escuridão, saí tropeçando até o convés, onde me joguei na otomana mais próxima e adormeci sob a luz da lua.

Agora Summer já içou o *Salomão* no turco da popa do *Betsabeia*, e guardou a escada. Não há um jeito fácil de subir a bordo, e não tenho tempo para desperdiçar com lazer, mas essa jornada vai ser épica: não posso partir sem algum tipo de cerimônia. Subo no púlpito, bem acima da água, de onde posso olhar diretamente para os aros negros da corrente da âncora enrolando-se nas profundezas. Invisível lá embaixo, a grande âncora do *Betsabeia* é a única coisa que me mantém presa à terra. O oceano me atrai. O ar canta. Ergo os braços por sobre a cabeça. E mergulho.

* * *

Uma hora mais tarde, estamos velejando. Minha irmã foi despertada ou com o barulho da água, quando mergulhei, ou com meu punho batendo no casco, assim que ressurgi na superfície. Ela correu até o convés e desceu a escada para mim, sorrindo com uma expressão admirada.

— Você é mesmo uma sereia — ela comentou estendendo o braço para me ajudar a passar pelos pilares e a subir no convés lateral, onde fiquei parada com uma poça de água salgada se formando aos meus pés. — Você fica tão em casa no oceano. Eu me sinto muito segura com você.

Tomamos o café da manhã com waffles de manga e maracujá, verifiquei a previsão do tempo, Summer fez uma última ligação para Adam e partimos. Assim como meu pai, icei a vela principal antes de levantar a âncora, e o *Betsabeia* se afastou em silêncio do continente asiático, navegando.

Desfraldo a nova vela de genoa enquanto Summer comanda o barco. Com seu jeito pouco hábil, ela nos encaminha diretamente a favor do vento. Com o vento vindo por trás de nós, cada onda balança o *Betsabeia* de um lado para outro, e o vento ameaça sacudir a vela principal também por trás. Se isso acontecer, a vela principal e a retranca vão girar e bater na cabine. No *Betsabeia*, a retranca fica na altura da cabeça de qualquer um que seja tolo o bastante para ficar parado no convés da popa, em vez de na segurança do interior da cabine. Em um giro descontrolado, a retranca pode nocautear uma pessoa, derrubá-la na água ou mesmo matá-la. Meu pai reconhecia que isso era uma falha no projeto, mas resistia à ideia de elevar a retranca, já que a vela principal ficaria mais curta, e isso diminuiria a velocidade do barco.

Assumo o leme e altero o curso, de modo que não há risco de um giro ou uma batida. O movimento melhora, e nós aceleramos. Estamos em vento de popa, o melhor ponto de vela para o *Betsabeia*. Summer, constrangida, arruma a louça do café da manhã e vai dar um cochilo, ciente de que as noites que nos aguardam serão de pouco sono.

A brisa sopra na popa vinda de nordeste, pegamos o ritmo e avançamos para oeste. Estou no comando, guiando de modo manual, os olhos analisando o horizonte azul. Peixes-voadores saltam diante da elegante quilha do iate e seguem em seu encalço. Atrás de mim, o sol se ergue dourado sobre a Tailândia, enquanto a terra firme se transforma em uma silhueta baixa.

Entro no ritmo, reagindo às rajadas de vento e à calmaria do ar, às cristas e depressões da água, como se eu não soubesse onde meu corpo termina e o *Betsabeia* começa. O leme cantarola com a música do oceano. Na metade da manhã, estamos bem em alto-mar. Escapamos do quebra-ventos da Tailândia, e nada pode nos deter agora.

Minha pele formiga com o sol quente. Estou alerta, observando a bússola, o catavento, as velas, a água, mas mal preciso pensar. Meus pés pressionam a madeira; encontrei minhas pernas marítimas. Sinto o gosto do sal em meus lábios.

É para isso que nasci. Isso é estar viva.

* * *

Summer emerge ao sol do meio-dia, equilibrando uma bandeja de mirtilos, queijo camembert e caviar. Ao que isso indica, é possível comprar qualquer coisa em Phuket nos dias de hoje.

— Não tem espaço na geladeira para tudo — ela diz —, então você vai me fazer o favor de comer tudo isso. Deixe que eu aciono o leme automático, para que você possa se sentar na cabine do piloto comigo.

Controlo a vontade de criticar a navegação de poltrona. Summer está certa; é um absurdo guiar o barco manualmente todo o caminho através do oceano. A maioria dos marinheiros usa o leme automático vinte e quatro horas por dia e passa as longas horas e dias da viagem descansando na cabine do piloto e observando ao redor a cada poucos minutos para verificar o tráfego. Eles podem olhar para o mapa eletrônico uma vez a cada hora e rabiscar alguma coisa nos registros do barco uma vez por dia. Só a rara visão de outro barco ou uma mudança no tempo ou no clima vão obrigá-los a sair da cabine para cuidar das velas. Meu pai era um marinheiro da velha-guarda, que nos treinou para usar tanto os mapas eletrônicos quanto os de papel, mas até ele gostava tanto do leme automático que o apelidou de Dave e gostava de dizer para as pessoas que Dave era "o melhor marinheiro do barco". Mas meu pai insistia que todos nós aprendêssemos a guiar manualmente e, para mim, essa ainda é minha forma favorita de navegar, extraindo o melhor do vento e das ondas, comunicando-me com o mar e o ar.

Apesar de ser incomum para um barco deste tamanho, o *Betsabeia* tem uma cana de leme, em vez de uma roda, e, quando a seguro em minhas mãos ou a pressiono entre os joelhos, guiando o iate ao dobrar os joelhos para bombordo ou estibordo no tempo de cada ondulação, é como se o oceano estivesse respirando pelo meu corpo. Mas este é um passatempo para manhãs frescas e noites claras, não para tardes longas sob o escaldante sol asiático. Summer aperta um botão, Dave ganha vida, e eu me junto à minha irmã para um banquete na bem-vinda sombra da cabine do piloto. As janelas de vidro reforçado nos dão uma vista panorâmica do mar e do céu, e naturalmente nos sentamos olhando uma para a outra, ambas analisando a superfície com o instinto de um marinheiro em serviço.

— É difícil deixar tantos bons companheiros para trás, na Tailândia — Summer diz e suspira enquanto eu como. — Mas sei que faremos novos amigos aonde quer que formos. É difícil acreditar que eu não gostava da vida em um iate. Outra coisa pela qual preciso agradecer você, Íris. Você abriu meus olhos para a mágica da vida a bordo, e agora não consigo imaginar não viver no *Betsabeia*. Minha vida é um paraíso.

Já perdemos a terra de vista agora, e o *Betsabeia*, apesar do movimento rápido, está posicionado no centro exato de um círculo azul perfeito. Summer parece incrivelmente à vontade. Nenhuma de nós sofre de enjoo marítimo, mas ela costumava se assustar sempre com o mar aberto.

— Mas você não pode se dar ao luxo de viver a bordo para sempre, pode? Adam não precisa voltar a trabalhar em algum momento?

Summer deixou o emprego como enfermeira quando se casou com Adam, assumindo os cuidados com Tarquin. Eles podem se dar a esse luxo, assim como podem se dar ao luxo de férias prolongadas, deixando a agência de viagem sob os cuidados dos pais de Adam, mas o dinheiro deles não vai durar para sempre.

Summer desvia o olhar.

— Isso... isso era o que eu estava tentando explicar noite passada — diz ela. — Não parecia justo partir para uma viagem séria como esta sem contar os fatos para você. Mas não tinha percebido o quanto você estava cansada. Você adormeceu no meio da nossa conversa.

Até agora, eu estava quase convencida de que a conversa pornô de Summer na noite passada tinha sido um pesadelo causado pela diferença de fuso horário, mas seu rubor tímido não só me diz que foi real como ela está prestes a começar novamente.

— A questão é... eu sei que tive muitos namorados, talvez até mais do que você, mas eu não estava fazendo o que todo mundo provavelmente presumia. Não que eu seja frígida, mas dá para afirmar que demoro para esquentar. Para ser honesta, nem dormi com a maioria dos meus namorados.

A pequena Summer sempre tão pudica. Eu já podia imaginar isso. Ninguém consegue ser tão virtuoso quanto Summer sem ser realmente um pouco puritano.

Agora é como se ela estivesse se despindo diante de mim, mas quem sou eu para interromper? Empurro outro punhado de mirtilo para dentro da boca e começo a mastigar. Estou um pouco enojada, mas preciso descobrir onde isso vai dar.

— Mesmo quando me casei com Adam... não me entenda mal, estávamos apaixonados, mas as coisas ainda não... andaram muito rápido. Ele foi muito paciente. É um homem adorável.

Não há nada que eu possa comentar nesse ponto. Não posso concordar. Este é um lado da amabilidade de Adam do qual nada posso saber.

— Foi quando chegamos aos trópicos que tudo mudou — ela prossegue remexendo-se em seu assento, puxando o sarongue da parte de trás das coxas, onde ele se gruda à sua pele. — As noites quentes, o oceano, o jeito como Adam cheira, mesmo quando sua, tudo isso me deixou em brasa. Não estávamos esperando isso, mas, de repente, estávamos tão famintos um pelo outro... é como se tivéssemos enlouquecido. Chegamos a voltar correndo para o barco e colocar Tarquin no berço. Mal podíamos esperar para que ele dormisse, mal conseguíamos ficar quietos.

Summer continua. Ela olha por sobre meu ombro para a janela da cabine do piloto, com uma expressão tão intensa, tão concentrada, que sinto como se um grande barco estivesse em rota de colisão, mas, por algum motivo, minha irmã não vai me avisar, e não consigo me obrigar a olhar. Não consigo afastar os olhos de seu rosto, de sua boca que parece um botão de rosa, embora eu tenha a sensação de que ela esteja prestes a pronunciar minha perdição.

É quando ela diz.

— E então teve essa vez, há umas duas semanas... você sabe que não bebo muito, mas Adam comprou uma garrafa de espumante rosé porque, sabe, ele adora me comprar tudo o que tem a ver com rosas. Nós estávamos em uma pequena baía ao longo da costa, sentados no convés da proa, onde há um pouco da brisa e um pouco da ondulação que vem do Sul, e o *Betsabeia* balançava um pouco.

Cada vez que diz "pouco", Summer pressiona o dedo na coxa. Seu sarongue está aberto, e posso ver a comprida cicatriz, o S alongado, que sobe pela perna dela. Ainda parece uma ferida recém-curada mesmo tantos anos depois; Summer mencionou que ela reabriu recentemente, como costuma acontecer com cortes feitos em corais. Eu me pergunto se algum dia vai sumir, ou mesmo se vai sarar direito.

— E Tarquin estava dormindo, graças aos céus, porque comecei a pensar em Adam, em seu corpo... foi como se minha boceta tomasse conta do meu cérebro.

Nunca ouvi Summer falar *boceta* antes. Ela parecia ronronar, fazendo as palavras atravessarem o espaço entre nós.

— Meu corpo todo vibrava. Eu podia sentir o sangue correndo até minha pele, correndo até meus seios, como se algo pulsasse bem lá no fundo. Agora eu entendo por que as pessoas ficam loucas por sexo, Íris. Eu tinha que tê-lo, naquele momento, bem ali no convés da proa. Havia um bando de bagunceiros festejando no barco ao lado, não muito distante, e o sol ainda estava alto, era dia, mas não me importei. Arranquei todas as minhas roupas, empurrei-o para o convés e subi em cima de Adam. Ele era grande, duro... Deus, foi tão bom. Fizemos amor bem ali, no chão do convés, e fomos tão barulhentos, juro que metade de Phuket nos escutou, e não me importei, não me importaria se morresse.

E agora ela me olha bem nos olhos.

— Acho que você já imaginou o que estou tentando dizer.

Então, essa não é a história toda. Tem mais. E vai ficar pior.

— Eu queria que você soubesse que não planejamos isso. Adam se preocupa com contracepção, mas eu pulei em cima dele. Não tínhamos camisinha a bordo. Eu tinha colocado na minha lista para comprar no dia seguinte. Queria que você soubesse que foi só essa vez, e que foi um acidente. Porque eu nunca quis fazer isso, Íris... nunca quis que fosse assim entre nós duas.

Estou tão distraída com a bela história de Summer, tão capturada pelo sonho, tão ocupada imaginando a ereção de Adam se erguendo do convés de proa como um mastro de carga, que só agora escuto o que ela está dizendo. E ela parece tão arrependida, tão imbecilmente arrependida por arruinar minha vida que facilito para ela. Menciono o que ela não tem coragem de verbalizar para mim.

— Parabéns. Você está grávida.

CAPÍTULO 5

O CONCURSO
DE BELEZA

Quando ficamos sabendo do testamento, pensei que a rivalidade entre Summer e eu seria intensa. Competiríamos por cem milhões de dólares. Ninguém mais estava no páreo. Mesmo se não houvesse alguma preocupação secreta relacionada a Ben, ele era quatro anos mais novo. Teríamos quatro anos para que nos casássemos e reproduzíssemos antes que ele chegasse aos dezoito anos.

Ben se assumiu no início da adolescência, e ninguém ficou surpreso. Percebi que os adultos já sabiam havia muito tempo. Ben não saía por aí com shortinhos colados de cores chamativas nem tentava dar em cima dos outros meninos na escola, mas, de algum modo, todos os adultos sabiam. Ridge Carmichael teve sete filhos, mas não teve um filho homem heterossexual.

O nome Carmichael ia morrer. Isso deve ter deixado meu pai louco.

Penso que meu pai achou que todos seríamos adultos quando ele morresse, então ele nunca imaginou que suas filhas sairiam correndo para serem noivas adolescentes. Ele não queria que nós cometêssemos o mesmo erro que ele, que o levou a se divorciar de Margareth — o erro de postergar o negócio de ter filhos para quando fosse tarde demais. Nós, meninas, não teríamos a opção de tentar novamente com uma esposa mais jovem.

No dia seguinte ao funeral do meu pai, eu me esgueirei até o quarto da minha mãe e consegui uma cópia do testamento. Trancada no banheiro, fotografei apressadamente todas as páginas com meu celular, para ler mais tarde, em particular. As regras eram muito claras. Meu pai era um progressista, do seu jeito, um apoiador das oportunidades iguais. O neto não precisava ser um menino. Mas tinha de receber o sobrenome Carmichael e tinha de ser o primeiro.

Tecnicamente, o dinheiro permaneceria em um fundo fiduciário até que esse precioso neto fosse maior de idade, mas os pais do herdeiro eram os curadores e tinham amplos poderes para usar o dinheiro como quisessem. Podiam gastar com eles mesmos ou com seus outros filhos, mas não poderiam dividir com o restante de nós. Meu pai não tinha interesse em recompensar perdedores. O vencedor levaria tudo.

Summer e eu poderíamos adiar nossos casamentos até os trinta anos, se não fosse por Francine e nossas quatro meias-irmãs. Elas eram garotinhas quando meu pai morreu, mas eram a única esperança de Francine.

Dias depois do funeral de meu pai, Annabeth e Francine se comunicavam por meio de advogados. Envelopes gordos eram entregues na casa da praia por meio de mensageiros. Annabeth saía correndo para lê-los em seu quarto, e saía de lá com o rosto vermelho e em silêncio. Ela tinha longas conversas por telefone — eu nunca tive muita certeza de com quem, apesar da minha força-tarefa para escutar escondida — e chorava por causa da falta de compaixão de Francine e por sua necessidade de ter "tempo para viver o luto". Ela tinha sido casada com meu pai por mais tempo.

Nada daquilo fez diferença. Caixas brotaram na nossa sala de estar ainda enquanto a árvore de Natal estava montada, marrons como galhos secos, em um canto qualquer. As lágrimas da minha mãe deram lugar à raiva. Os livros foram jogados em caixas; travessas e panelas arremessados em engradados. Mas ela tomou cuidado com os cristais e as louças. Não quebrou nada.

A sensação era de que Annabeth passou aquele verão empacotando objetos, garantindo que a "destruidora de lares", como ela começara a chamar Francine, não colocasse as mãos em nenhuma das nossas joias ou porcelanas. Foi quando descobri quem era o pai de Virgínia.

— A criança tem que ser concebida e nascida dentro do casamento — Annabeth reclamou no telefone um dia, enquanto se ajoelhava sobre uma caixa meio cheia de taças de champanhe. — Não, não dá para legitimar retrospectivamente. Deve haver pelo menos nove meses entre o casamento e o nascimento, ou evidência médica comprovando que o bebê foi prematuro. Mesmo assim, Virgínia não está excluída. Agora, se isso não é hipocrisia, não sei o que é. Vicky também. Vicky nasceu só seis meses depois do casamento deles.

A pessoa do outro lado deve ter falado algo para acalmá-la, porque o tom de voz da minha mãe mudou.

— Ela tem seis anos. Não, claro que não quero que a criança seja punida pelos pecados de Ridge, mas, honestamente, Virgínia, que nome para se dar para uma bastarda! A criança podia muito bem ter se chamado "Adultéria".

Uma conversa parecida aconteceu no dia seguinte, e no outro. O tempo quente incomodava; Ben e Summer discutiam e reclamavam, e Annabeth começou a procurar qualquer desculpa para se livrar de nós. Ela nos mandava para a praia todas as manhãs, com instruções estritas de não voltar durante duas horas, mas raramente conseguíamos ficar metade desse tempo fora. Em geral, nos esquecíamos de levar água ou ficávamos sem nada para comer. Certa vez, esquecemos o protetor solar e, com a pele muito clara, Ben ficou tão queimado que não conseguiu sair de casa por uma semana.

Annabeth estava tão desesperada para ficar sozinha que me obrigou a invadir a festa do pijama anual de fim de férias na casa da melhor amiga de Summer. Com seus olhos suaves e bovinos e seus cachos castanhos, Letitia Buckingham era exatamente o tipo de idiota delicada que Summer amava. Ela e Summer eram amigas desde o jardim de infância, mas eu não conseguia suportá-la.

Não contente em administrar a associação de pais e mestres, a mãe de Letitia tinha montado o Comitê da Praia de Wakefield, uma organização especializada em estragar a praia com eventos que não eram de praia, lotado de pessoas que não gostavam de praia vestidas com roupas que não eram de praia. Até então, naquele verão, ela tinha organizado um desfile de modas e um show de talentos. O sr. Buckingham tinha construído passarelas de madeira por sobre a areia para que sua mulher desfilasse de saltos altos que pareciam colados aos seus pés. Eu ficava o mais distante possível desses eventos, nadando na outra ponta da praia, onde ninguém conseguia me ver.

No dia seguinte à festa do pijama, a sra. Buckingham estava comandando o primeiro concurso de beleza infantil da praia de Wakefield, para meninas com menos de dezesseis anos, para que Letitia pudesse participar. Três faixas, ouro, prata e bronze, aguardavam ao lado da porta principal da casa dos Buckingham, junto a uma tiara dourada. A sra. Buckingham as exibia como se ela mesma as tivesse ganhado.

Eu imaginava a sra. Buckingham usando a tiara. Seu primeiro nome era Celia, e eu gostava do contraste entre o nome — clássico, etéreo — e o seu grande rosto redondo, seu corpo tão quadrado e lento quanto um ônibus. Ela facilmente tinha uns dez anos a mais do que Annabeth, e as duas não teriam nada em comum se suas filhas não fossem como unha e carne. Annabeth, ainda magra e dona de uma beleza trágica, era o tipo de mulher que alguém esperaria coordenar um concurso de beleza, não uma monstruosidade de meia-idade como Celia Buckingham.

Celia estava bebendo um cappuccino em sua cozinha imensa, observando, enquanto nós, meninas, tomávamos o café da manhã e tagarelávamos sobre a previsão do tempo (um dia de vento), o que representava um problema para todos aqueles vestidos de baile esvoaçantes e penteados delicados. Eu sugeri realocar o evento para o shopping de Wakefield "e deixar a praia para quem gosta de atividades ao ar livre". Celia olhou feio para mim.

Annabeth tinha nos dito que não voltássemos para casa antes do meio-dia, mas isso não significava que tinha de ficar com os Buckingham o dia todo. Eu iria para meu lugar de sempre, no outro extremo da praia. Não precisava de companhia; seríamos eu e o oceano.

Mas quando tentei minha fuga, descobri que havia outros planos para mim.

— Sua mãe pagou sua inscrição — Celia anunciou, parada na porta da frente de casa, intransponível como um rinoceronte.

Tentei todas as desculpas possíveis, desde um caso extremo de medo de palco até "concursos de beleza exploram mulheres", mas Celia ignorou minhas palavras.

— Vamos lá nos divertir — disse ela. — Faça isso pela sua mãe. Você sabe como essa mudança está sendo difícil para ela.

Na praia, as marquises balançavam com a brisa, como um bando de gaivotas gigantes prestes a alçar voo. Por enquanto, contudo, os elementos da natureza pareciam controlados. Eu vislumbrava o oceano resplandecente, livre e selvagem, mas as marquises o obscureciam, o que sem dúvida era como Celia Buckingham gostava que as coisas fossem.

Havia uma longa fila de meninas à espera de se inscrever no concurso. Todas ficaram em silêncio quando Summer, Letitia e eu passamos, as privilegiadas que não precisavam entrar na fila. A maioria delas tinha mais ou menos a nossa idade, talvez fossem um ano mais velhas. Bonitas, mas não tão bonitas.

Eu não pude resistir a um sorriso irônico ao ver a batalha que Celia devia estar travando. Letitia, esbelta e bronzeada, teria a vitória nas mãos se não fosse por suas convidadas.

Agora Summer e Letitia estavam preenchendo os formulários de inscrição. Li o meu.

— O que quer dizer "trajes de banho de bom gosto"? — perguntei. Como se houvesse algo de bom gosto em um concurso de beleza para meninas menores de idade.

— Nada de biquínis — respondeu Celia.

Já havia um bando de pervertidos sentados na areia perto da passarela, então foi um alívio saber que eles não iam ver nenhum torso adolescente desnudo.

Mas Summer e eu só tínhamos levado biquínis. Tínhamos de ir para casa e pegar nossos maiôs. Summer telefonou para Annabeth enquanto caminhávamos pela Beach Parade, já que tínhamos recebido ordens para não aparecer sem avisar.

Fiquei surpresa em ouvir Summer na tentativa de se livrar do concurso.

— Vou ajudar você a encaixotar as coisas, mãe. Prometo, desta vez — disse ela. — Sinto muito que não tenhamos sido... muito úteis...

Eu podia escutar mais ou menos o que Annabeth respondia. Claro que devíamos participar do concurso. Éramos as meninas mais bonitas em Queensland.

Era uma manhã quente e brilhante, e o cabelo de Summer parecia ouro derretido, escorrendo por sobre seus ombros bronzeados quase até a cintura. Ela estava usando um short branco curto, e suas pernas tinham músculo e graça suficientes para que ela não fosse chamada de magrela.

Era uma transformação recente. Não sei se Summer tinha notado, mas eu via como os garotos olhavam para ela. E os homens. Nenhuma de nós tinha menstruado ainda, mas Summer parecia uma mulher. Seus seios eram maiores do que os meus, e seus quadris mais largos, embora ainda usássemos as mesmas roupas.

— Esse é o problema, mãe — ela argumentou, contendo as lágrimas. Summer chorava muito naquela época; ficava comovida com cãezinhos perdidos e esse tipo de bobagem. — Nós duas não podemos ganhar, podemos? E vai ser terrível para qualquer uma de nós que ficar em segundo lugar. — Ela acrescentou rapidamente: — Não que eu esteja presumindo nada. Tem várias garotas bonitas aqui.

A gargalhada de Annabeth ressoou pelo telefone, jubilante, exultante com a modéstia de Summer. Por que eu nunca pensava em frases como esta? Eu temia a mesma coisa que Summer. Éramos gêmeas, no final das contas; era assustador como frequentemente tínhamos os mesmos pensamentos, embora nunca tivesse me ocorrido fingir que minha preocupação fosse altruísta, que estava preocupada em ferir os sentimentos da minha irmã.

Mas essa era a questão. Summer não estava fingindo.

A garota no espelho

— Claro que não vão conseguir distinguir vocês duas! — Annabeth exclamou quando chegou em casa. — Ultimamente nem eu consigo fazer isso. Vocês duas vão dividir aquela coroa!

Boas pessoas são imbecis. Annabeth realmente acreditava naquilo. E talvez Summer também acreditasse, porque ela estava prestes a fazer a coisa mais gentil e mais imbecil de sua vida.

* * *

Por morar na praia, como morávamos, Summer e eu tínhamos muitos biquínis. Os únicos maiôs que tínhamos eram os da escola de natação, que eram modestos, brancos e, é claro, idênticos. Summer estava atravessando uma longa fase de se recusar a se vestir igual a mim, mesmo em casa, então fiquei surpresa quando ela não reclamou.

De volta à praia, desfilamos pela passarela com nossos vestidos de festa, fornecidos pela rede de lojas de roupas de baixo custo que estava patrocinando o evento, com cerca de trinta outras candidatas. Eu tentava não olhar para a multidão, que incluía um desconcertante número de velhos vermelhos como lagostas. Assim, colocamos nossos trajes de banho. Enfileiradas para voltar ao palco, analisei nossas rivais. As magrelas sem esperança de doze anos, cujas mães estavam usando o desfile como creche. As garotas que eram bonitas, mas tímidas ou retraídas demais para mostrar isso. As sonhadoras feias.

A única coisa que estava me divertindo era a batalha perdida de Celia para erradicar o aspecto sexual de um concurso de beleza. Ela tentou tanto, escolhendo uma mulher de meia-idade, uma de suas amigas, como jurada, e insistindo em trajes recatados (abaixo do joelho) e maiôs. Mas não adiantou de nada. Uma garota foi retirada do palco porque seu maiô era tipo fio-dental, mas não antes de atrair uma rodada de assobios e uivos. Celia fez um pronunciamento, lembrando à multidão que se tratava de "estudantes, não modelos". Aquilo só deixou a situação toda ainda mais bizarra.

Dez finalistas foram anunciadas: summer, Letitia, sete outras aspirantes e eu. Celia nos chamou de volta ao palco e andamos em círculo até nossos pés doerem. Será que a jurada ainda estava escolhendo entre uma de nós? Alguém devia ter dito para ela que, se duas garotas dividissem o primeiro lugar, ela não precisava escolher uma segunda. Ela poderia colocar Letitia em terceiro e acabar com aquilo.

O palco era alto, e eu estava com calor, com fome e com medo de que manchas de suor aparecessem nas minhas axilas e virilha. E quanto mais andávamos em círculo, mais outra possibilidade entrava em minha mente.

Eu não conseguia deixar aquela ideia de lado. Por que a jurada estava com tanta dificuldade? A resposta era óbvia. Ela tentava escolher entre Summer e eu.

Claro que não íamos dividir o prêmio. Havia uma faixa dourada, uma coroa dourada. Summer não se importava com quem fosse vencer, dava para perceber. Seus movimentos eram fluidos, seu rosto em forma de coração não tinha maquiagem, seu sorriso era saudável.

Summer ia vencer. Não eram os peitos maiores ou as novas e férteis curvas de seus quadris e coxas. Era a característica que Summer tinha e que eu jamais teria. Beleza interna. Como a bobagem que falam nos concursos de TV. A beleza verdadeira vem de dentro.

Alguém não quis que garotinhas começassem a chorar no palco, então tivemos permissão para nos sentarmos na plateia. Eles anunciariam as vencedoras a qualquer momento.

Annabeth e Ben apareceram enquanto procurávamos algum lugar para nos sentarmos. Minha mãe exibia seu inseguro sorriso público. E então Ben me olhou de um jeito, um jeito fraterno, um olhar de pena e amizade, e percebi algo. Apesar de toda aquela bobagem, eu me importava com o resultado. Eu não queria sorrir e aplaudir enquanto Summer brilhava com sua tiara dourada. Ia ser uma droga.

Criei um plano desesperado. Os velhos vestiários públicos e os banheiros ficavam sobre uma das dunas. Celia Buckingham estava abrindo caminho para o palco. Annabeth estava entretida em uma conversa com outra mãe.

— Estou apertada — disse para Ben, e corri para o banheiro.

A garota no espelho

Não dava para ouvir os anúncios do banheiro, mas eu podia ouvir a voz de sirene de nevoeiro de Celia, pontuada por salvas de palmas. Aquilo era fantástico. E eu estava perdendo. Pelo bem do realismo, me sentei na privada com o maiô branco ao redor dos tornozelos, fingindo fazer xixi. Mais cinco minutos e estaria tudo acabado. Poderia pegar minha faixa de perdedora mais tarde.

Ouvi o barulho de pés correndo, e uma batida na porta do banheiro.

— Querida! — Annabeth chamou ofegante. — Você venceu! Você é a vencedora! — Apesar da confiança demonstrada mais cedo, ela parecia surpresa. Espantada.

Vesti o maiô e saí correndo do banheiro, esquecendo de dar descarga. Não pensava em nada, exceto que ia dividir o prêmio com minha irmã. Annabeth tinha estado certa, no final das contas. O fato de uma boa pessoa ser imbecil não quer dizer que ela esteja errada. Estava tudo bem. Eu estava feliz com meu primeiro empate. Estava caminhando no ar. Correndo no ar.

Mas, quando me aproximei do palco, quase caí de cara no chão. Vi que tinham anunciado as vencedoras de trás para a frente, começando com a terceira.

Summer já estava ali em cima com uma faixa, e não era dourada.

Não era prateada.

Letitia estava usando a faixa prateada. Estava sorrindo, os olhos escuros brilhando. Mesmo no meu delírio de alegria, registrei aquilo, porque eu não podia deixar de ser maldosa nem mesmo em meu momento de triunfo. Os olhos úmidos de Letitia me diziam que ela achava que ia vencer. Ela era louca?

Mas mais louco ainda era o fato de que ela havia derrotado Summer.

E eu também.

A faixa de Summer era de bronze.

Não só a jurada decidira que eu era a gêmea mais bonita, como colocou outra garota entre nós. Como se quisesse que a praia inteira soubesse que não tinha sido tão difícil assim escolher.

Os olhos de Summer estavam secos. Ela me olhava, sorrindo com amor verdadeiro, aquela expressão solar, franca. Sua postura era um tipo estranho de vitória. Eu jamais poderia ter feito o que ela estava fazendo naquele momento.

Subi os degraus até a passarela lentamente. Coloquei os ombros para trás. Parei no meio do caminho para procurar Ben na plateia e lhe dar um aceno, mas tanto ele quanto Annabeth tinham os olhos fixos em Summer.

Assumi meu lugar entre os vencedores. A jurada deu um passo adiante, com minha faixa e tiara douradas. Aquele dourado resplandecente. Era magnífico.

Celia ainda narrava o evento para a plateia, como se precisassem de legendas. Palavras como "charmosa" e "maravilhosa" rodopiavam à minha volta como uma nuvem feliz. Abaixo de mim estavam rostos admirados, aplaudindo.

Eu era a Miss da Praia de Wakefield. Eu era a rainha da beleza.

Enquanto a coroa era colocada na minha cabeça, abri o braço em um arco amplo e gracioso. O aceno da rainha da beleza. Por que eu tinha sido escolhida? Será que Summer estava gorda? Mas todo mundo dizia que ninguém conseguia nos diferenciar.

Esqueci de todas minhas objeções contra concursos de beleza. Eu era a garota mais bonita em Wakefield.

Eu era mais bonita do que Summer.

— Senhoras e senhores — Celia prosseguiu —, apresento a todos a Miss da Praia de Wakefield: Summer Carmichael.

Este era o tipo de irmã que eu tinha. Enquanto eu estava me escondendo no banheiro, eles anunciaram que o terceiro lugar ia para Íris Carmichael, e Summer subiu no palco e aceitou a humilhação no meu lugar. Ela sabia que tinha vencido, e me deixou usar a faixa, me deixou ganhar a coroa. E ela era uma pessoa tão boa que achou que eu adoraria ficar ali, me banhando na glória que era destinada a ela, deleitando-me com a adulação, a queridinha da multidão.

As pessoas boas são imbecis.

A garota no espelho

* * *

Quase escapamos impunes. Quando estávamos prestes a ir para casa, ainda de maiô e com nossas faixas, eu com a tiara, Ben disse:

— Tem sangue escorrendo por suas pernas, Íris. — Ele estava olhando para Summer, é claro.

Será que a cicatriz de Summer tinha se aberto, como acontecia de tempos em tempos? Não, não era aquilo. Era sua menstruação, escorrendo pela roupa branca. Mas não importava de onde o sangue vinha. O que importava era que, assim que Ben falou isso, todo mundo — Annabeth, Letitia, Celia e um bando de garotas participantes do concurso — olhou para as coxas de Summer. Todo mundo viu a cicatriz, comprida, vermelha e inconfundível sob a mancha de sangue. O S de Summer.

Agora todo mundo conseguia distinguir uma gêmea da outra. E todo mundo estava me olhando. A gêmea feia com a coroa que ela não merecia.

— Summer, querida — veio a voz trêmula da minha mãe —, que coisa linda você fez pela sua irmã.

Eu não conseguia falar. Arranquei minha faixa e enfiei a coroa na cabeça da minha irmã. E então saí correndo para a única coisa que eu queria o dia todo. O oceano.

CAPÍTULO 6

A TRAMA

Olho para a barriga de grávida de Summer. Está tudo acabado. O sonho morreu. Meus olhos se enchem de lágrimas, e finjo que é um choro de "ah, estou tão feliz". Talvez Summer acredite. Quando você é uma boa pessoa, acha que as outras pessoas também são. Não é nem por causa do dinheiro. Perder cem milhões de dólares que nunca tive ainda não me parece algo real. Tudo no que consigo pensar é no concurso de beleza.

Letitia Buckingham chorou quando ficou em segundo lugar, perdendo para Summer, e eu achei que ela estava louca. Que idiota sonhar em derrotar minha irmã. Mesmo assim, aqui estou eu, nove anos depois, sendo uma idiota ainda maior. Embora minha irmã esteja casada — casada com um homem que adora ser pai — e embora meu próprio casamento tenha se desintegrado, eu ainda acreditava que as coisas dariam certo para mim, e que o dinheiro acabaria nas minhas mãos.

É como se ele devesse ser meu.

Jogo os braços ao redor da minha irmã. Ela já cheira e parece diferente, como se estivesse se suavizando e se confundindo com a nova vida crescendo dentro dela. Há uma delicadeza nela, um amadurecimento excessivo, um odor que é frutado e quase fúngico. A fertilidade está a um passo do apodrecimento.

Quando Adam a beijou no hospital na Tailândia, quase senti o segredo entre eles. Ele a contemplava como se Summer tivesse feito algo milagroso. Ela meio que fez.

Noah me perguntou, na nossa noite de núpcias, se eu tinha medo do parto, e notei em sua voz que ele queria que a gravidez já tivesse passado. Ele não queria me ver inchar e estourar. Tenho a sensação de que Adam sente outra coisa. Ele acha essa nova e completa Summer mais atraente do que nunca. Seus seios já estão inchados; sua barriga já está mais redonda.

— Ainda está muito no começo — comenta Summer. — Adam diz que eu estava fazendo tudo o que Helen fez quando ficou grávida, reagindo a cheiros e gostos, então eu fiz um desses testes supersensíveis, antes mesmo que minha menstruação atrasasse. De fato, minha menstruação só está atrasada — ela conta — há três ou quatro dias. Mas eu já sabia que daria positivo. Eu simplesmente sabia.

— Estou tão feliz por você, maninha. — Minhas entranhas se retorcem e se contraem.

Se fosse só pelo dinheiro, mas não é. Mesmo sem a herança, a vida de Summer é mais do que perfeita. Ela se casou com o amor de sua vida. Está em longas férias de um ano, em um iate luxuoso. E está prestes a ter o que percebo que ela sempre quis. Um bebê.

— Também estou feliz por você, maninha — Summer murmura. Que maluquice é essa? Ela nota minha expressão confusa.

— Adam e eu vamos cuidar de você a partir de agora — diz ela. — O dinheiro está a salvo de Francine. Não podemos dividir a herança com você, mas podemos lhe dar nosso dinheiro... o dinheiro de Adam, eu devia dizer. Vamos garantir que nunca falte nada para você. Adam é muito generoso, como tenho certeza de que você vai descobrir.

— Obrigada. — Estou prestes a engasgar com minhas palavras. Eu me sinto como uma aposentada idosa que recebeu a promessa de dinheiro para o supermercado. — Mas por que você estaria preocupada com Francine? Virgínia só tem quinze anos.

— Não vamos estragar o momento falando sobre nossa madrasta. Em outra oportunidade eu conto para você. Ah, maninha! Eu gostaria de poder clonar minha vida. Eu gostaria que você também tivesse um Adam, um *Betsabeia* e um bebê! Mas um dia você terá tudo isso, sei que sim. Você terá tudo o que eu tenho. Sou a primeira, é só isso! De todo modo, temos que fazer nossos planos. Temos muita coisa para decidir.

Por um momento, acho que ela quer me envolver nas minúcias de sua gravidez, seu plano de parto e esse tipo de bobagem. Não há nada sobre o que eu queira falar menos. Felizmente, ela está sendo mais pragmática do que isso. Está falando sobre a viagem.

Uma de nós precisa ficar atenta o tempo todo, dia e noite, pelas próximas duas semanas ou mais. Summer tem sido tão amável desde que subi a bordo que eu estava pensando que poderia escolher os turnos, desfrutando das noites estreladas e das auroras rosadas, e deixando o meio-dia quente e os turnos mais desagradáveis para minha grata irmã. Mas agora estou no mar com uma mulher grávida. Todas as partes difíceis ficarão por minha conta.

* * *

Desde os catorze anos, fiz de conta que concordava com o doce sonho de Summer, fingindo que o testamento não ia me impedir de me casar por amor. Como Summer, eu não ia contar para nenhum dos meus namorados sobre o dinheiro.

Na verdade, desde o funeral do meu pai, eu tinha um plano. No dia em que fizesse dezoito anos, me casaria com alguém. Com qualquer um. Eu começaria o mais rápido possível essa brincadeira de fazer bebês.

Meu aniversário de dezoito anos estava se aproximando, e eu estava prestes a pedir meu namorado na época (Kash — o nome combinava bem com ele) em casamento, quando percebi meu erro.

Eu não estava animada com meu futuro. O dinheiro seria fantástico, claro, mas estaria casada com Kash, a quem eu escolhera por sua provável disponibilidade para aceitar o esquema, mas que, fora isso, não era um companheiro de vida muito inspirador. Eu não dava a mínima se não tivesse o casamento de contos de fada que Summer tanto gostava de imaginar para si, mas a pressa envergonhada no cartório, a gravidez devastando meu corpo: que adolescente quer isso?

Semanas antes do meu aniversário, perguntei a Kash, como se fosse uma pergunta do nada e excêntrica, quanto dinheiro ele teria de receber para se casar e ter um filho comigo.

— Cinquenta pratas — ele disse. — Desde que só estivéssemos casados no papel, e eu não tivesse que, tipo, ver a criança.

Comecei a pensar. Eu realmente precisava me apressar tanto assim? Summer não estava saindo com ninguém. Meu plano presumia que Summer fosse como eu, que também fosse fugir para se casar assim que fizesse dezoito anos, para conseguir o dinheiro.

Mas Summer nunca faria isso. Eu sabia no fundo do meu coração. Ela não faria uma corrida furtiva para o altar. Ela se casaria quando se apaixonasse, e faria tudo como manda o figurino. Anunciar a notícia, festa de noivado, um grande casamento. Essas coisas levam tempo.

Eu tinha tempo. Tinha oito anos até que Virgínia fizesse dezoito. As chances de que eu encontraria alguém melhor do que Kash da praia de Wakefield estavam a meu favor. No pior dos cenários, me casaria com quem fosse o meu namorado no momento em que Summer anunciasse seu noivado. No melhor dos cenários, eu realmente me apaixonaria antes disso.

Em retrospecto, Kash teria sido um marido melhor do que Noah. Não dá para deixar a ironia disso de lado.

Depois de horas de entediante negociação reversa (quem pode ser a doçura mais doce do mundo?), Summer e eu acertamos um cronograma de turnos. Summer afirma gostar de velejar durante o calor do dia, e não se importa em ficar acordada até tarde, vendo a escuridão cair. O difícil para ela é acordar de madrugada, ser arrancada do sono. Então, ela vai fazer o turno do meio-dia até o fim da tarde, quando eu assumo para que ela prepare o jantar — nós duas sabemos que ela cozinha melhor.

Vamos comer cedo, enquanto ainda houver luz, e ela vai ficar com o turno do pôr do sol até a meia-noite, enquanto eu aproveito para dormir algumas horas. A partir daí, ela vai me acordar e ficarei cuidando de tudo até o amanhecer. Daí até o meio-dia é flexível; veremos qual de nós estará mais cansada.

— Então estou fazendo uma mulher grávida ficar acordada até a meia-noite, todas as noites, por quinze dias — concluo. — Dificilmente isso vai fazer de mim a irmã do ano.

— Você precisa dormir em algum momento. — Summer sorri.

— Vou ficar bem. Você é quase tão amável quanto Adam.

Entramos em uma rotina de dia e noite, acordar e dormir, sol e céu estrelado, e o *Betsabeia* voa pela Baía de Bengala. É como se meu pai ainda estivesse no barco; nós instintivamente seguimos suas antigas regras. Nunca deixamos a cabine sem prender nossos coletes na linha de vida que corre por todo o comprimento do convés, e como precaução adicional, antes de entrar no convés, chamamos a outra para ir até a cabine cuidar de tudo. Na maior parte do tempo, no entanto, as velas podem ser ajustadas de dentro da cabine.

Se alguma mudança precisa ser feita no convés da proa durante os turnos de Summer, em geral eu faço para ela. De fato, não acho que ela saia da cabine do piloto em seus turnos. Ela não gosta de mexer com as velas. Por mim, tudo bem. Tudo o que preciso é que ela seja um par de olhos para que eu possa dormir um pouco.

Durante nossa primeira semana de viagem, descubro mudanças no iate, melhorias que Adam fez. Eu achava que o *Betsabeia* era perfeito, mas tenho de admitir que a geladeira maior permite jantares luxuosos em um padrão que não imaginava ser possível em alto-mar.

Noite após noite, Summer serve pratos da cozinha tailandesa com ingredientes frescos, como se fosse uma chef especializada. Adam também instalou um tanque de água extra, então, em vez de cozinharmos em nosso próprio suor até alcançarmos um porto, Summer e eu podemos tomar banho todos os dias — um banho rápido e frio, mas é tudo o que alguém precisa nos trópicos.

Summer toma banho ao meio-dia, usando o chuveiro aberto da cabine, uma ducha de mão simples, aproveitando a privacidade oferecida por uma viagem oceânica. Na cabine, tenho de aguentar um striptease diário, e não há mais lingeries de adolescente à vista. São só sutiãs sexy e calcinhas fio-dental brancas, cor-de-rosa e escarlate.

— Adam comprou isso para mim — ela murmura, deixando cair no chão uma peça pecaminosamente minúscula de cetim cravejado de diamantes no chão do deque. Enquanto a água fria escorre por sua pele quente, ela exibe seu corpo exuberante, totalmente bronzeado, para o Sul. Ela esfrega sabonete em gel de rosas selvagens nos seios cheios e na barriga quase reta, e faz espuma na linha irritantemente organizada de pelos pubianos. Seus mamilos já estão inchados pela gravidez, escurecidos do rosado para o vermelho-rubi.

Sua roupa íntima, sempre combinando, sempre Victoria's Secret ou Agent Provocateur, está esperando por ela, pendurada no leme. Agora sei por que ela deixou aquelas peças pudicas lá em Wakefield. O gosto dela mudou.

Eu costumava ser a rainha da lingerie, examinando catálogos, experimentando as peças mais excêntricas das lojas mais luxuosas. Mas contraí muitas dívidas, e minha coleção sofreu o golpe. As peças brancas já se transformaram em um cinza desbotado, as taças dos sutiãs estão frouxas e na metade do tempo não consigo mais combinar a calcinha com o sutiã.

Uma coisa que Adam não mudou no barco foi o tanque de combustível. Felizmente, o leme automático e a geladeira funcionam com painéis solares, então não precisamos de combustível enquanto houver vento suficiente para velejarmos.

Não posso deixar de admirar Adam. Se meu pai mostrasse o mesmo tanto de consideração pelo conforto de Annabeth quanto Adam tem pelo de Summer, talvez minha mãe não tivesse vontade de se livrar do barco. Talvez meu pai pudesse ter deixado a Irmãos Carmichael nas mãos de Colton, como ele falava em fazer, e todos nós teríamos ido para a África quando ainda éramos uma família. Antes de Francine. Há até uma máquina de lavar roupa e uma secadora, instaladas uma sobre a outra em um armário ao lado do banheiro. Não há água ou energia suficientes para usá-las em alto-mar, mas Summer já está empilhando suas lingeries usadas no cesto, prontas para serem lavadas assim que alcançarmos algum porto.

— Adam instalou isso como uma surpresa — Summer me conta quando abro a porta de carvalho e encontro os equipamentos brancos reluzentes inteligentemente escondidos ali atrás. Ela sussurra em meu ouvido, como se o *Betsabeia* estivesse ouvindo. — Não conte para ninguém, mas é minha coisa favorita no barco.

Minha coisa favorita ainda é o espelho duplo. Vivendo no iate de Summer, entre as coisas de Summer, comendo a comida de Summer, ouvindo sobre Adam, Tarquin e o bebê, quase me sinto como se estivesse desaparecendo, dissolvendo no calor. Mantenho um sorriso de tia animada no rosto, pronto para ser usado caso Summer apareça diante de mim enquanto estou na cabine, ou descansando no camarote, ou caminhando de um lugar para outro — é isso a que se resume a vida nesta viagem oceânica. Mas, no banheiro, posso ser eu mesma. Sem sorriso. A garota no espelho é miserável, mas pelo menos é real.

E ainda sou uma velejadora melhor do que Summer. Todos os dias usamos o telefone por satélite para fazer o download da previsão do tempo e do e-mail de Adam — Tarquin está melhorando aos poucos —, mas Summer, na verdade, está interessada apenas no último item. Ela cumpre seus deveres, mas ainda diminuo as velas, todas as noites, após o jantar, para ter certeza de que ela conseguirá guiar o *Betsabeia* na escuridão, e então aumento as velas novamente depois que ela me desperta à meia-noite, para começar meu turno. Os ventos de monção continuam fortes e estáveis no estibordo, e a cada noite anseio pelo momento em que, quando Summer apaga a luz, eu estendo totalmente as velas e solto as rédeas do *Betsabeia*, que sai de um ritmo restrito para um galope incansável em direção a Oeste.

A África nos espera.

* * *

Apesar de tudo, estou feliz no leme do *Betsabeia*. Posso esquecer Noah e sua nova namorada, Lori. Posso esquecer Summer e Adam. Posso esquecer o bebê.

Tudo ao meu redor é a noite pacífica no oceano. Não vemos um único barco, um único sinal de vida humana, há uma semana.

Acima de mim, o mastro balança entre as estrelas giratórias do Índico. Na escuridão silenciosa, as fantasias tomam conta dos meus sentidos privados.

Uma noite, a noite toda, parece que estamos navegando em uma descida, como se o oceano estivesse inclinado, e não consigo deixar de lado a sensação de que estamos indo para algum antigo lar ancestral profundo — onde já estive antes, há muitos anos — que fica além dos limites das minhas lembranças recentes. Em outra, eu certamente cochilo durante meu turno, porque consigo sentir o cheiro de Adam, consigo sentir o gosto dele, na cabine, comigo, envolvendo-me em seus braços viris, pressionando a boca contra a minha, com aquela língua estranha e dura. Certa noite, me convenço de que Summer e Adam me deram o *Betsabeia*, uma modesta compensação pela traição monstruosa que cometeram. Estou navegando ao redor dos oceanos do mundo, contornando o Chifre da África, conduzindo o iate através do granizo e da neve até o Sul desconhecido, atenta aos icebergs.

Meus sonhos são expostos na sóbria luz do dia, tolices de uma mulher louca. Summer e Adam amam o *Betsabeia* agora; eles nunca darão o barco para mim. Adam fará todo o trabalho pesado a bordo, e Summer vai tornar o *Betsabeia* um lar, cuidando de Tarquin e do bebê, alimentando Adam e fazendo amor todas as noites. Eles nunca deixarão os trópicos. Viverão um verão eterno.

Em uma viagem com duas pessoas, um não encontra muito o outro. Um dos dois está sempre ocupado, o outro dormindo. Mas Summer e eu nos sentamos todas as noites na cabine, depois do jantar, e Summer fala.

Nunca pensei que acabaríamos nos separando. Se o testamento colocou uma barreira entre nós, Summer felizmente não percebeu.

A garota no espelho

Ela nunca deixou de ser amável, nem mesmo quando fugi para me casar com Noah, roubando o pioneirismo de seu casamento, mas agora ela é mais do que amigável. Ela é adorável, mas já era adorável em Queenstown. É algo mais do que isso. Ela está me celebrando. Apesar da bagunça que fiz na minha vida, Summer não demonstra pena ou condescendência. Ela me trata como uma rainha.

Ao mesmo tempo, a conversa dela é um pouco excessiva. Ela não faz isso para me machucar, mas todos os assuntos das conversas demonstram como é fabuloso ser Summer. Sempre pensei que criar o filho de uma mulher morta seria entediante, mas só tem benefícios. Adam é tão grato por Summer amar Tarquin que faz tudo o que pode para facilitar a vida dela, sempre arrumando babás e cuidadoras para ajudar com o trabalho ou levando Tarquin consigo para dar "um tempo para mim".

E Tarquin é a parte menos atraente da vida de Summer. Todo o restante é ainda melhor. Um agente de viagens é um ótimo marido. Eles só vivem no *Betsabeia* há pouco tempo, mas Adam já levou Summer e Tarquin para todos os meus lugares favoritos, as joias escondidas da Tailândia: as cavernas das ilhas da Baía de Phang Nga; os jardins de corais de Surin; a praia Paradise, onde os elefantes se banham. Enquanto o cordame do *Betsabeia* estava sendo substituído, Adam foi com Summer para Burma, para uma "segunda lua de mel", deixando Tarquin com uma babá. Eles estavam casados não havia nem um ano.

A parte mais repugnante é que Adam é muito romântico. Eu não me importaria se Summer estivesse me contando histórias pervertidas sobre sexo extravagante em praias, à noite, mas é mais do que isso. Adam está profundamente apaixonado. Acho que a esposa morta lhe ensinou que a vida é passageira, então agora ele acumula jantares à luz de vela, presentes espontâneos — joias, perfumes, lingerie branca —, pequenas seduções, cada uma tão nova e despretensiosa como em um primeiro encontro.

— Ele ainda parece tímido quando me beija — ela comenta.

— E, ainda assim, seus beijos são tão dominadores. Ele faz coisas que nenhum outro homem ousaria fazer, mas são incríveis. Não consigo nem começar a descrever o que ele faz. Só vamos dizer que ele ama me dar prazer. O controle dele é extraordinário. Ele me deixa louca.

Esta noite, no entanto, as circunstâncias são diferentes. Tenho de interromper a conversa de Summer porque o vento está mudando. O *Betsabeia* segue devagar, como se estivesse cansando, e suas velas sacodem.

— Já ultrapassamos a monção — explico para Summer. — O vento vai se suavizar cada vez mais, e logo vai mudar e iremos de encontro a ele. Precisamos atravessar a Linha do Equador agora.

Summer tenta não parecer surpresa. Ela pega o mapa de papel na sala do piloto e o espalha no assento da cabine, mantendo-o no lugar com seu prato de jantar.

— Adam desenhou um trajeto — informa ela. — Onde estamos agora?

— Esta não é uma viagem em linha reta até o Leste — respondo, inclinando-me sobre o mapa com desdém, mas a linha desenhada a lápis por Adam é de fato similar ao meu próprio plano de viagem. Nada mal para um novato. Na metade do oceano Índico, a linha ziguezagueia para o Sul por cerca de quinhentos quilômetros antes de retomar o percurso para Oeste.

Mas não é de surpreender que tenhamos feito o mesmo plano; esta é a única rota lógica. No hemisfério Norte, a monção nos levou o mais longe que podia, mas, para nossa sorte, conforme ela desaparece, os ventos alísios do Sudeste ganham vida no hemisfério Sul. E vão se fortalecer conforme março dá lugar a abril. Os ventos e as ondas serão mais violentos do que aqui no Norte, e vamos balançar até chegar à África.

O problema é alcançar os ventos alísios. A zona equatorial só tem quinhentos quilômetros de norte a sul, mas são quinhentos quilômetros difíceis, em que os ventos aparecem em rajadas loucas entre longos trechos sem vento, e as ondas seguem em todas as direções ao mesmo tempo. Paradoxalmente, os iates balançam e chafurdam mais sem vento para estabilizar suas velas, e a vez anterior que nossa família cruzou a Linha do Equador, na Indonésia, foi a única que me lembro de ter sentido enjoo no mar. A maioria dos marinheiros cruza a região usando o motor, e planejo fazer o mesmo, embora isso deva usar a maior parte do combustível do *Betsabeia*.

— Eu gostaria que pudéssemos parar em algum lugar por um tempo — comenta Summer. — Me sinto mais cansada a cada dia.

Sinto a mesma coisa. Mas estamos muito distantes da civilização. As Maldivas, o país mais próximo no mapa, seriam um longo trajeto contra o vento a partir daqui. Elas já estão muito para trás de nós.

— Também estou cansada. — Minha pele formiga ante a ideia de que Summer possa estar se esforçando demais no início da gravidez. E se ela abortasse? Seria horrível, e não me ajudaria em nada. Ela ficaria grávida novamente em pouco tempo. Mas o que foi que ela disse sobre Francine?

É estranho ser gêmea. Nenhuma de nós mencionou nossa madrasta desde o dia em que Summer me disse que estava grávida, há mais de uma semana, mas as palavras seguintes da minha irmã são:

— Ainda preciso lhe contar sobre Francine.

Enquanto coloco o *Betsabeia* em sua nova rota para o Sul, Summer leva os pratos e o mapa para baixo do convés e volta com seu iPad.

— Você é amiga da Virgínia no Facebook, certo? Então, qual foi a última atualização que você viu dela?

As postagens da minha meia-irmã são uma série sem fim de memes entediantes típicos de uma estudante do ensino médio, mas não me lembro de ter visto nenhuma notícia dela há algum tempo.

— Acho que ela saiu do Facebook — sugiro.

Este comentário vale uma risada tilintante de Summer.

— Não — ela garante. — Ela nos restringiu. É como se ainda fôssemos amigas, mas não conseguimos ver suas postagens. Francine fez o mesmo, assim como as meninas mais novas. Olhei todas elas, e só consigo ver as fotos de perfil. Não estamos recebendo nenhuma das atualizações delas.

— Não sei como você pode ter certeza disso. Se você não consegue ver as postagens delas, como sabe que estão postando?

— Por causa do Adam — Summer responde, ligando o iPad. — Ele não usa o Facebook, na verdade. Não tem nem foto de perfil. Então, acho que, quando Francine pediu para Virgínia restringir todos nós, ela se esqueceu de Adam. Ela não tinha como saber que de vez em quando eu verifico o Facebook quando estou usando o iPad de Adam, que está logado na conta dele.

— O que quer dizer com "todos nós"?

— Você, eu, provavelmente Ben e nossa mãe — explica Summer. — Ela restringiu todos nós, para que não soubéssemos o que está acontecendo.

— E você acha que Francine falou para nossas meias-irmãs fazerem isso?

— Essa é a minha teoria.

— Então, o que está acontecendo? — pergunto. — Tio Colton disse que as meninas estão todas bem, e que Virgínia está indo muito bem na escola...

— Bom, sinto ter de dizer, mas Adam acha que tio Colton está envolvido nisso — diz Summer. — Me diga, você nunca se perguntou por que nosso tio, um homem bonito e rico, como nosso pai, nunca se casou nem teve filhos?

Lembro de tio Colton parado ao lado de minha mãe quando ele foi me levar até o aeroporto, e como os dois pareciam bem juntos, ambos bem cuidados, elegantes e em forma. Como é para ele passar o tempo com a bela ex-esposa de seu irmão falecido? E para Anna-beth passar o tempo com o irmão do falecido ex-marido? É estranho? Ou melhor do que estranho?

Mas a pergunta seguinte de Summer é uma surpresa.

— E quanto a Francine? Nenhum namorado desde que nosso pai morreu. Por que não? Ela é atraente, ainda tem trinta e poucos anos, rica o suficiente... Apesar disso, ficaria muito melhor se Virgínia herdasse o dinheiro. E você sabe que algumas pessoas sempre querem mais dinheiro. Então, ela ficou realmente solteira todos estes anos?

Minha mãe desaparece da minha imagem mental, e o rosto de Francine assume seu lugar ao lado de Colton. Mais jovem, mais loira e mais cruel. Meu pai escolheu Francine em vez da minha mãe. Por que Colton não faria o mesmo?

Parece estranho para Summer imaginar amor — ou o que quer que seja, alguma relação secreta sexual — entre nossa madrasta e nosso tio.

— Você realmente acha que ele está transando com Francine? — pergunto.

— Calma, Íris! Não acho nada disso. Foi ideia do Adam. Não gosto de especular. Mas vou lhe dizer o que não é especulação... — Ela clica na tela do iPad.

— Summer, odeio dizer isso para você, mas não dá para acessar o Facebook no meio do oceano Índico.

— Eu sei — diz ela. — Mas Adam capturou algumas telas. Olha só! — Ela enfia a tela no meu rosto.

É a página de Virgínia no Facebook. Minha meia-irmã está parecendo muito mais velha e mais bonita do que da última vez em que a vi, no casamento de Summer, no ano passado. Em sua foto de perfil, seu vestido justo revela suas novas curvas. Ela perdeu aquela aparência albina. Suas sobrancelhas e seus cílios estão mais escuros, e seu cabelo está cacheado. Fazendo com que ela se pareça muito mais conosco.

— Tem mais capturas de telas — diz Summer, passando a mão na tela. Há um tom novo, duro, em sua voz, e ela lança um olhar para a tela e o desvia novamente, como se mal pudesse suportar olhar para nossa meia-irmã.

Na captura de tela seguinte, um grupo de jovens faz pose em uma praia varrida pelo vento. A areia é negra, e uma grande rocha se ergue atrás deles, como um leão olhando para o mar.

— Esta foto não é da página da Virgínia — Summer explica. — É de Jake, um antigo colega de escola de Adam. — Ela aponta para um rosto sorridente em primeiro plano.

— Conheço essa praia. É Lion Rock, na praia de Piha, na Nova Zelândia.

— Isso mesmo. Dê uma boa olhada.

Não reconheço ninguém que está em primeiro plano, mas, ao fundo, uma loira platinada em um biquíni multicolorido parece familiar. Aponto para ela.

— Você acha que é Virgínia?

— Tenho certeza — garante Summer. — Eu lhe dei esse biquíni de arco-íris. Agora dá uma boa olhada nisso.

Em outra foto na praia, um close de um adolescente, tão loiro quanto Virgínia. A legenda diz: "Richie faz dezesseis anos", e o nome "Richard Bishop" está marcado. Seu rosto ocupa quase todo o quadro, mas consigo ver que ele está sentado com uma garota atrás dele. Um torso feminino é visível, desnudo exceto por uma faixa de tecido de arco-íris, e braços magros ao redor dos ombros dele em um abraço que parece ao mesmo tempo íntimo e desconfortável. O rosto da garota está fora da foto, mas vejo seu cabelo branco como neve.

— Veja, Richard mora na Nova Zelândia. — Summer passa pelas capturas de tela e aponta para as palavras.

— Richard Bishop. Este nome não me é estranho. — Reviro meu cérebro em busca da lembrança.

— Bishop é o nome de solteira de Francine. Richard é o enteado do irmão dela. O pai verdadeiro dele nunca esteve presente, então ele tem o sobrenome do padrasto.

Estou começando a entender a hostilidade de Summer.

— Eca. Isso significa que ele e Virgínia são praticamente primos. E estão namorando?

— Não sei se namorando é a palavra — diz Summer. — Por mais horrendo que seja, eu espero que estejam namorando, mas olhe para a postura dela. Olhe para os braços dela. Eles deviam estar apoiados nos ombros dele, mas, em vez disso, estão pairando uns três centímetros acima do corpo dele. Ela está tentando não tocar nele. Dá para ver que ela não está a fim. Então, me diga, qual é o sentido de namorar um parente se você nem mesmo gosta dele?

Pego o iPad das mãos de Summer e olho novamente para a foto em close de Richard. É como se o rosto da garota tivesse sido deliberadamente cortado. Aumento a imagem no braço que paira sobre o ombro de Richard, na mão esquerda. Ela está usando um pesado anel de diamantes.

— Eles estão noivos. Francine está em conluio com o irmão, e eles vão se casar assim que Virgínia fizer dezoito anos. Estão mantendo segredo para que não nos apressemos. Mas não sei o que podemos fazer. Eles não são parentes de verdade, e, mesmo se fossem primos consanguíneos, não é contra a lei você se casar com seu primo.

— Maldição. Eu esperava que você dissesse que é ilegal. Ou, pelo menos, que é possível fazer objeção ao casamento. Não é por isso que o padre pergunta se alguém tem algum motivo pelo qual os dois não deviam se casar?

— Não — respondo. — Você precisa ter um motivo legítimo pelo qual eles não poderiam se casar. Tipo se um deles já fosse casado ou se fosse um casamento incestuoso... mas nem mesmo primos de primeiro grau são considerados como incesto. Não na Austrália e temo que nem na Nova Zelândia. Mas as leis que regem o casamento são diferentes lá.

Minha nuca se arrepia. Estava pensando que quinze anos é terrivelmente cedo para ficar noiva. Agora me lembro de outra coisa sobre as leis matrimoniais na Nova Zelândia.

— Então é meio que uma sorte que eu esteja grávida — diz Summer. — Caso contrário, olhe do que Francine seria capaz. Ela ia casar Virgínia assim que a menina fizesse dezoito anos.

— É pior do que isso, Summer. Você não vê? A Nova Zelândia é a chave. A Nova Zelândia é o trunfo delas. Até agora pensamos que tínhamos muito tempo, mas Francine estava orquestrando seu plano, e tio Colton também, talvez. O ponto é que a idade legal para se casar na Nova Zelândia é diferente da Austrália. Com a permissão dos pais... e acho que *isso* não vai ser um problema... você pode se casar aos dezesseis anos na Nova Zelândia. Quando é o aniversário da Virgínia?

Summer se senta com o corpo bem reto. Seus olhos estão arregalados.

— Maio! Virgínia vai fazer dezesseis anos no dia primeiro de maio!

Já estamos quase em abril. Sem dúvida, o casamento será daqui a um mês.

Pessoas boas são imbecis. Não consigo acreditar que Summer e Adam descobriram a trama maligna de Francine antes de mim e, mesmo assim, não pensaram em verificar qual era a idade legal para se casar na Nova Zelândia. Então, Summer está arriscando uma gravidez de cem milhões de dólares em uma viagem pelo oceano. Se Summer abortar, não haverá tempo para conceber novamente antes do casamento de Virgínia. Todo mundo sabe que adolescentes são extremamente férteis. Virgínia estará grávida antes que o bolo seja cortado.

CAPÍTULO 7

A ZONA EQUATORIAL

— O que você está fazendo cruzando o oceano em suas condições? — são minhas palavras seguintes para Summer. — Há muita coisa em jogo nessa gravidez! — Deixo o iPad de lado no assento da cabine e dou uma olhada honesta em minha irmã grávida. Apesar do brilho suave do pôr do sol, ela parece exausta. Seus lábios estão rachados; há olheiras sob seus olhos.

— Não seja tão vitoriana — responde Summer. — É saudável permanecer ativa durante a gravidez. E muitas mulheres abortam mesmo sentadas tranquilas em casa. Eu poderia ter ficado na Tailândia e ter perdido o bebê e o *Betsabeia*! Além disso, me recuso a levar a vida ditada pelos caprichos de uma madrasta má. Mesmo se eu soubesse qual é a idade legal para se casar na Nova Zelândia, isso não teria mudado nada. Quero dizer, não me importa que Francine esteja tentando nos enganar para ficar com o dinheiro. Eu me importo com o que ela está fazendo com a própria filha. Como se casar não fosse ruim o bastante, Virgínia vai ter de ir para a cama com o garoto e fazer um bebê. É tráfico infantil!

Isso é muito nobre da parte de Summer. De algum modo, acho que Virgínia está feliz por ser traficada por essa quantidade de dinheiro. Ela já conseguiu um anel que parece quase tão grande quanto o diamante com lapidação princesa de Summer.

Sinto como se minha cabeça não estivesse funcionando direito. É mais do que a ideia de ter duas irmãs grávidas, o que, de alguma forma, faz com que eu me sinta assexuada. Há também algo masculino em ser capitã. Não tenho usado muito o boné de "Capitão" de Adam, embora Summer use seu boné de "Tripulação" o tempo todo, mesmo quando está na cabine do piloto. Eu assumi o comando do barco, mas não da tripulação. Um capitão sempre tem de definir as regras, em especial quando as pessoas estão sozinhas nos turnos. E me lembro de Summer apontando alegremente o barco na direção do vento no dia em que saímos da Tailândia. Essa garota não sabe velejar.

— Eu devia ter dito isso antes — falo. — Sei que você, em geral, faz isso, mas agora quero que, por regra, permaneça na cabine do piloto durante seu turno. Não queremos você escorregando por aí em suas condições. Me chame se alguma coisa precisar ser feita.

Não acredito que a deixei ficar em pé até meia-noite todas as noites para que eu pudesse ter algumas horas de sono em um horário normal. Se Virgínia ganhar esse dinheiro, não vai sobrar nada para mim. Nem o *Betsabeia*, nem qualquer outro iate, nem mesmo dinheiro para o supermercado.

— De agora em diante, eu só vou dormir durante o dia — digo.
— Ficarei de vigília a noite toda. Você precisa descansar.

* * *

Quarenta e oito horas depois, ainda estamos na zona equatorial. Só avançamos duzentos quilômetros, o que é culpa minha.

Minhas tentativas teimosas de velejar nos meus turnos resultaram em muito suor, um pouco de enjoo e zero progresso. O *Betsabeia* ficou boiando nas águas sem vento, enquanto suas velas balançavam inúteis. As poucas vezes em que conseguimos algum vento, com a chuva morna caindo, o barco se inclinou com tanta violência que era como se uma mão gigante pressionasse sua vela tentando fazê-la encostar no mar.

A garota no espelho

Summer avançou com o motor ligado por todo o caminho durante suas vigílias, com as velas recolhidas em segurança, conseguindo um progresso melhor. Mesmo assim, de algum modo, nos desviamos sessenta quilômetros para Leste. Estou surpresa, porque os mapas não mostram nenhuma correnteza forte por aqui, mas tento não deixar que isso me afete. A chave é avançar para o sul até os ventos alísios. Summer está contando comigo, assim como o filho em seu ventre.

Durante as longas noites que passo acordada, tentando velejar sem sucesso, não consigo parar de pensar em Virgínia. Nunca tive muito tempo para minhas meias-irmãs — quem tem uma irmã gêmea não precisa de mais irmãs, e todas as quatro são mesmo reflexos pálidos de Summer.

Virgínia é bem gentil, mas é entediante. Nem sei quais são seus passatempos, sem contar incesto e roubar fortunas de outras pessoas.

Mas tenho um sentimento de proteção em relação a ela, um sentimento em desacordo com a nova necessidade de proteger Summer. Virgínia ainda é uma criança. Por que Summer e Adam não falaram sobre este noivado? Se nós não interferirmos, Virgínia vai acabar casada com um parente e grávida sem motivo algum.

— Claro que quero impedir o casamento — diz Summer quando trago o assunto à tona na cabine, durante o jantar. A tarde de navegação infrutífera acabou com seu zelo culinário. O macarrão à putanesca tem um gosto estranho, enlatado, e Summer mal tocou na comida, embora eu tenha devorado a minha. — Muitas coisas aconteceram ao mesmo tempo — conta ela. — Eu tinha acabado de fazer o teste de gravidez, fizemos a documentação para tirar o barco da Tailândia, e Tarquin estava com pus na fralda...

— Pare — peço, me engasgando com uma azeitona. — Já entendi.

— Lembre-se, nós não percebemos que o casamento era iminente. E ainda há muito tempo para contar para Virgínia antes do dia primeiro de maio. Mas veja bem... — Summer fecha os olhos e coloca uma mão graciosa sobre a barriga. — É difícil descrever. Eu me sinto tão protetora em relação a essa nova vida. Parece errado revelar sua existência para meus inimigos, para pessoas que querem meu mal, quando ela é ainda tão nova, tão vulnerável.

"Ela". Summer ainda não sabe o sexo do bebê, mas imagina uma filha. Não é de surpreender, uma vez que ela já tem Tarquin, mas a ideia me rasga por dentro.

Suponho que seja porque este bebê será o "herdeiro Carmichael", que eu sempre imaginei que seria um menino. Quando Noah e eu estávamos tentando engravidar, presumia que nosso bebê seria um menino. Nunca me imaginei tendo uma filha. Nunca me permiti isso.

Olho para o abdômen bronzeado de Summer, meio relevado pelo sarongue dourado que ela agora passou a usar todos os dias. Talvez suas outras roupas já estejam ficando apertadas.

Legalmente, a bebê de Summer é minha sobrinha, mas, geneticamente, será tanto minha filha quanto é de Summer. Vou vivenciar a glória e a mágica de colocar os olhos em minha prole, em meu legado genético, pela primeira vez, não no meu próprio bebê, mas no de Summer. Eu a segurarei em meus braços, sentirei seu cheiro e seu peso, mas, por mais que Summer me deixe ficar com ela no colo, terei de devolvê-la. De certa maneira, parece que Summer roubou algo de mim.

— Você parece uma morta-viva, Íris — Summer comenta. — Não pode continuar acordada a noite toda. Eu não consigo dormir antes da meia-noite de qualquer jeito. Vá tentar descansar.

Eu discuto, mas Summer é insistente.

— Sou jovem e saudável, e virei uma coruja nos últimos tempos. Tudo o que vou fazer é ficar sentada aqui e ficar de olho enquanto Dave conduz o barco. — Ela dá um tapinha no controle do leme automático. — Prometo chamar você se algo tiver que ser feito. De fato, já faz tempo que quero dizer isso, ou será que você já sabe? Se quiser ficar de olho em mim, você pode me ver pela TV. — Ela gesticula na direção do camarote.

— Sobre o que está falando? — pergunto.

— Então você não sabe? Eu achei que nosso pai tinha contado para você. Há uma câmera na sala do piloto, bem acima da bússola, e está ligada na TV do camarote. Lembra que a TV nunca funcionou? É porque nosso pai não queria que soubéssemos como ligá-la. Ele deixava um controle remoto escondido naquela gaveta com chave em cima da cama, a gaveta na qual deixei meu anel de casamento guardado enquanto velejamos, sabe? Aquelas vezes em que pensamos que nosso pai estava confiando em nós para ficarmos de vigília sozinhas? Ele ficava de olho em nós sem sair da cama.

— Então você tem me vigiado?

Summer dá uma gargalhada.

— Claro que não. Nem tenho certeza se ainda funciona. E eu estou dormindo no outro quarto, lembra?

Fico aliviada. O tempo que passo no leme, em especial à noite, é quando deixo meus pensamentos vagarem, é meu momento mais privado. Passo mais tempo do que gostaria de admitir pensando em Adam. Talvez minhas fantasias possam ser lidas em meu rosto ou no movimento do meu corpo. Se tem alguém que pode ler minhas expressões, essa pessoa é minha irmã gêmea.

Mas também me sinto traída. Não por Summer; ela claramente está falando a verdade. Mas por meu pai. Na noite da minha primeira vigília solo, eu me deleitei com a responsabilidade e a solidão. E ele estava me espionando.

Ainda fico inquieta com a ideia de Summer ficar acordada até tarde, mas estou exausta, e, no fim, o sono ganha do bom senso. Ligo o motor, abaixo as velas, verifico o curso do *Betsabeia* e vou para a cama. Que Deus me ajude, deixo minha irmã tola e grávida lá em cima sozinha.

— Me acorde à meia-noite — digo, como sempre faço, e ela responde:

— É claro.

* * *

Desperto no camarote, de barriga para baixo, como sempre, o sol beijando minha nuca. Já é dia. O *Betsabeia* vibra com o barulho do motor. Levanto a cabeça. O ângulo do sol da manhã pelas escotilhas me diz que ainda estamos seguindo para Sul. Mas alguma coisa mudou. Escorrego até a beirada da cama.

Luto para ficar em pé em um chão inclinado. O *Betsabeia* não está mais chafurdando no marasmo. Está inclinado para estibordo.

Espio pela porta. Os mares confusos da zona equatorial deram lugar a linhas bem definidas de ondas ondulantes vindas de Sudeste.

Encontramos os ventos alísios! A nova energia no ar percorre meu corpo. Como milhares de marinheiros antes de mim, estou emocionada por termos escapado do que parecia ser uma morte sem vento. Pela claraboia, vejo que Summer içou a vela principal, mas fez um péssimo trabalho. A vela está batendo, e só o motor nos faz avançar. Ela devia ter me acordado. Eu teria feito o barco velejar corretamente, virado para Oeste, sem precisar do motor. Agora desperdiçamos tempo e combustível.

Não consigo me lembrar de descer para uma soneca matinal. A última coisa da qual me lembro é de ir para a cama ao pôr do sol, depois do macarrão à putanesca, sem nem me importar com a louça, sentindo-me atordoada e muito sonolenta.

Antes de me deitar, percebi que cruzaríamos a Linha do Equador no turno de Summer, e voltei para a escada a fim de lembrá-la que era tradição dar uma festa e jogar baldes de água do mar na tripulação depois de cruzá-la. Algumas pessoas comemoram pulando no oceano.

— Estou grávida demais para essa merda — disse Summer.

Não discuti com ela. Ela devia estar muito cansada para falar um palavrão.

— Então nem se incomode em me acordar quando cruzarmos — falei. Eu devia estar animada em retornar ao hemisfério Sul, para casa, mas precisava ir para a cama. — Vou tentar dormir até a meia-noite. A menos que você precise de mim, é claro.

— Durma bem, maninha.

Mas não consigo me lembrar de ela ter me acordado à meia-noite. Aqui estou eu, e é dia. Será que minha exausta e grávida irmã ficou de vigília a noite toda?

Um arrepio percorre meu corpo. O motor continua zumbindo, e o *Betsabeia*, que sempre parece vivo para mim, é uma coisa fria, dura, morta, uma massa de metal e madeira amarrada, abrindo caminho para o Sul por um oceano infinito. Saio cambaleando pelo salão e subo até a cabine do piloto.

A cabine está vazia.

Examino a proa, meu rosto enrugado em uma careta, pronta para brigar com ela por ter ido até lá sozinha. Logo depois de termos conversado sobre segurança. Mas minha cara feia não dura muito, porque ela não está ali.

Ela não está em lugar algum.

É como se cacos pontiagudos de gelo cutucassem minha nuca. É como se alguma coisa, alguma coisa monstruosa estivesse me puxando, puxando minha cabeça para o lado. *Você sabe para onde tem de olhar.*

Então, eu olho. Espio o oceano atrás de mim, o mais longe que consigo ver, entre os montes gêmeos de água que o *Betsabeia* deixa em seu rastro. A água é pesada, de um cinza venenoso e ininterrupto.

— Summer! — chamo. E mais alto, e depois mais alto ainda. — Summer! SUMMER!

O banheiro. É claro! Uma onda de alívio. Eu quase caio ao sair correndo até o salão. Chacoalho a porta do banheiro, mas ela se abre ao meu toque. Meu rosto fantasmagórico me encara no espelho duplo. Nada de Summer.

Nada de Summer no dormitório. Nada de Summer no quarto de Tarquin. Nada de Summer em nenhum lugar aqui embaixo.

— Summer! SUMMER! — grito o nome dela.

Corro de volta ao convés. Indiferente à retranca, à falta de colete salva-vidas ou arnês, pulo em cima da cabine, desesperada para ver mais longe. Viro de um lado para outro, abaixando-me por sob a vela principal para ver ao redor. Espio cada centímetro do oceano. Corro para a cabine do piloto e pressiono rapidamente o botão vermelho. *Alterar o curso em dez graus.* O leme automático puxa a cana do leme de lado. O *Betsabeia* desvia e entra na ondulação que se aproxima. Aperto novamente, e de novo, o mais rápido que posso, mas não me esqueço de contar. Dezoito vezes, e o *Betsabeia* está em um curso recíproco. Para o Norte.

Corro até o mastro. Existem degraus dobráveis de cada lado para subir até o alto. Vi meu pai fazer isso uma vez. Ele estava ancorado em uma marina, com Annabeth pendurada obstinadamente na outra ponta de uma linha de segurança, e, mesmo assim, observá-lo me deixou mal do estômago.

Não há tempo para linhas de segurança agora. Desdobro os primeiros degraus e começo a subir, mas a vela bate em meu rosto, obscurecendo minha visão. Preciso ir mais alto.

Summer, Summer, onde está você?

As palmas das minhas mãos estão escorregadias de suor, meus pés descalços também, escorregadios como se eu tivesse passado óleo neles. Olho entre meus pés. O convés do *Betsabeia*, agora pequeno como uma caixa de fósforos, balança abaixo de mim. Se eu cair, vou morrer. Vou acertar o convés e morrerei instantaneamente, ou vou errar e despencar no oceano, e assistir ao *Betsabeia* velejar alegremente para longe.

Será que foi isso que aconteceu com Summer?

Não consigo pensar nisso. Não consigo parar de subir. A demora pode significar a vida ou a morte para Summer. Estendo o braço para puxar o próximo degrau, mas minha mão escorrega no metal afiado. Eu devia descer, pegar luvas ou sapatos para proteger as mãos e os pés dessas pontas de pesadelo, mas não tenho tempo. Tenho de subir. Tenho de encontrá-la.

Um passo. Outro. Minha pele está grudenta e fria. O mastro tem uma escada sem fim. E agora estou aqui, no topo. A ponta do mastro é uma confusão de roldanas, luzes de LED, o catavento e um monte de parafernália aparafusada. Tudo sacode e pula. A ponta da vela bate de um lado para outro. O movimento do oceano é ampliado pela altura, e o vento é mais forte aqui em cima. Eu me agarro a uma massa aleatória de cordas, e agora elas estão manchadas de vermelho. Cortei a mão em alguma coisa, mas não sei no quê — nem senti.

Olho, olho e olho. Summer, seu sarongue dourado, seu cabelo loiro, seu grande boné branco. Observo o oceano até a linha do horizonte. Estou diante do mastro, de frente para a popa. Torço o corpo ao redor, para ver a proa. Sinto como se pudesse enxergar a eternidade. O mar e o céu estão cinza. Eu me esforço para encontrar um grão de cor. Qualquer coisa que possa ser Summer.

O sol aparece, pintando tudo de azul, e as grandes ondas oceânicas rolam sob mim, linha após linha. Essas ondas não pararam em milhões de anos. Não vão parar por mim. O mastro balança como uma árvore em uma tempestade, e minhas entranhas são um ninho de cobras enroladas. O vômito escapa da minha boca e flutua no tempo antes de se esparramar tanto pela água quanto no convés lá embaixo. Mesmo assim, continuo olhando.

Não há nada. Nada. Só azul, azul e mais azul.

O oceano engoliu Summer inteira.

Um movimento atrás de mim. Uma agitação. Eu me viro. Uma ave marinha branca está no nível dos meus olhos. Tão majestosa quanto um albatroz. Em sua cabeça emplumada brilha um olho dourado como uma coroa. É um atobá, uma ave do Sul. Eu a reconheço de casa. Ela me encara e sai voando em um amplo arco em direção ao horizonte. Logo se transforma em uma mancha, um ponto escuro contra o sol brilhante.

Estou no hemisfério Sul e estou sozinha. Meu coração clama como uma criatura viva, acelerando e lutando, apertado em meu peito direito. Sem Summer, ele não tem ritmo. E parece que ele já sabe a verdade.

Não tenho mais uma irmã gêmea. Summer está morta.

CAPÍTULO 8

A BUSCA

Mesmo assim, continuo procurando. Sou metódica, incansável, comprometida. Nunca fiz nada com tanta paixão. Procuro tanto que isso quase me mata.

Não consigo me lembrar de ter descido do mastro. Parece que segundos depois estou na cabine do piloto, refinando o curso do *Betsabeia*. Planejar, levantar o olhar, olhar ao redor, planejar mais. Mancho o diário de bordo com sangue enquanto calculo a deriva causada pelas correntes, e altero a rota do barco levemente para Leste. Conforme o tempo passa, Summer vai se afastar ainda mais. Devo imaginar minha irmã viva, boiando viva nas águas tropicais. Desenho um raio de busca no mapa. O suporte vazio do telefone na cabine do piloto é uma visão doentia e irreal. Pior ainda quando olho na gaveta da mesa do mapa, o único outro lugar em que o telefone realmente poderia estar. Verifico em todos os lugares em que Summer pode ter deixado o aparelho, virando armários do avesso, criando o caos. Nada.

Nada do telefone por satélite.

A que distância está o socorro, mesmo se eu encontrar o telefone? Os países mais próximos são as Maldivas, as Seicheles, Madagascar e a Somália. Dificilmente os países mais ricos do mundo. Será que eles têm aviões para busca e resgate? Será que eles têm alguma coisa para busca e resgate?

— *Mayday, mayday, mayday* — Minha voz treme enquanto falo no rádio VHF, lembrando o que devo dizer. O indicativo de chamada do *Betsabeia*. Homem ao mar. Nossa latitude e longitude. Rota e velocidade. Leio os números no GPS.

Mas é inútil. Preciso do rádio SSB, mas, como Adam disse, está quebrado. Não consigo resolver isso. O VHF pode ser usado com terra à vista ou com outro barco, e não vimos nada disso desde que deixamos a Tailândia. Deixo-o ligado mesmo assim, mas é claro que ninguém responde.

Tento acionar o sinalizador de emergência, embora Adam tenha dito que está obsoleto, mas não funciona. Sequer liga.

O *Betsabeia* é mais rápido a vela do que a motor, então desligo o motor e desfraldo a vela de genoa. O silêncio é horrível. Tenho certeza de que estou sozinha a bordo. Mesmo assim, escrevo uma lista de tarefas essenciais, incluindo "procurar dentro do barco".

O arnês de Summer, com o colete salva-vidas inflável, está no chão da cabine do piloto. Solto um gemido ao vê-los.

Preciso fazer cálculos insuportáveis. Preciso ter certeza de que estou procurando na área em que é mais provável que Summer esteja. Não posso pensar que ela não esteja na superfície. Não posso pensar no cadáver de Summer. Preciso cobrir o máximo possível de área, no tempo que Summer pode estar viva. Não posso pensar nos tubarões. Não posso pensar na exaustão, embora eu saiba que, sem o colete salva-vidas, Summer terá de nadar para continuar boiando. Mas me obrigo a pensar em hipotermia. A região equatoriana é extremamente quente, mas mesmo aqui a água vai extrair o calor do corpo de Summer.

Eu me lembro de conversas macabras de anos atrás. Marinheiros bêbados tilintando coquetéis na marina, emocionados com os horrores das palavras "homem ao mar", sem terem a preocupação com as crianças ouvindo suas histórias de segunda mão. Mas sou grata. Sou grata por aqueles bêbados mórbidos, porque graças a eles sei quanto tempo Summer pode durar. Certa vez, e apenas uma vez, um homem foi encontrado vivo, depois de vinte e oito horas, mas era em um estreito, não em oceano aberto, e a água estava excepcionalmente quente. Mesmo assim, foi considerado um milagre.

A vida vem em pedaços. Lembranças, cores — a vela branca vislumbrada pela claraboia, atobás de cabeça dourada — pipocam em minha mente com nitidez alucinatória. Minhas emoções são ridículas. Sinto um estranho prazer em ser canhota, já que o ferimento em minha mão direita não vai me atrapalhar tanto quanto poderia. Tenho orgulho de o *Betsabeia* estar navegando tão rápido. Estou arrasando neste resgate.

Mas meu coração sabe a verdade. Pessoas que caem no mar são encontradas em filmes, mas a realidade é diferente. Mesmo se alguém vê você cair, pode ser difícil conseguir resgatá-lo. Quando acordei esta manhã, já fazia quase doze horas desde a última vez que vi Summer. Sem ser acordado, meu corpo cansado aproveitou o sono atrasado, e dormi tão profundamente que a decisão de Summer de içar a vela principal, o barulho e a mudança no movimento, que teriam me feito ir às pressas até o convés, sequer me acordaram. E não tenho ideia de quando ela fez isso. Não tenho ideia de onde ela pode ter caído. Não tenho ideia de como isso aconteceu.

* * *

Ao meio-dia, estou de volta à zona equatorial. Isso me dá uma pista de quando Summer levantou a vela. A fronteira do vento, onde os ventos alísios do Sudeste dão lugar ao tumulto equatorial, não muda muito em um dia, então, se levei seis horas para retornar à zona equatorial, dá para dizer que saímos dela seis horas antes de eu despertar. Meia-noite, ou talvez um pouco mais cedo, já que estou me movendo mais rápido agora.

Tenho de pensar bem. Summer deve ter levantado a vela depois de sair da zona equatorial.

Espere. Ela não pode ter caído depois da meia-noite. Era quando ela devia ter me acordado. Sem chance de Summer ter guiado o barco durante meu turno.

Reduzi a janela temporal. Talvez quarenta minutos antes da meia-noite, ou dez minutos depois. Com alegria insana, refaço meu raio de busca. Permitindo a taxa incerta de deriva de um corpo — de uma nadadora —, tenho um raio de busca de cinco milhas náuticas.

Preciso fazer as contas. A área de um círculo. Pi vezes o raio ao quadrado. Graças a Deus sei fazer essas coisas. Tenho uma área de busca de setenta e oito milhas quadradas.

Minha irmã já está na água há doze horas. Ela tem mais doze horas de vida, dezesseis no máximo, e o sol vai se pôr em seis horas. Não sei bem quanto combustível ainda há no tanque do *Betsabeia*, mas fazer uma busca navegando com a vela na extremidade da zona equatorial é complicado. Não posso fazer o *Betsabeia* seguir direto contra o vento, e as velas vão atrapalhar minha visão.

Fique viva, Summer. Fique viva.

Coloco o iate no curso e enfio o controle remoto do leme automático no bolso. Guardo o rádio VHF e uma garrafa de água em uma mochila, junto de algumas barras de chocolate, embora não consiga me imaginar comendo qualquer coisa. Recolho as velas e ligo o motor. Prendo meu arnês com os mosquetões. Coloco meu boné de capitão e penduro os óculos de sol e os binóculos ao redor do pescoço.

Subo novamente no mastro. Desta vez sem medo. A morte parece algo pequeno. No alto, me prendo ao mastro para ficar com os braços livres. Consigo virar o *Betsabeia* daqui, usando o controle remoto.

Não tenho mais nada a fazer, a não ser olhar.

E pensar.

Nove anos da minha vida se desfazem. Os cem milhões me distraíram durante nove anos, mas agora estão esquecidos. Tudo no que consigo pensar é em Summer, minha irmã gêmea, a melhor metade da minha alma.

Eu amo Summer. Nunca amei ninguém, homem ou mulher, como a amo. Não é sua beleza, sua gentileza ou sua vida abençoada. Eu a amo porque ela é minha irmã, e eu mataria por ela, eu morreria por ela, se pudesse.

Tenho de encontrá-la.

A garota no espelho

* * *

O sol já traçou seu caminho no céu. Está afundando em uma cama de nuvens, e as cores do mar estão se suavizando.

Permaneço no mastro. Minha garrafa de água está vazia. Tentei comer o chocolate, mas parecem cinzas em minha boca. Meus membros quase já não respondem aos sinais do cérebro para que se movam.

Tentei todas as posições possíveis, mudando o peso do corpo de uma perna para outra, para os braços, deixando-me cair na segurança do arnês. Todas são excruciantes.

Odeio o oceano. Odeio a cor azul. Odeio o sol. Mas não quero que ele se ponha. Quero que ele fique alto e brilhante no céu.

Sempre estive aqui no alto do mastro. Sempre estarei aqui. O tilintar dos cordames é o tilintar das correntes dos mortos. As velas são mortalhas.

Mas ainda olho para o mar. Summer. Seu cabelo brilhante. Consigo vê-lo em minha mente, mas não aqui.

Não preciso mais dos óculos de sol. O mar é cor de malva, lavanda, índigo. Brilha com um tom rosa dourado. O céu é tão suave quanto uma pomba.

E agora estou olhando para a escuridão.

Descer é a morte. Não é só que meus braços e pernas estejam rígidos como um cadáver, que minha pele lateje com queimaduras de sol, que minha mão machucada esteja infeccionando, que minha garganta esteja doída de chorar, de gritar por minha irmã. O pior é que, quando toco o convés, quando desmorono ao pé do mastro, tenho de encarar o fato de que acabou.

Perdi Summer.

* * *

Há uma voz em minha mente me dizendo para seguir em frente. É uma voz fria e odiosa, e me diz coisas que não quero saber.

Você precisa dormir, ela diz. *Não fique largada aqui, lamentando no convés. Não dá para procurar no escuro. Vá se deitar em uma cama macia. Você precisa estar descansada. A busca começa novamente ao amanhecer.*

Talvez, de algum modo, Summer tenha conseguido se manter aquecida. Talvez ela estivesse usando roupas quentes quando caiu. Talvez alguma coisa tenha caído com ela, e tenha conseguido sair parcialmente da água, embora eu já tenha verificado, e nada está faltando, exceto o telefone por satélite. O *Salomão* ainda está içado no turco. O bote salva-vidas ainda está amarrado no convés de popa.

Talvez a água aqui seja mais quente do que eu imagino. Talvez ela seja especialmente boa em se manter aquecida.

Você precisa continuar procurando.

Obedeço à voz. Arrasto-me até a cabine do piloto e acendo as luzes de navegação. O marcador do combustível está perto do vazio, mas o motor ainda funciona. Eu o desligo. *Você precisa economizar combustível para amanhã.*

Odeio amanhã. Desço cambaleando até o salão enquanto o *Betsabeia*, agora à deriva com o vento e as correntes, começa a chafurdar nos mares agitados.

Aqui não, diz a voz quando me lanço na direção do sofá. *Vá dormir na cama grande e confortável. Descanse.*

Preciso acreditar que, se eu cruzar o caminho de outro navio durante a noite, o homem ao leme vai ver as luzes de navegação fracas do *Betsabeia* e vai manter distância. Meu pai nos ensinou que não ficar de vigia é imperdoável, um sacrilégio, mas não tenho escolha. Tenho de dormir. Em todo caso, não vimos barco algum desde a Tailândia. Liguei pelo VHF o dia todo. Neste exato momento, estou no meio do oceano mais vazio do mundo, a dias de distância de qualquer rota comercial. Ninguém vai aparecer.

Acendo as luzes do camarote. Vejo meu reflexo na tela da TV.

A TV. O sangue corre para minha cabeça. Sinto como se tivesse levado um golpe no peito. O circuito interno de TV. O que foi que Summer disse? É uma transmissão ao vivo ou faz alguma gravação? Ela não tinha nem certeza se o negócio funcionava.

A garota no espelho

O controle remoto. Ela mencionou que o controle remoto estava na gaveta trancada, junto à sua aliança de casamento. Meu pai jamais nos contou onde guardava a chave, e Summer tampouco me falou. Pego minha faca de marinheiro e a enfio na gaveta da cômoda. Faz dezoito horas desde que Summer desapareceu. Essas fitas não se apagam a cada vinte e quatro horas? Não sei muito sobre como era a tecnologia na época em que meu pai instalou o sistema, há tantos anos. Será que usam CDs?

Enfio a faca novamente, e mais uma vez ainda. Estou esfaqueando a gaveta como se fosse uma assassina. Ela se move um pouco, e eu seguro a maçaneta e puxo com tudo. A gaveta cai no chão, e seu conteúdo se espalha. Pego as alianças de noivado e de casamento de Summer que saem rolando. Coloco-as na minha mão direita ensanguentada para mantê-las em segurança.

O controle remoto. Pego o controle remoto, aponto-o para a TV, aperto o botão "On" com o dedo. Nada.

Pilhas. As pilhas estão descarregadas. Eu as tiro de qualquer jeito, e elas caem no chão. Corro até a cabine do piloto. Embaixo da mesa do mapa, há uma coleção de pilhas e baterias de todos os tamanhos.

Aqui estão, duas pilhas AA com aparência de novas. Corro de volta ao camarote, colocando-as no lugar durante o percurso. Desta vez, a tela da TV dá sinal de vida.

Eu passo pelos vários canais. Nada além de estática.

E agora a escuridão. Mas vejo data e hora na parte de baixo da tela. Sete da noite, vinte e nove de março. Uma transmissão ao vivo.

Como faço para ver o que já passou? Aperto todos os botões do controle remoto. Como faço isso funcionar? O sistema deve ter uma central em algum lugar.

Afasto a TV da parede. Ligada atrás dela está um notebook antigo. Passo o dedo pelo *trackpad* e a tela se acende. Em um aplicativo chamado "Home CCTV", encontro a mesma transmissão ao vivo que está passando na tela da TV e, em outra janela, sete arquivos, cada um com uma data diferente. Clico no mais recente, datado de ontem.

Começo a assistir às onze da noite, vinte e oito de março. Avanço em espaços curtos de tempo. Está tudo escuro.

Quinze para a meia-noite, a luz da cabine do piloto se acende, e Summer aparece.

— É isso! — grito. Ela parece tão familiar e tão viva que afundo na cama com um suspiro, como se estivesse tudo bem, como se eu a tivesse encontrado. E então me lembro do que estou prestes a testemunhar. A morte da minha irmã.

* * *

A esperança é um demônio. Ela brinca com você, flerta. E, quando você começa a confiar, ela desaparece. Primeiro Summer morreu, e agora a esperança morre também.

Summer está parada na cabine, com seu shortinho e o grande boné, franzindo o cenho. Mas não está preocupada com algo. Esta é a expressão que Summer usa quando está satisfeita consigo mesma. Ela está planejando uma surpresa.

O nível da câmera mostra o barco, não o horizonte, então é difícil dizer para que lado o barco se inclina quando Summer levanta a vela principal. O mar atrás da cabine parece se erguer para a direita e afundar na esquerda da tela. Uma vez que a câmera está apontada para a proa, isso significa que o mar a bombordo subiu, ou seja, que o barco adernou a bombordo.

Summer deve ter se deparado com um vento Oeste quando saímos da zona equatorial. Por que eu não disse para ela o que esperar? Será que ela percebeu que essa era a direção errada para os ventos alísios? Isso deve ter sido um golpe de sorte, um vento local. Não ia durar muito tempo.

Mas Summer não sabe isso. Ela ajeita a vela e se senta, como se navegar fosse algum novo milagre que ela inventou. Alguns minutos se passam. Summer se levanta de um pulo e corre na direção da câmera. Seu rosto aparece grande e então sai de vista. Ela foi para a cabine do piloto.

A garota no espelho

Ela reaparece segurando o telefone por satélite no ouvido.

Ela olha para a proa. Seu rosto está bem diante da câmera agora. Seus olhos estão voltados para o telefone. Ela o aperta mais de encontro ao rosto. Sua expressão é de puro deleite. Deve ser Adam.

Por que ele ligaria? Será que aconteceu alguma coisa com Tarquin?

Summer sobe no assento da cabine, ficando em pé para elevar o telefone. Está falando nele. Dá para perceber que ela está gritando. Deve ser uma conexão ruim.

Agora há uma oscilação. O corpo de Summer estremece, como se o barco a tivesse sacudido. Acho que consigo imaginar o que está acontecendo, mas Summer não sabe.

O vento está mudando. Ela sente que algo está errado, e reage da pior maneira possível. Pensa que o movimento estranho é causado por algo adiante. Ela vai até o convés de popa para ver melhor. Não está usando arnês nem colete salva-vidas.

A pancada.

A gravação é silenciosa, mas ouço o estrondo que a mata como se fosse uma explosão no meu crânio. O vento sopra atrás da vela principal. O *Betsabeia* estremece e começa a virar, e a retranca esmaga a cabeça de Summer. Como se fosse uma boneca de trapo, seu corpo voa para dentro do oceano.

* * *

Ela foi morta instantaneamente. Deve ter sido. Digo as palavras em voz alta, para convencer a mim mesma, mas sei que há uma chance de isso não ter acontecido. Ela pode só ter ficado inconsciente com a pancada.

Mesmo assim, ela não deve ter sofrido. Sem colete salva-vidas, ela teria se afogado antes de despertar.

Mesmo assim, continuo procurando. Procuro durante o dia seguinte inteiro. Por todo o dia, o mesmo pensamento me assombra. Não só não há chance de encontrar Summer viva, como não há chance há muito tempo. Estou procurando um cadáver, e nem sei se cadáveres boiam no mar. Não estou procurando porque tenho esperança. Estou procurando porque a única alternativa é não procurar.

Procuro dentro do iate, embora saiba que Summer não pode estar a bordo. Conheço cada centímetro do *Betsabeia*, e procuro em todos os lugares, só para ter algo a fazer. De volta à zona equatorial, quando os ventos param, puxo as velas e deixo o *Betsabeia* parar, e então, nua, segurando uma máscara de mergulho, pulo no vazio turquesa e nado para baixo do casco, como se o cadáver da minha irmã pudesse estar preso entre a quilha e o leme. Antes isso teria me apavorado, o risco de que o *Betsabeia* pudesse ganhar velocidade enquanto eu estivesse embaixo dele — um iate pode ultrapassar uma pessoa nadando com o vento mais leve, mesmo com as velas abaixadas —, mas agora isso não parece importar.

Que o *Betsabeia* vá embora. Que eu me junte a Summer. É tranquilo aqui embaixo do barco. A água é calma e limpa, e o sangue e o suor desaparecem no azul.

Mas não há nada aqui. Até as rêmoras se foram. O casco negro do *Betsabeia* está parado na imensa claridade do oceano. Consigo enxergar o infinito das profundezas. É tão límpido que meus pés em movimento parecem pendurados no céu, e imagino o corpo da minha irmã em uma jornada sem fim para o fundo. Abro a boca e deixo a água entrar, densa e salgada. Teria sido tão fácil me deixar cair.

O silêncio é uma criatura prestes a atacar. Sou a única pessoa no mundo.

Nado até o outro lado do casco. A superfície do mar vista de baixo é como um espelho. Eu vim através do espelho para o mundo de Summer, o mundo das profundezas. Além dele, acima de mim, o mundo é um borrão amarelo.

Volto à superfície e seguro a escada lateral, desesperada por ar. A água fria fez a razão voltar ao meu cérebro. Contra minhas pálpebras fechadas, o sol arde com um tom rosa sangrento, um choque depois de dias de um azul sem fim.

A garota no espelho

Sou uma mulher jovem, e a vida é longa. Quero ouvir música outra vez. Quero sentir as teclas do piano movendo-se rapidamente sob as pontas dos meus dedos. Quero ficar parada no deserto ou na neve. Quero fazer amor com alguém.

Não quero morrer aqui.

Subo a bordo novamente.

* * *

Ainda assim, a loucura me domina. O sol arde mais quente a cada dia no céu implacável. O *Betsabeia* está sem combustível, então tenho de continuar as buscas com as velas. A água está acabando, mas não consigo apontar o barco na direção da África. Talvez eu já esteja atrasada. Há quantos dias estou procurando? Adam deve estar à espera de notícias na Tailândia. Tarquin também, um bebê que já perdeu outra mãe. Não devo pensar neles.

Vasculho o *Betsabeia* mais uma vez e consigo algumas latas de Coca e duas garrafas de vinho. Isso me dá mais alguns dias de busca.

Eu poderia jogar toda a água pelo ralo, toda a Coca, todo o vinho. A ideia deixa minha cabeça atordoada. E se eu fizesse isso em um momento de desespero? Condenar a mim mesma a uma agonia lenta e fatal?

Eu poderia abrir o casco e deixar o *Betsabeia* se encher de água. Amarrar-me à cama, para ficar dentro do barco. Nós desapareceríamos sem deixar vestígios.

Eu poderia me deitar no convés de proa e deixar o sol me queimar até o ponto de não ter mais volta.

Eu poderia seguir sempre para o Sul, até a Antártica.

* * *

Fantasio com a chuva.

Durmo no quarto de Summer. O sarongue dourado que imaginei que ela estava usando está largado em sua cama, ainda cheirando a maçãs e praias brancas. Pressiono o rosto nele e então o amarro ao redor da cintura. Com a unha do indicador, traço uma longa curva pelo interior da minha coxa esquerda, uma marca para combinar com a cicatriz de Summer.

Tínhamos oito ou nove anos quando aquilo aconteceu. Estávamos ancorados no paraíso, uma ilha de corais desabitada, mas meu pai estava de mau humor. Ele tinha mandado que nós, crianças, fôssemos para a praia e "ficássemos lá até os morcegos voarem". Como sempre, assumi os remos.

Tínhamos de remar por sobre o recife para chegar à costa, mas eu achei que sabia onde era a passagem. Logo depois, meu corpo estava caindo na água. Voltei à superfície na escuridão, dentro do casco virado do *Salomão*. Respirei fundo e nadei para fora, emergindo em um mar de sangue. Summer estava gritando.

Endireitei o bote, empurrei Ben para dentro e o fiz voltar ao *Betsabeia* para buscar ajuda. Apesar do comportamento delicado de Ben, eu sabia que podia confiar nele. Ben ainda era pequeno para os remos, mas eu o ensinara a remar, como "apoiar as costas" quando era preciso empurrar com força contra o vento ou contra as ondas. Assim que verifiquei que ele estava progredindo, me virei para Summer e a puxei até a costa. Na praia, enrolei uma toalha molhada na perna dela, tentando parar o sangramento.

Mais tarde, todo mundo disse que eu tinha feito bem, mas sabia a verdade. Cortes de coral nunca cicatrizam. Summer estava marcada para o resto da vida, e era minha culpa. Eu devia ter aquela cicatriz.

Vou me transformar em Summer. Vou trazê-la de volta à vida. Tudo o que preciso fazer para ressuscitar minha irmã é fazer a cicatriz dela.

Fico parada na cabine, onde o movimento do *Betsabeia* é mais suave. Pego minha faca de marinheiro, e ela paira acima da minha coxa. Minha mão ainda dói onde eu a cortei enquanto subia no mastro. Não quero outro ferimento. Não quero mais dor. Mas tenho de fazer isso. Tenho de trazer Summer de volta.

A faca beija minha pele, mas não consigo empurrar com força suficiente. Tem algo errado nisso.

Antes que a faca tire sangue, eu paro. No que estou pensando? Estou prestes a cometer um erro terrível.

Estou tão acostumada a imaginar Summer parada diante de mim. Quase consigo vê-la agora. Sou o espelho dela, e ela é o meu. Eu estava prestes a fazer uma cicatriz que espelhava a dela.

Não quero mais ser o espelho dela. Quero ser Summer, a gêmea perfeita, aquela que faz tudo certo, mas estou confusa. Minha mente não consegue entender direito.

Minha cabeça lateja. Será que minhas lembranças de Summer já estão sumindo? Consigo vê-la diante de mim, mas não consigo entrar em seu corpo e ver a cicatriz a partir da perspectiva dela. Não consigo me lembrar qual coxa está marcada. Sei que faz uma curva a partir do alto e na direção do joelho, embaixo, e sei que tem a forma de um S. S de Summer.

Vejo o que risquei com a unha. Não é um S, está ao contrário, é um Z curvo. E desenhei na perna errada.

Não posso errar. Pego uma caneta e desenho o S na parte interna da minha coxa direita, começando por baixo. Sei precisamente onde termina. Bem na linha de sua calcinha.

Adam deve adorar aquela cicatriz. Summer disse que ele era cego às falhas dela, mas tenho certeza de que ele não vê isso como falha. É parte de Summer, parte do corpo doce e suave que ele ama, mas que ele jamais verá de novo.

Seguro a faca e desenho o S novamente. Desta vez, com sangue.

CAPÍTULO 9

O SACRIFÍCIO

No fim, faço isso por Summer. Tenho de deixá-la para trás, para seu próprio bem. Tenho de continuar viva e alcançar a terra firme, para que Adam saiba o que aconteceu com ela. Que a morte foi rápida. Que ela não sofreu.

Viro para Leste, com uma lentidão pesada, mas o *Betsabeia* não está com o mesmo humor que eu. Ele salta e dança pelo oceano. É fácil velejar daqui. Menos de uma semana.

Mas nada mais de direção manual para mim. Perdi todo o prazer em encarar o oceano e o céu. Odeio ambos. Sento-me na cabine do piloto e mal procuro por outros barcos durante dias, até que me ocorre que, se eu bater em um barco pesqueiro, posso matar mais pessoas.

Já matei gente demais.

Não consigo pensar no bebê, mas os pesadelos aparecem. A criança apodrecendo dentro do útero morto de sua mãe. A única coisa deixada para trás quando os membros de Summer caem, quando seu corpo se dissolve ao redor. Carniça para as criaturas marinhas.

* * *

Escrevo listas. Pessoas para quem preciso contar. Pessoas cujo coração preciso partir.

Adam.

Tarquin.

Annabeth.

Ben.

Meu irmão está em Nova York estudando economia em uma tentativa póstuma de conseguir a aprovação de meu pai. Ele virá o mais rápido possível para me consolar. Os outros estarão muito dilacerados pela dor para pensar no que passei.

Tem mais gente para quem terei de contar. Os amigos de Summer. Letitia Buckingham ainda é a melhor amiga dela, e ela tem antigos colegas de trabalho sobre quem não sei nada.

Terei de contar para Francine, para Colton e para minhas quatro meias-irmãs. Pensar no lamento falso da minha madrasta, em sua alegria secreta, é a gota d'água.

* * *

Comecei a racionar água assim que percebi que havia pouca, mas o vento está fraco, e não estou avançando muito. Conto quanto já gastei, conto as milhas, calculo, raciono. Não posso acreditar em como Summer era despreocupada, tomando banho todos os dias, deixando que eu me banhasse todos os dias. Devíamos ter sido muito mais conservadoras com a água desde o início. Agora tenho de economizar com seriedade, por segurança.

Minha pele está quente todo o tempo. Minha cabeça lateja. Choro sem lágrimas agora, e passo a língua ressecada nos lábios. O mar tem um tom azul frio e atraente, tentadoramente bebível. Até o céu parece molhado, como se eu pudesse beber o orvalho que cai dele.

O sol é um tormento. Prometi a mim mesma que deixaria o vinho para o fim, mas, em uma tarde quente, abro a garrafa e bebo até o fim. Então, no dia seguinte, acabo com a outra garrafa. Para reduzir minha necessidade por fluidos, durmo durante o dia todo e desperto ao entardecer. Quase não faço mais xixi.

A garota no espelho

Perco contato com o sol. Eu me levanto com a lua, agora cheia no céu noturno. Converso com a lua. Converso com o *Betsabeia*.

O *Betsabeia* pareceu morrer quando perdi Summer, mas volta à vida agora, como se tentasse me salvar. Abdiquei do meu papel de capitã, desisti, me deitei para morrer, mas o barco continua velejando, continua me mantendo em segurança dentro de si. A nave-mãe. O iate é minha terceira mãe, minha mãe em preto, depois do dourado de Annabeth e do branco de Francine. Quando durmo, flutuo em seu útero aconchegante.

Quando éramos crianças, meu pai nos contou que *Betsabeia* era a esposa do rei Davi, a mãe do rei Salomão. Summer amava histórias bíblicas. Ela explicava para todo mundo que era por isso que nosso leme automático se chamava *Dave* e nosso bote, *Salomão*.

Um dia, ouvimos nosso pai contar a história real para outros donos de iates. Ele os estava entretendo com bebidas na cabine, enquanto nós, crianças, ouvíamos tudo do salão. Ouvimos nosso pai dizer que *Betsabeia* era esposa de outro homem quando Davi a conheceu e que ele a estuprou.

Summer correu até a cabine. Estava chorando.

— Você precisa trocar o nome do barco! — ela exclamou. — E você deu o nome de um estuprador para nosso leme automático. Nunca mais vou tocar nele.

Nossos convidados deram uma risadinha sem jeito. Meu pai disse para Summer que ela estava sendo exagerada, mas ela não parou. No fim, ele a mandou para a cama sem jantar.

Eu fiquei feliz. Era tão raro que Summer se encrencasse. E gostei da história de *Betsabeia*. De vítima de estupro a mãe de reis.

Revivi a raiva de Summer. Fiquei parada na cabine, onde ela ficou gritando com meu pai, e gritei e xinguei como se ele estivesse ali comigo. Como se eu fosse Summer.

Todas as falhas de Summer se reavivam em minha memória, por poucas que fossem. Seus momentos fugazes de raiva ou inconsequência. Não se deve pensar mal dos mortos, mas não consigo evitar.

Quando nossos pais nos contaram a história do meu nome, a flor escolhida aleatoriamente, Ben disse que era uma sorte que não houvesse petúnias no quarto. Summer gostou da piada e descobriu que ela tinha inúmeras variações.

— Oi, Tulipa — dizia ela. — Como você vai, Begônia?

Isso durou meses. Summer encontrou nomes até mais feios que Íris. *Hidrângea. Crisântemo. Gladíolo.* Ela nunca usava meu nome verdadeiro, e as outras crianças da escola se juntaram a ela. Tentei rir com eles, devolver alguns nomes para ela. *Outono. Inverno.* Nada deu certo.

Foi Ben que acabou com aquilo.

— Você não percebe que ela odeia isso? — ele disse para Summer. — Já é ruim o bastante que seus órgãos estejam no lugar errado e que ela tenha o pior nome. Você não precisa provocá-la mais.

Quando Summer percebeu como estava sendo má, ela chorou. Acabei consolando-a.

Não quero ficar pensando naquelas situações. Quero me lembrar de Summer em sua perfeição. Mesmo suas falhas eram muito perdoáveis.

* * *

Velejo sobre a plataforma continental das Seicheles sob uma lua de sangue, e as ondas batem e quebram contra o casco. Águas rasas tornam o mar instável. A terra se aproxima.

Abro o mapa até poder ver todo o oceano Índico, as vastas extensões da Ásia, da África e do Oriente Médio. Sei que tenho de permanecer nesta rota. Devo alcançar a terra firme amanhã. Já estou quase sem água. Mesmo assim, minha mão paira sobre o botão, para alterar o curso.

Eu podia simplesmente continuar velejando. Para Oeste, até Madagascar. Norte, até a Somália, onde vagam piratas. Para o Sul, até o oceano Antártico e suas ondas monstruosas. Para qualquer lugar.

A garota no espelho

Amanhã terei de dar a notícia. Adam já perdeu uma esposa. Como encontrarei as palavras certas para contar a ele? Quando Helen morreu, pelo menos o bebê dela se salvou.

* * *

Há anotações espalhadas por toda a mesa na cabine do piloto, com minha letra. *Bochecha esquerda mais cheia, maçã do rosto esquerda mais alta*. Ninguém jamais nota essas diferenças. Ninguém consegue nos diferenciar. *Sobrancelhas mais grossas*. Mas eu as arrumei. *Mais magra*. Eu ficaria mais magra depois de uma longa viagem marítima.

Canhota. O fato de eu ser canhota é o sinal externo da reversão dos meus órgãos, mas não é um sinal físico, só um comportamento. Não consigo escrever muito bem com a mão direita, mas, no momento, ela está envolta em um curativo. Ninguém esperaria que eu fosse capaz de escrever com ela.

Coração e outros órgãos invertidos. Será que Adam sabe disso?

Velejar. Tocar piano. Essas são coisas nas quais sou melhor do que Summer. Mas é fácil fingir ser ruim em navegação. Talvez seja mais difícil fingir ser uma má pianista. É mais seguro ficar longe de pianos.

Cozinhar e crianças. As coisas nas quais Summer é melhor. Não são engenharia espacial. Eu posso fazer isso, se quiser. Quanto à enfermagem, Summer já desistiu disso.

As diferenças entre Summer e eu que não posso esconder do mundo são sua cicatriz e sua gravidez, e eu acabo de me dar a cicatriz.

* * *

Não sei quando a ideia surge pela primeira vez. Talvez no calor do meio-dia. Acordo no útero escuro do *Betsabeia*, sonhando com Summer.

Eu podia fugir. Não estaria mais sem emprego, sem casa, sem amor. O *Betsabeia* seria meu. Adam seria meu. O dinheiro seria meu.

O bebê seria meu.

Mas não há bebê.

Talvez a ideia sempre tenha estado comigo. Estava comigo quando escrevi as anotações que estão espalhadas pela mesa do mapa? Estavam comigo quando subi no mastro?

A ideia estava comigo quando deixei minha própria vida para trás para subir a bordo do iate de Summer, com o marido de Summer? A ideia estava comigo quando me escondi embaixo do cadáver do meu pai e descobri que ele escolhera não dividir sua fortuna?

Quando mutilei minha perna, eu não estava pensando nisso. Não tinha planos. O ato pareceu simbólico. Um jeito significativo de honrar Summer, como uma tatuagem.

Você não pode mentir para Adam. Ok, ele não pode nos diferenciar, e é tão desatento que não perceberia alguns deslizes. E conheço a vida de Summer muito bem a esta altura, até mesmo sua vida sexual. Ela falou sobre isso abertamente durante a viagem. Ouvi tanto sobre Adam que ele invadiu meus sonhos.

Não muito tempo depois que assisti à gravação do circuito interno, fiquei com medo de que ela pudesse se perder antes que alguém mais a visse. Só havia sete dias de gravação ali — o sistema devia se autoapagar depois disso. Salvei o arquivo em um CD, ejetei-o e coloquei-o na gaveta. Agora, encontro um lugar onde o tecido do forro da minha mala está rasgado e enfio o CD lá dentro.

Não posso negar a tentação. Eu não seria mais a mulher que não podia manter o marido, mesmo com a fortuna Carmichael como isca. Eu não estaria mais desempregada, sem casa. Annabeth nunca teria de saber que Noah me deixou. Ele interpretaria o papel de marido com o coração partido se quisesse.

Vasculho minha vida como se fosse um saco de guloseimas, em busca de momentos que quero manter. Não encontro nada. Não há ninguém para chorar por mim. Minha mãe sempre foi mais próxima de Summer. A pessoa que mais amo no mundo, talvez a única pessoa que amo no mundo agora, é meu irmão, mas que diferença faz para Ben perder uma irmã ou a outra?

A garota no espelho

* * *

Não vou fazer isso. Eu nunca mentiria para Adam. Mas me preocupo com o constrangimento de aparecer nas ilhas Seicheles no barco de outra pessoa, com uma história conveniente sobre a dona ter caído no mar. Mesmo com o CD, os acontecimentos podem se perder na tradução. Não quero terminar em uma prisão na África.

E meu passaporte. Não posso acreditar que nunca registrei minha saída da Tailândia. Parecia um detalhe de menor importância na época. Summer e o barco já tinham registrado saída, mas eu não. Agora parece sinistro. A imigração das ilhas Seicheles certamente não ficará impressionada. Passei tanto tempo dando voltas na zona equatorial, à procura de Summer, que estou atrasada, o que vai aumentar as suspeitas. No meio de tudo isso, terei de telefonar para Adam na Tailândia e dar a notícia.

* * *

Posso fingir ser Summer para as autoridades das ilhas Seicheles, passar pela aduaneira e pela imigração, pegar um avião até a Tailândia e contar pessoalmente para Adam. Íris Carmichael não está na lista de tripulantes. Ninguém nas ilhas Seicheles precisa saber que alguém caiu no mar.

Só que Adam é seichelense. É um país minúsculo, e Adam tem uma família grande. Em seu luto, ele vai voltar correndo para casa. Vai descobrir que ninguém nas Seicheles sabia do desaparecimento de Summer. O que ele vai pensar de mim? Vou parecer uma maluca.

Talvez eu possa argumentar para as autoridades que Íris caiu no mar. Como Summer, eu não enfrentaria as mesmas suspeitas, porque sou a dona do iate, com todos os documentos em dia, casada com um cidadão seichelense, com direito à cidadania. Eles investigariam o desaparecimento, para que não parecesse suspeito, mas permitiriam que eu deixasse o país para me encontrar com meu marido. E então eu poderia contar a verdade para Adam.

Mas e se a notícia se espalhasse? Garotas australianas ricas não caem de iates todos os dias. Isso chegaria aos jornais. A notícia poderia chegar à Tailândia.

Não posso ser Íris para Adam e Summer para as outras pessoas. Ele não seria capaz de esconder seu choque e seu luto.

Talvez eu pudesse contar para Adam devagar. Primeiro diria para ele que sou Summer, mas que perdi o bebê. Íris caiu no mar e perdi o bebê por causa do estresse. Isso meio que o prepararia para a notícia pior que estaria por vir. Isso me daria a chance de esperar pelo momento certo de contar a verdade.

Eu não poderia manter a farsa por mais do que alguns dias. Embora conheça Summer muito bem, embora eu conheça seus segredos mais íntimos, não poderia ser Summer pelo resto da minha vida. Posso fingir ser Summer, mas isso não quer dizer que eu queira fazê-lo.

Penso em uma versão de Summer que não morreu. Ela tem o *Betsabeia*, Adam e Tarquin, enquanto eu não tenho nada. Mesmo se não estivesse grávida, ela ainda teria tempo para ficar grávida se estivesse viva, para derrotar Virgínia na corrida pelo dinheiro. E mesmo sem o dinheiro, ela tem Adam, o dinheiro e o amor dele.

Eu estaria fazendo um favor para todo mundo. Seria uma gentileza para com Adam, para com Tarquin, para com Annabeth. Uma gentileza para com Summer.

Até agora, ela só está morta para mim. Aos olhos do restante do mundo, Summer vive.

Eu me envolvo no sarongue dela, me deito em sua cama, sinto seu cheiro de maçã, imagino os braços de Adam ao meu redor. Toda noite, toda manhã, pelo resto da minha vida. Cruzando os oceanos no *Betsabeia*. Fazendo amor no convés da proa, nus sob o sol dourado. Criando nosso bebê juntos, o herdeiro Carmichael.

Se eu contar a verdade, o que vai acontecer? Não há vida para mim em Wakefield. Terei de voltar para minha mãe, que está morando na casa de Summer. Mas isso não vai dar certo. Onde Adam e Tarquin ficarão? Eles vão querer a casa de volta. Adam não vai ficar velejando sem Summer, e ele não vai me querer em sua casa. Ele não vai aguentar olhar para mim, a imagem viva de seu amor perdido.

Eles não vão querer o *Betsabeia*. É o lugar onde Summer morreu. Talvez Adam me dê o iate, afinal, e eu possa embarcar e velejar pelo mundo sozinha.

Os anos se estendem à minha frente. O restante da minha vida circundando os oceanos do mundo, procurando por Summer. Ou eu poderia ser Summer, e ninguém vai procurar por mim. Ninguém vai procurar Íris. Ninguém vai sentir falta de Íris. Seria um favor para todos eles.

Mas não posso fazer isso. É um sacrifício grande demais. Minha vida pode ser vazia, mas é minha vida. É quem eu sou.

Francine vai triunfar. Não há nada que eu possa fazer a respeito.

* * *

Penso em inseminação artificial. Quando Noah foi embora, achei que estivesse grávida. Tinha os seios doloridos e todos os outros sinais, mas menstruei e, obviamente, não houve mais sexo depois disso.

Se pelo menos eu tivesse guardado uma única amostra do esperma de Noah. Pensar no tanto que juntamos em camisinhas e jogamos fora antes de nos casarmos. O bebê teria nascido atrasado, mas bebês adiantam ou atrasam às vezes, não é? Não é uma ciência exata.

Noah teria ficado encantado. Que criança não é querida quando nasce com um cheque de cem milhões de dólares na boca?

Se eu conseguisse pegar um pouco do esperma de Adam. Summer está morta, mas tenho de fingir ser minha irmã. Não quero nada dele além de uma amostra de esperma. Vou dividir o dinheiro com ele.

É impossível. Ele ficaria devastado. Adam é um cara honesto; não vai conseguir ser um bom ator. E, como Noah, inexplicavelmente ele não tem interesse no dinheiro. Ele e Summer engravidaram por acidente.

Talvez ele fizesse isso para frustrar Francine. Ou talvez não.

Não vou fazer isso. É difícil demais.

Jogo minha aliança de noivado e de casamento ao mar mesmo assim. Elas desaparecem no rastro verde turbulento do *Betsabeia*. Não sei por que guardei aquilo por tanto tempo, e a pequena esmeralda sem graça que Noah achava que combinava com meus olhos sempre pareceu cafona ao lado do diamante de Summer. Passo as alianças de ouro rosa da mão direita para a esquerda. Não quero perdê-las.

É como passar por um espelho.

* * *

Na minha última noite ao mar, navego por uma tempestade com relâmpagos. O vento para como se alguém fechasse uma porta, e o mar está tranquilo. As velas ficam penduradas e sem vida, mas o céu escuro é estilhaçado por mil lanças de luz.

Quero colocar os aparelhos eletrônicos no forno para protegê-los dos raios, mas o telefone por satélite se foi, e não me importo com mais nada. Certamente não com o iPad, com as capturas de tela da vadia da Virgínia. Que frite. Que tudo frite.

Fico parada no convés da proa, na escuridão, com um pé na abita, bem onde Summer e Adam fizeram o bebê. Sou alta, e isso é o mais distante do mastro que consigo chegar. Pode vir.

O ar estala e explode em estrelas. Meus ouvidos zumbem com o trovão. Mas nada me toca. Sou o albatroz ao redor do meu próprio pescoço. Estou condenada demais até para morrer.

* * *

Com o tanque do *Betsabeia* vazio, não há como escapar da tempestade. Depois de observá-la por horas, durmo na cabine e acordo com frio. Ainda está escuro, mas as estrelas aparecem esmaecidas no céu. O ar corre suavemente pela minha pele. Obrigo-me a ficar em pé e a içar as velas.

A primeira luz nos encontra seguindo em direção a Port Victoria sob um céu quente e bárbaro. O vento fica mais forte, e o *Betsabeia* segue com tudo, mas não consigo pensar em encurtar a vela. O iate resiste e grita, mas sigo em frente. Meus lábios estão secos; minha garganta lateja. Minha pele está tão quente que parece escamosa, como se pudesse virar pó e explodir.

A ilha de Mahé é íngreme e acidentada no horizonte e, conforme me aproximo, sua silhueta se transforma em colinas revestidas de mata densa. Anseio subir nelas. Terra. Logo estarei em terra firme.

As ondas se tornam irregulares e tumultuadas. O mar sob mim fica furioso. O céu parece de concreto agora, a água parece aguardar o dia do juízo final, e, mesmo assim, não chove. Meu corpo está árido. Meu corpo é um deserto.

Faço o *Betsabeia* avançar. Consigo ver a ilhota de Sainte Anne agora, com os picos mais altos de Mahé atrás. Entre as duas está o abrigo, as águas calmas, o porto.

Enquanto corro na direção de Sainte Anne, o mar ruge e urra. O *Betsabeia* derrapa e segue em velocidade como um carro de corrida. Nunca velejei tão rápido, mas sinto como se nunca fosse chegar. Minha sede é uma força que me faz seguir em frente.

E agora Sainte Anne está a bombordo, e me viro e deixo a turbulência para trás. Estou aqui. O porto é plano, e a cidade aguarda calma, agradável e normal, a estibordo, aninhada entre o mar e as colinas. Civilização. Pessoas.

Mas o *Betsabeia* segue em frente. Eu já devia ter baixado as velas — esperar tanto e agora ficar sem tempo! Pulo de um lado da cabine para outro, girando os guinchos, xingando, suando, tropeçando nas linhas. Abaixo a vela principal, e agora não consigo controlar o iate. Só com a vela de genoa voando, o barco está desequilibrado. Empurro o leme com força para estibordo, mas não consigo colocar o barco contra o vento. Vou bater na ilha. Vou me arrebentar nas Seicheles.

Preciso soltar a âncora rápido. Não tenho tempo para escolher o lugar. O alarme de profundidade grita. Estou prestes a tocar o fundo. Não posso deixar a âncora descer devagar; puxo o freio e deixo-a acertar a água, junto a cinquenta metros de corrente. Parece uma catástrofe. Percebo que estou molhada. Estou encharcada, e está escorrendo água do convés. Eu sequer senti a chuva. Chupo o líquido do meu braço, mas fica salgado e sujo na minha pele.

A âncora está segurando o barco, afundada pelo vento forte. Pego o tecido da vela de genoa e o guincho como se minha vida dependesse disso, enrolando a vela antes que ela arranque a âncora, quando uma voz vem do VHF. Uma voz com um profundo sotaque inglês.

— Iate *Betsabeia*, iate *Betsabeia*, aqui é a autoridade portuária. Você ancorou em área restrita. Por favor, mova sua embarcação.

Aperto o botão de transmissão.

— Não posso me mexer — soluço. — Estou sem combustível. Estou sem água. Por favor, por favor, me ajudem. Minha irmã se perdeu. Minha irmã se perdeu no mar.

* * *

Uma lancha surge de dentro do porto e segue na minha direção. Uma lancha laranja e comprida. Homens em trajes militares estão parados no convés de proa. Uma dúzia ou mais. São policiais? Vou para baixo do convés. O que vou dizer para eles? Será que vão me interrogar?

Não tomei banho desde que perdi Summer. Estou fedendo, e minhas roupas estão largas no meu corpo. No espelho duplo, um rosto estranho me cumprimenta. Ela está muito bronzeada, com a pele castanho-avermelhada descascando. É magra, de olhos vermelhos e selvagens. O cabelo encharcado gruda em seu rosto e pescoço, e o sarongue está sujo e rasgado. A mão direita e a perna esquerda estão enfaixadas.

Arranco o curativo da perna. O ferimento embaixo já está sarando, deixando uma linha vermelha.

A garota no espelho não é Summer nem Íris. É irreconhecível. Seu olhar é hostil, bárbaro.

Vou ao menos tentar disfarçar um pouco desse cheiro. Pego um trapo e abro a torneira, mas, é claro, nada sai.

Agora há uma batida furiosa no casco. Vozes profundas, botas batendo no chão. Estão subindo a bordo. Não posso recebê-los assim.

A garota no espelho

Abro o armário do banheiro e pego o vidro de perfume de Summer. Jogo em meu corpo. O cheiro de Summer. Maçãs e a praia.

Uma voz grave está me chamando, um sotaque estranho.

— Capitã! Capitã! Aqui é a polícia.

Corro até a cabine. Vou contar a verdade para eles.

Saio sob a luz do sol e fico maravilhada. Braços fortes me abraçam, o cheiro doce de cravos. Lágrimas quentes descem pelo meu rosto.

— Summer, Summer, Summer — diz ele. — Graças a Deus você está em segurança. Está tão atrasada. Estava morrendo de esperar por você. Nunca mais vou deixar você fora da minha vista.

Eu me agarro a ele, e uma represa estoura dentro de mim. Choro sem parar. Eu me parto em duas de tanto chorar.

— Adam — soluço. — Querido, é pior do que você pensa. Perdi minha irmã.

No fim, faço isso por Summer.

— Perdi Íris — digo. — Íris está morta.

PARTE 2

SUMMER

CAPÍTULO 10

A POLÍCIA

Sou Summer. Sou Summer. Sou Summer.

Sou a rainha da beleza, a esposa, a mãe, a primogênita.

Derreto nos braços do meu marido, e um calor ardente e repentino percorre meu corpo, formigante e elétrico. Minha pele parece se derreter; eu quase me dissolvo em Adam. Estamos envoltos um no outro, cobrindo um ao outro em lágrimas de alegria.

Ninguém precisa sofrer. A família perfeita está sã e salva.

Não importa o que aconteça depois, tudo vai valer a pena por isso, por este momento, pelo agora. Sou a gêmea boa e sou amada. Adam me segura com tanta força que meus pés se erguem do chão.

* * *

O policial mal espera que Adam me coloque no chão antes que o interrogatório comece. Quem sou eu? O que estou fazendo em Seicheles?

— Meu nome é Summer Rose Romain — respondo. — Sou casada com um cidadão seichelense. Este é nosso iate.

O policial me encara do outro lado da cabine. Eu me agarro à mão quente de Adam. O policial tem o queixo fino para um homem tão grande, maças do rosto altas, uma face que revela o esqueleto abaixo. O sol reflete em seu distintivo e brilha em meus olhos. Ele anda todo emproado pelo espaço, corpulento e brusco.

— Você é cidadã? — Sua voz explode. — Fala crioulo?

Adam me puxa suavemente até o assento da cabine, ao seu lado, e aperta minha mão. Ele responde por mim, uma explosão de barulho. Será que esperam que eu entenda isso? Adam me ensinou alguma coisa de crioulo?

Há centenas, milhares de coisas que eu devia saber. Não posso fazer isso.

Nunca sonhei que Adam estaria aqui. O que ele está fazendo em Seicheles?

— Summer? Summer!

Levanto a cabeça. Preciso aprender a responder ao meu nome!

Meu marido balança a cabeça, os olhos arregalados.

— Isso não vai adiantar nada — ele diz. — Mal reconheço minha esposa. Pense no que ela passou. Estava totalmente sozinha lá. Você viu que ela não sabe velejar. A irmã dela é a marinheira. Era a marinheira. — A voz dele falha.

O policial coloca a mão no ombro de Adam e fala novamente em crioulo, mas sua voz é mais baixa. Eles sussurram um para o outro, como se houvesse alguma chance de eu entender. Será que há? Crioulo parece francês. Íris aprendeu francês na escola, e frases se destacam agora, em meio ao oceano de sons.

Dans la mer. No mar. *Bonne femme*. Boa mulher.

Não acho que aprendi crioulo. Supostamente, eu não devia conhecer aquelas palavras.

As algemas balançam no cinto do inspetor. Ele acende um cigarro, traga, e joga as cinzas no chão de madeira.

Quem é a "boa mulher"? Eu ou a que está *dans la mer*?

— Sei que isso é difícil, querida. — Adam me puxa para mais perto, colocando um braço protetor no meu colo. — Mas você consegue nos dizer onde Íris caiu? Onde devemos procurar?

Não tenho de fingir minha resposta. Os soluços tomam conta de mim, e mal consigo falar com o peso que tenho no peito.

A garota no espelho

— Foi há uma semana... ou mais... foi a mil e quinhentos quilômetros daqui! — grito. — Eu acordei, e ela tinha desaparecido! Eu procurei. Procurei por dias e dias. Procurei até ficar sem combustível. Procurei até que comecei a ficar sem água.

O inspetor de polícia tem mais perguntas. Ele as dispara para mim em inglês e em crioulo, e Adam traduz. Os outros homens andam de um lado para outro no convés, sob o sol quente. O *Betsabeia* balança sob os passos pesados de suas botas. Um grupo deles está fumando na proa, e se revezam para me encarar entre as baforadas. Só estou dizendo uma mentira, mas é a única parte que o inspetor não questiona. Todo o restante está sob escrutínio. Devo parecer uma fraude com uma história mal contada. Há tanta coisa que não sei. Que dia da semana minha irmã desapareceu? Nem sei que dia é hoje. O inspetor dá muita importância ao fato de eu estar dormindo no momento, como se eu tivesse de ficar acordada durante toda a viagem pelo oceano Índico. Eu, uma mulher grávida.

— Vamos verificar os registros do barco — diz Adam. Ele segue na direção da cabine do piloto.

— Sim! — exclamo. Entusiasmada demais. Sei que os registros vão confirmar minha história. Tomei o cuidado, na noite passada, de jogar fora minhas anotações malucas, até mesmo o papel sob elas, caso a marca da caneta pudesse ser notada. Também joguei o boné de capitão ao mar, a fim de manter minhas opções abertas, embora eu estivesse determinada a não levar adiante esta façanha. Mas agora tenho de verificar novamente que não há pedaços de papel perdidos pela cabine do piloto. Será que joguei fora tudo o que era necessário? Eu me levanto para olhar, mas minhas pernas falham. Adam volta correndo e me segura em seus braços. Meu rosto é pressionado em seu colarinho, em sua camiseta de algodão macio. Fecho os olhos e respiro fundo.

— Minha esposa está grávida, senhor — argumenta ele. — Ela passou por uma provação. Íris é sua irmã gêmea. O laço entre elas é incrível. Não podemos imaginar pelo que ela está passando. Ela deve sentir como se sua alma tivesse sido arrancada.

Ele continua a falar em crioulo, mas o inspetor de polícia o interrompe.

— Eu tenho um irmão gêmeo.

Adam para de repente. Eu me surpreendo. Sinto que este homem consegue ver através de mim. Ele não vai cair nessa bobagem inacreditável de laço.

— Leve sua esposa para a sombra — pede ele. — Não queremos que nossa testemunha desmaie. Dê um pouco de água para ela.

— Não tem água — explico. — Não sobrou uma gota. — Minhas pernas vacilam enquanto Adam me ajuda a pular o portão infantil e entrar na cabine do piloto. Qual seria o significado de eu ser "nossa testemunha"?

O inspetor desce até o salão e eu o vejo tentando abrir a torneira, virando a válvula de um lado para outro sem sucesso. Ele vai até o banheiro, sem dúvida para tentar a torneira de lá.

Agora ele volta ao convés, passando por nós, gritando ordens em crioulo, o rosto com uma expressão zangada, o cenho muito franzido. Os homens no convés da proa saem correndo em direção à popa, onde a lancha está amarrada. O *Betsabeia* se inclina com o peso acumulado.

— Vamos levá-la para a costa, sra. Romain — grita o inspetor.

Eu me levanto. É isso. Ele viu alguma coisa no banheiro, e sabe.

— Espere — pede Adam. Ele fala com o inspetor em crioulo.

Não sei dizer o que está acontecendo. Nem mesmo sei qual é o nome do policial, e não consigo imaginar por que ele teve de trazer dez ou doze homens até o barco. Essa é a equipe normal da imigração ou estão atrás de mim? Não consigo identificar o tom da conversa entre ele e Adam. Eles parecem ocupados em algum tipo de competição para ver quem desvia os olhos primeiro, mas não sei se vai acabar em sorrisos ou em socos.

O inspetor pisca primeiro. Ele volta na nossa direção e estende a mão.

— Sra. Romain — ele diz —, você procurou sua irmã até ficar sem água. É um milagre que tenha sobrevivido. Você precisa cuidar de si mesma e do bebê. O *interrogatoire* — ele usa a palavra em francês — pode esperar. Primeiro vamos levá-la ao hospital.

— Não! — exclamo. Não vou deixar um médico chegar perto de mim até contar para Adam a verdade sobre o bebê. Todo mundo (Adam, o inspetor e os homens no convés lateral) se vira e me encara. — Por favor, eu só preciso de água e comida. Mal comi desde que tudo aconteceu, mas não quero que nada atrase sua investigação. Por favor, leve o diário de bordo para a costa. Ele marca nossa posição quando ela desapareceu.

Já estou aprendendo. Não digo nomes. Digo "ela". Seja vaga, como se fosse insuportável pensar no assunto. Como se não conseguisse se lembrar. Deixe que vejam você tropeçar.

Os homens voltam para a lancha um a um. Enquanto esperamos sob o sol quente, o inspetor abre o diário. Ele vira página após página preenchida com a caligrafia elegante e inclinada para trás, a tinta arroxeada manchada por sua mão esquerda. O último registro é às seis da tarde do dia vinte e oito de março. É preciso e impessoal, a latitude e a longitude anotadas com três casas decimais. *Seguindo com o motor ligado para o Sul, para cruzar a zona equatorial. Vento mutável. Alcançando 6 nós. Mares confusos, tempo turbulento.*

A página seguinte está coberta pelos rabiscos de uma mulher enlouquecida. As coordenadas do GPS estão escritas em todos os ângulos, ilegíveis, cobertas de sangue seco. Um mapa bruto da área mostra uma grade de busca coberta de setas. Ninguém reconheceria essa bagunça como a caligrafia de qualquer uma das gêmeas.

O inspetor fecha o livro e me leva até o convés lateral. É uma bela descida até a lancha, que, mesmo com minha fraqueza e sede, eu poderia resolver em um salto. Mas me apoio no ombro firme de Adam, e ele e o inspetor oferecem um braço cada um para poderem me ajudar a descer nos braços musculosos dos outros policiais, como se eu fosse uma bonequinha. Estou em um mar de homens, ofegantes para me segurar enquanto a lancha bate na lateral do *Betsabeia*.

Algo surge dentro de mim como uma ondulação no oceano. Eu posso fazer isso. Posso ser Summer. As informações que não sei são detalhes. Adam é familiar em meus braços, como se estivéssemos casados há anos.

Consegui a essência de Summer. Treinei para isso minha vida toda. Sou Summer. E todos os homens à vista estão dando o máximo de si para me ajudar.

A loucura que tomou conta de mim no *Betsabeia* será minha melhor amiga. Summer não consegue se lembrar das coisas, ela está diferente, está confusa. Claro que está. Lá fora, ela perdeu sua alma.

Não há mais ninguém para comparar comigo. Ninguém com os seios mais cheios, com um sorriso mais doce, com a virtude saindo pelos poros. Gêmeos ficam menos parecidos conforme ficam mais velhos, mas isso não vai mais acontecer. Summer e Íris estão de volta ao início. São uma pessoa novamente. Uma garota. E seu nome é Summer Rose.

* * *

Saio da lancha da polícia e vou para terra firme, e desta vez a tontura é real. O cais de concreto é sólido, mas quero que ele balance. Eu devia estar feliz por ter conseguido desembarcar, mas meu corpo sente falta do ritmo do *Betsabeia*. Diante de mim há uma área gramada, de um verde iridescente. O solo rico está úmido entre as folhas. Tropeço em sua direção, escoltada por Adam e pelo inspetor, como se fosse uma celebridade ou uma prisioneira. Afundo em sua suavidade e pressiono o rosto naquele verde. Mas consigo me conter antes de chupar a terra úmida.

Meu peito arfa com os soluços, mas estou seca demais para lágrimas. Consigo ouvir os homens atrás de mim, seus murmúrios tristes, como se estivessem vendo um gatinho morrer. E agora Adam está segurando algo em meus lábios. Uma garrafa.

Eu bebo sem parar. E, quando estou prestes a explodir de tão cheia, jogo a água sobre minha cabeça. Meu rosto, meu pescoço, meu corpo ficam instantaneamente frescos e refrescados. Meu cabelo e o sarongue se colam à minha pele.

A garota no espelho

Com a sede saciada, observo meu entorno pela primeira vez. Estamos em uma rua, uma rua tropical cheia de gente vestida com roupas coloridas. Todo mundo está me encarando. Olho ao redor, meio que esperando ver minha irmã gêmea parada ao meu lado.

Uma mulher mais velha se aproxima, o rosto marcado pela preocupação.

— Desculpem-me, senhor, senhora, sou do iate clube — apresenta-se ela, olhando para mim e para Adam, que me ajuda a ficar em pé. — Ouvimos sua transmissão de rádio. Gostaríamos de oferecer nossos mais profundos sentimentos. O iate clube está aberto aos dois. Temos chuveiros, comida e um lugar para descansarem. Vocês são nossos convidados.

— Obrigado — responde Adam.

— Não posso — digo. — Preciso ajudar a polícia.

— Summer, você não vai ajudar ninguém se não cuidar de si mesma — pondera Adam. — O inspetor Barbé já está com os registros. Deixe-o investigar. Você precisa de comida e descanso. Pelo bebê.

Olho de relance para o inspetor Barbé, esperando que ele faça alguma objeção, mas ele assente.

— Leve o tempo que precisar, sra. Romain. Vamos cuidar da busca agora.

Sou quase carregada pela rua. As pessoas giram ao meu redor, e posso ver que são o povo de Adam, seichelenses. Eles têm a mesma expressão franca, a constituição forte. Tudo está confuso com o calor. Coqueiros assomam acima de mim. Passamos por barracas na rua, e um aroma de carne toma conta do ar perfumado.

— Comida — digo. — Comida.

— Está tudo bem, tem comida no iate clube — diz o homem que está segurando meus ombros, e eu me surpreendo: não é mais Adam. Para onde ele foi? Este homem está vestido do mesmo jeito, se parece com ele, tem o mesmo cheiro. Sua voz tem a mesma cadência profunda. Mas seus olhos têm um tom dourado-claro, surpreendentes depois das piscinas marrom-escuras de Adam.

— Não se preocupe, Adam foi na frente — explica o homem. — Meu nome é Daniel. Vou levá-la até lá agora. Você estará novamente com Adam em um instante. Ele está arrumando alguém para reabastecer o barco e levá-lo até a marina. Os velejadores estão ajudando vocês, e vão tirar o tanque de combustível com um bote.

Um homem e uma mulher em roupas esfarrapadas passam por nós, cabelos grisalhos, pele como couro escuro. O homem leva uma lata de transporte de diesel, e os olhos azuis da mulher encontram os meus. Sua expressão é sábia, triste e gentil, e sei que são os velejadores me ajudando — a pobre e jovem esposa grávida que perdeu a irmã em alto-mar.

Conheço o tipo: velejadores sem dinheiro, sempre os primeiros a estender a mão. Lembro do que meu pai teria dito. As pessoas boas são imbecis.

— Você é um velejador? — pergunto para Daniel.

— Não, sou o primo de Adam, lembra? Nós conversamos pelo telefone depois do seu casamento.

Tropeço e me apoio com mais força em seu braço. Desta forma, ele não vai esperar uma resposta.

Caminhamos por um estaleiro e entramos em uma área com um deque coberto com vista para a água, onde grupos de pessoas estão sentados para almoçar. É barulhento e casual; consigo ouvir uma mistura de idiomas. Este deve ser o iate clube. Comida e bebida aparecem do nada. Entre todas as opções, um copo de leite. O líquido flui pela minha garganta como néctar. Coloco algumas batatas fritas quentes na boca. Daniel pede mais leite.

As pessoas nos rodeiam, sussurrando. Todo mundo mantém distância. É uma delicadeza ou estão preocupados demais com minha história para me olharem na cara? Até Daniel mantém os olhos baixos. Isso vai ser muito mais fácil do que pensei. Ganhei o inspetor Barbé com meus tanques de água vazios, e ninguém vai se arriscar a questionar uma mulher grávida. Se alguma coisa ficar estranha, posso começar a chorar ou agir como louca. Mal preciso fingir.

A garota no espelho

— ... Toda a família dele está aqui — Daniel está dizendo. — Ele tentou manter sua gravidez em segredo, mas estava sob tanto estresse. Ele ficou em um péssimo estado depois daquela ligação. Ele tentou ligar para você para falar sobre Tarquin e, então, depois daquilo, nada durante doze dias. O iate estava quase uma semana atrasado, Summer.

Tarquin.

Adam estava me ligando para falar sobre Tarquin.

O maldito garoto. Eu me esqueci de perguntar sobre meu enteado, não, meu filho. Jesus, não consigo sequer me lembrar a idade do infeliz. E onde diabos ele está?

Eu estraguei tudo. Devia ter chorado por Tarquin assim que cheguei aqui. *Cadê meu garotinho? Preciso do meu garotinho!*

Mas isso não é o pior. Doze malditos dias, e eu não pensei em me perguntar o que Adam estava dizendo para mim naquela ligação por satélite. Ou o que eu disse para ele.

Meus lábios estavam se movendo, mas não dá para fazer leitura labial na gravação granulada do circuito interno. Mesmo se eu pudesse voltar para o iate e assistir novamente à gravação — que ainda está escondida no forro da minha mala — no forro da mala de Íris —, não serviria de nada.

Será que Adam ouviu o baque que matou minha irmã? A retranca esmagando seu crânio? Deve ter ouvido um barulho alto, talvez o barulho de algo caindo na água, e então a ligação deve ter sido interrompida, e ele não poderia ligar de novo. E agora vai descobrir que o telefone desapareceu. Como vou explicar isso? Ele acha que estava falando comigo, Summer, a gêmea que sobreviveu.

Uma coisa é certa: nunca poderei deixar que Adam veja essa gravação.

O que ele me disse naquela ligação? Algo sobre Tarquin? Eles só iam fazer ligações em caso de emergências. O que aconteceu com Tarquin?

Algo se estilhaça. Derrubei o leite no chão. Minhas mãos tremem. Daniel me segura quando me abaixo para pegar o vidro quebrado.

— Deixe aí. Não coma nem beba mais nada por enquanto. Seu corpo precisa de tempo para se recuperar. Você precisa descansar.

Quase deixo escapar algo sobre ele não ser especialista no assunto, quando uma voz atrás de mim diz:

— Doutor Romain, seu carro chegou.

Doutor Romain. Jesus, a última coisa que preciso é de um maldito médico. Será que ele consegue diagnosticar uma gravidez falsa do outro lado da mesa? Descubro que estou sendo levada para fora do iate clube. Mal percebi onde estava, mas olho ao redor enquanto vou embora. As pessoas comendo nas outras mesas desviam o olhar.

O clube não tem paredes; um grupo de pilares brancos segura o telhado, como algo saído da Roma antiga. No pilar mais próximo, no nível dos meus olhos, há uma mancha de algas. Uma marca d'água. Olho ao redor e vejo uma mancha similar em cada pilar, na mesma altura. Pressiono minha mão nela, e o gesso se desfaz.

Estou submersa nesta construção, com água até os olhos. Estou me afogando, mas não consigo me mover

— Isto está aqui de verdade? — pergunto. — O mar entra aqui? Até esta altura?

Eu me viro e olho para trás. As águas do porto quase alcançam a beira do iate clube. De onde estou, consigo ver o píer de concreto e, além dele, o mastro do *Betsabeia* balançando na parte aberta do porto. Mas como o nível do mar sobe tanto? Estou alucinando?

— Foi o tsunami — diz Adam. Não, não é Adam, é Daniel. — Em 2004.

Luto para respirar. O ar fica verde como o oceano, e estou presa, ancorada pelos pés. Daniel me segura pelos ombros e me leva para fora — para o clarão da luz do sol — e depois para seu carro. Estou no banco de trás, sentada sobre o couro, no ar-condicionado de um sedã. Daniel se senta ao meu lado, e o motorista pega a estrada.

Não posso perguntar para Daniel o que aconteceu aqui, quantas pessoas morreram. Estou enlouquecida pela perda de uma única pessoa. Quantos amigos Daniel perdeu? Pelo que passaram as pessoas que vivem aqui?

A garota no espelho

Eu já tinha ouvido falar sobre o tsunami, é claro; ninguém que já passou um tempo em Phuket desconhece o assunto, mas era algo que tinha acontecido com outras pessoas. O mar cobra seu preço.

Eu achava que era uma exceção, mas agora Íris Carmichael está perdida no mar. De algum modo, ainda estou aqui, mas é só questão de tempo. Desabando nos braços fortes do dr. Romain, sinto que posso ver o futuro. O mar vai reivindicar seus mortos.

* * *

Caminho em uma linha tênue entre um estado delicado e adoecido. Perturbada demais para ser questionada, mas não louca o bastante para ser hospitalizada. Será que perguntar onde está Tarquin seria ultrapassar algum limite? Ter esquecido todas as palavras daquela ligação?

O sedã percorre uma estrada moderna, através de uma floresta densa. Mulheres seguem pela trilha com tops sem alça e minissaias. Elas parecem livres e felizes, confortáveis em suas belas roupas. Se eu fosse seichelense, poderia sair do carro e desaparecer na multidão.

Não, não preciso fugir. Posso seguir com isso. Adam e eu não estamos casados há muito tempo, e ele nunca foi capaz de me diferenciar da minha irmã.

Preciso voltar para Adam. Por que ele me deixou com o primo? Não consigo entender como não percebi a troca. E para onde Daniel está me levando? Por favor, que não seja para um hospital. Não posso perguntar. Sozinha com um médico, serei desmascarada. Consigo sentir a pressão dos dedos de Daniel em mim, a confusão aparecendo em sua feição enquanto ele apalpa meu útero vazio.

Vou puxá-lo para a mesa de exame, para cima de mim, enfiando a mão em suas calças. *Doutor, me dê um bebê. Eu divido o dinheiro com você.* Ele deve ter grande parte do DNA de Adam. Ninguém nunca vai saber.

— Adam está esperando por nós no La Belle Romance — comenta Daniel. Ele está lendo algo no telefone. — Vai deixar seu filho para

145

passar a noite com minha mãe. Tarquin está desesperado para ver você, diz Adam, mas ele acha que não é uma boa ideia. — Daniel abre um sorriso desconfortável. — Não até que você esteja mais dona de si.

Faço uma expressão triste, mas complacente. Como se estivesse desesperada para ver Tarquin, mas cansada demais para discutir. O médico sabe o que faz. Se eu nunca mais vir aquele menino, ainda assim será muito cedo.

* * *

Ouvi Adam e Summer falarem sobre o La Belle Romance. Uma grande parte dos negócios de Adam envolve fazer reservas para australianos ricos passarem um tempo no hotel dos avós dele. A Romain Travel atrai muita gente em lua de mel e casais mais velhos comemorando seus aniversários de casamento. Mesmo assim, sempre imaginei um edifício degradado, rústico, lotado.

O motorista de Daniel nos leva pelas montanhas íngremes do interior de Mahé e depois até a costa do outro lado da ilha, e agora o carro entra em uma avenida ladeada por árvores de jasmim-manga floridas e vertiginosas palmeiras. Os cocos pendurados têm uma forma dupla estranha, como se cada um tivesse tentado sem sucesso se dividir em dois.

Paramos diante de um palácio. Os parapeitos e colunatas vêm de uma época passada, mas o edifício é impecavelmente bem conservado, e as paredes brancas brilham sob o sol da tarde. Os arredores são arcadianos; jardins bem cuidados se estendem até uma praia digna de cartão-postal. Aquilo são pavões de verdade ciscando entre as plantas esculpidas?

— Vocês são ricos — deixo escapar, e então sinto meu rosto ficar vermelho.

Daniel sorri.

— Seríamos, se meus avós não tivessem tido oito filhos. Somos dezesseis netos atualmente, então cada um de nós tem uma fatia minúscula deste lugar, mas, sim, isso mantém o lobo longe da porta. Falando nisso, espere aqui que vou abrir a porta para você.

Ele desce do carro, e fico sozinha com a imagem de dezesseis Adams e Daniels, cada um com uma fatia deste paraíso.

Minha porta se abre, mas não é Daniel — é Adam. Sua voz é gentil e doce, mas ele não está falando comigo.

— Olhe quem está aqui, amigão — ele arrulha. — Mamãe voltou.

Acho que chegamos mais cedo do que o esperado. Parado ao lado de Adam no gramado verde está um dos muitos herdeiros dessa fortuna. Ele está imóvel como uma estátua, e me encara como se eu fosse um fantasma.

Tarquin.

Meu filho.

CAPÍTULO 11

O CD

— Tarquin! Tarky! — Saio cambaleando do carro, minha boca tropeçando no apelido não familiar.

Não era ele quem devia correr para os meus braços? Mas ele fica parado e até — será que estou imaginando isso? — se encolhe quando eu o pego em uma imitação decente de um abraço amoroso.

Mal vi Tarquin desde o casamento. Na Tailândia, ele estava inconsciente, e não parece ter crescido mais desde então. Durante todo esse tempo, pensei nele como se fosse um bebê, um montinho disforme de bebê gordo preenchendo um macacão. Mas este é um garotinho, um humano completamente formado. Um estranho.

O que devo dizer? Como devo falar com ele? "Cadê o menininho lindo da mamãe?" ou "Como vai, meu jovem?". Não posso falar nada, para não me enganar, então fico em silêncio, disfarçando minha confusão com lágrimas. Eu seguro a criança, querendo que ele também me abrace, morrendo de medo de que ele solte alguma bomba, tipo "Olá, tia Íris". Ele se contorce em meus braços.

Adam está falando em uma voz cantarolada.

— Olhe, é a mamãe. Tarky sentiu falta da mamãe, não sentiu?

Sigo a deixa de Adam.

— Oi, Tarky — digo, uma oitava acima do meu tom de voz normal. — Mamãe também sentiu sua falta.

Tarquin não diz nada. Adam continua a falar por ele.

— Agora Tarky está feliz.

Graças a Deus. Parece que o pirralho ainda não aprendeu a falar. Permaneço no limite, caso seu silêncio seja mera timidez, mas, quando ele começa a balbuciar "orbi-borbi-borbi", é o som mais bem-vindo. A falta de atenção de Adam para o barulho me mostra que ele não espera que o filho diga algo significativo. Tarquin não é tão crescido quanto parece; só cortaram os cachinhos de seus cabelos e ele finalmente anda sozinho. Fora isso, ele ainda é um bebê.

Felizmente, Tarquin é logo levado embora por algum parente. Não tenho de temer um mudo, desde que consiga me emocionar como uma mãe desaparecida por muito tempo todas as vezes que encontrar com ele.

Sou apresentada a um bando de parentes. Não consigo acreditar em quantos tenho: avós, tios e tias, primos com suas esposas e filhos. Felizmente, Adam é filho único e, fora seus pais, que estão na Austrália, eu ainda não tinha conhecido o restante da família. Mesmo assim, Adam se esquiva de qualquer pergunta difícil, explicando que sua querida esposa está em estado de choque.

Passo por um vestíbulo cintilante de mármore polido e subo uma escadaria ampla. O luxo do La Belle Romance vai além do extravagante e entra no reino do desconcertante. Eles nos instalam na Suíte Diamante, que deve ser a melhor do hotel. Pelo menos eu espero que seja. A palavra *magnífico* foi cunhada para descrever o lustre que tem aqui.

Daniel troca o curativo da minha mão machucada, tomo um longo banho, e logo estou descansando em uma espreguiçadeira púrpura, enquanto os criados trazem travessas de frutas. Adam paira sobre mim como uma enfermeira ansiosa, e Daniel se mantém atrás dele. O médico insiste em que eu não coma demais, mas, depois de determinado tempo, ele cede e me deixa pegar um pedaço de cordeiro apimentado.

— Achei que você tinha me dito que sua esposa era vegetariana — ele comenta.

— Eu disse que ela tem tendências vegetarianas... — Adam responde antes que eu tenha a chance de me desesperar. Summer já entrou e saiu do vegetarianismo tantas vezes que parei de prestar atenção. Ela comeu carne no barco? Comeu, não foi? Tenho certeza de que ela cozinhou alguns pratos com carne.

— Mas você sabe como é com a gravidez — Adam prossegue, dando de ombros. — Ela fica com fome.

Gravidez. É tarde demais para dizer para Adam que sofri um aborto. Por que deixei o momento passar? Acho que porque foi o que me salvou do inspetor de polícia. Isso e os tanques de água vazios foram o que o fizeram passar da suspeita à simpatia. Se eu não fosse a pobre grávida sra. Romain, ele teria me arrastado para uma cela na delegacia. Talvez ele ainda faça isso, mas pelo menos terei tempo de dar um jeito na minha história antes.

Não importa. Posso sofrer um aborto mais tarde.

Adam é tão carinhoso e atencioso que arrepios percorrem meu corpo quando ele se ajoelha ao lado da espreguiçadeira, inclinando-se para perto de mim, tirando uma mecha de cabelo do meu rosto e apertando minha mão. Mas ele está sendo tão platônico, tão respeitoso com minha dor. E o médico está dando voltas como um predador dos mares, me encarando com seus olhos dourados. Estou me comportando como uma mulher grávida?

— Você conseguiu me ouvir quando eu liguei no telefone por satélite? — Adam pergunta, pressionando o rosto contra o meu, tão perto que não consigo vê-lo direito. — Foi antes ou depois que você perdeu Íris?

Meu cérebro está rodopiando dentro do crânio. O que devo dizer? Como Adam pode não saber se Íris tinha ou não caído ao mar quando ele me telefonou? É uma pegadinha?

Espere um pouco. Suas palavras são um presente. Uma grande válvula de escape.

— Não — respondo lentamente. — Não, eu não conseguia ouvir quando você me ligou no telefone por satélite. — Envolvo meus braços ao redor da cabeça dele, mantendo seu rosto apertado contra o meu. Há um pouco de barba por fazer, uma pequena aspereza em sua pele lisa. — Você conseguia me escutar?

— Nada. Só um som sibilante. E então o telefone ficou mudo. Eu tentei ligar de novo, mas não consegui.

— Sim. Foi isso mesmo. O telefone ficou mudo. Depois eu fui para a cama e eu... ela... ela disse que ia deixar o telefone na base, caso você ligasse de novo. Depois disso, não consegui mais encontrá-lo. Ela devia estar segurando quando... quando...

— Não pense nisso agora. — Adam está se apoiando nos calcanhares e segurando minhas mãos. — É demais para você.

Deixo uma lágrima escorrer pelo meu rosto. Agora já expliquei a ligação e o desaparecimento do telefone. Tudo se amarra lindamente. Posso muito bem ir em frente para descobrir um pouco mais.

— É tudo tão confuso — digo. — Por que você estava telefonando? Achei que o telefone por satélite era só para emergências.

— Eu sei... mas eu queria contar para você as boas-novas que a esperavam aqui. E não podia aguentar nem mais um dia sem ouvir a bela voz da minha esposa.

Lembro da animação de Summer, seu salto impulsivo no convés de popa. Seu desespero para ouvir o marido. Então foi o amor de Adam, a necessidade de Adam por Summer, que deu o golpe fatal.

Coloco mais abacaxi na boca. Consegui passar por uma conversa difícil, mas e quanto ao CD? O CD não se encaixa na história que acabei de contar. Não joguei o CD ao mar, junto à minha aliança de esmeralda e às minhas anotações, para o caso de ter de mostrar para a polícia. Sem Adam, eu achei que a polícia pudesse duvidar da minha história. A gravação era a evidência de que minha irmã tinha caído ao mar, que tinha sido um acidente.

Mas a presença de Adam muda as contingências. Minha pequena apólice de seguro se tornou um problema. Talvez eu pudesse ter explicado o boné de tripulação, embora Adam pudesse se perguntar por que Íris o estava usando. Mas não consigo explicar o fato de que a garota que está no telefone por satélite cai ao mar, agora que afirmei que eu mesma atendi à ligação.

Maldição, se eu soubesse antes que ele não conseguia ouvir nada, teria afirmado que Íris atendeu a ligação, e então eu poderia ter mostrado a gravação para ele. É tarde demais agora. O CD pode estragar tudo. Ele precisa desaparecer.

O telefone de Adam toca.

— Oi, aqui é Adam. — A voz dele é tensa, metálica. — Lamento em dizer que você precisa se preparar... — Ele sai do quarto, mas, pela porta aberta, ouço um choro, longo e dolorido. A mulher ao telefone é minha mãe.

Sinto como se meu sangue estivesse sendo drenado de mim. Minha mãe! Por que não previ que ela pudesse ligar para Adam?

Estraguei tudo. Eu devia me levantar desta espreguiçadeira e correr atrás de Adam, que está seguindo pelo corredor para me poupar do clamor. Vou gritar para minha mãe que não é verdade. Ela não está morta. Mas fico onde estou. É verdade. Annabeth perdeu uma filha. Caso importe para ela qual das duas, se as mães realmente têm um filho favorito, ainda que finjam o contrário, então estou lhe fazendo um favor.

Eu só ia manter esta farsa por alguns dias, até sair das Seicheles, mas agora como posso desfazer tudo isso? Annabeth nunca devia ter recebido essa notícia.

Adam volta para o quarto com uma expressão angustiada.

— Sinto muito que você teve que contar para ela — digo. — Eu devia ter telefonado antes para minha mãe. Eu mesma vou ligar para meu irmão.

— Não. Sua mãe está ligando. Ela disse que queria fazer isso.

Penso na voz do meu irmão, na regularidade constante presente nela. Quero ele aqui. Preciso dele. Ben é meu único irmão agora. As garotas de Francine, criadas para nos odiar, não contam. Ben estará aqui em alguns dias. Ele virá assim que puder, sei que sim. Tenho de me controlar até lá.

Ben não vai me reconhecer, não do jeito que estou neste momento. Mas se reconhecer, será que isso importará para ele? O que é uma irmã no lugar de outra? Ele é quieto, tímido. Não vai falar nada.

Rose Carlyle

* * *

No começo da noite, peço para Adam me levar de volta ao *Betsabeia*, mas ele resiste.

— Meus avós nos deram esta suíte pelo tempo que quisermos. Achei que você nunca mais fosse querer rever aquele barco.

Tenho de lhe dar um motivo. Não posso dizer que não gosto de estar cercada pela família dele. Não posso dizer que sinto falta de estar no mar.

— Foi o último lugar no qual estive com minha irmã — explico. — O último lugar em que ela esteve viva.

Adam parece em dúvida, mas continuo pedindo; e por fim, ele concorda em me levar de volta. Tarquin vai passar a noite com parentes. Daniel nos empresta seu carro.

No carro, fico sozinha com Adam pela primeira vez. Ao que parece, o motorista de Daniel está ocupado em outro lugar. Agora é o momento de falar a verdade. *Querido, perdi o bebê.* Seria muito fácil dizer isso, mas e depois? *Vamos fazer outro bebê imediatamente.* Mas este bebê foi um acidente, e meu corpo passou por uma provação e tanto. E se ele quiser esperar?

As palavras não saem. E Adam não para de falar durante todo o caminho até a marina, onde o *Betsabeia* está esperando por nós. Ele me conta como quase morreu quando o *Betsabeia* atrasou, como entrou em pânico quando me viu no convés, lutando para guiar o iate sozinha. Como seu coração transbordou quando me encontrou sã e salva e me segurou em seus braços novamente.

— Vou ajudá-la a superar isso, Summer, assim como você me ajudou a superar a perda de Helen.

Tudo o que ele diz é *eu te amo, eu te amo, eu te amo.*

Estacionamos na marina da ilha do Éden e caminhamos por uma fila de restaurantes a céu aberto, com os letreiros de néon brilhando no anoitecer. Francês, turco, brasileiro, chinês. Aromas picantes tomam conta do ar na noite.

— Onde você quer comer? — Adam pergunta.

A garota no espelho

Não consigo pensar em comida. Preciso ficar sozinha no barco. Preciso me livrar do CD. Mas não posso dizer para Adam ir jantar sem mim. Este é nosso grande reencontro.

Exceto quando precisa ir ao banheiro, Adam não tem motivo para me deixar sozinha a noite toda. E não consigo pegar o CD enquanto ele está no banheiro. Minha mão machucada está desajeitada. Não vai dar tempo, e ele pode ouvir alguma coisa. Em um barco, dá para sentir o movimento até quando alguém muda uma mala de lugar.

Agora vemos o supermercado, as barracas do lado de fora repletas de papaias e limas.

— Ah, ingredientes frescos — comento. — Podemos comer a bordo? Quero ficar sozinha com você.

— Vou cozinhar o jantar para você, linda. Vamos pegar uns bifes e alguns legumes... talvez um pouco de suco de maçã?

Bife é uma ótima ideia. Não preciso me manter no vegetarianismo, obviamente.

— Você se importaria de fazer as compras? — pergunto. — Vou esperar você no barco.

— Acho que deveríamos ficar juntos. Pode ser difícil para você voltar lá sozinha.

— Não, não, vou ficar bem. O problema é que estou um pouco enjoada de estar em terra firme. Preciso do movimento do barco.

Uma coisa pouco típica de Summer para se dizer, mas dá certo.

— Ok — concorda Adam.

— Vejo você em breve, querido. — Uso um tom casual.

Eu me obrigo a andar devagar até perdê-lo de vista. Então, saio correndo pelo convés flutuante, em direção ao *Betsabeia*. O mastro do iate está logo adiante, mas acabei seguindo pelo caminho errado. Maldição! Estou tão perto, mas não consigo saltar três metros de água, então tenho de voltar quase até o supermercado para conseguir pegar o pontão certo.

Enfim chego ao iate e corro até o camarote, onde tiro a mala de Íris do armário e a abro com as mãos trêmulas. Enfio a mão dentro do forro, procurando o CD. Nada. Ele sumiu? Será que a polícia fez uma busca no barco e já o encontrou? Quando estou prestes a desistir, meus dedos encostam no plástico frio e fino. Eu o puxo com um grito reprimido de alegria, e enfio a mala de volta no armário.

A noite está caindo quando subo à cabine. Esta deve ser a atitude certa a se tomar. Já dei um jeito nas questões com a polícia, ou Adam deu — quem se importa —, então chegou a hora de o CD dar um mergulho. É irritante que isso tenha de acontecer nas águas rasas da marina, em vez de no oceano sem fundo, mas o leito do mar é o leito do mar. Ninguém vai ficar escavando por aí.

A marina está tranquila, mas ainda há luz, e há vários outros barcos ao redor. Alguém pode estar dentro de outro barco, olhando. Jogar objetos ao mar na marina é um tabu, então é o tipo de coisa que outro marinheiro perceberia e se lembraria. Alguém pode mencionar na frente de Adam.

Vou esperar. Os homens nunca conseguem ser rápidos no supermercado. A qualquer minuto, a apressada noite tropical vai me dar privacidade. Vou deixar que escureça mais um pouco.

* * *

O céu está negro como carvão, e o CD tem um brilho opaco ao cair no vazio escuro e molhado entre o casco do *Betsabeia* e o pontão flutuante. Ele desliza para o nada.

Passos. Ergo os olhos. Adam está caminhando pelo pontão, na minha direção.

Será que ele me viu? Seu rosto está contorcido em uma bola de fúria, ou talvez de medo — ainda não sei ler suas expressões. Ele está segurando o telefone.

— Más notícias — diz ele. — Era Barbé.

Ele sobe a bordo e acende a lanterna de seu telefone. Abaixando o corpo, ele ilumina as laterais da cabine. Sob o assento da cabine, meio cobertas pela otomana, estão uma séria de manchas vermelhas. Sangue.

A garota no espelho

Aquele ferimento que fiz na perna, aquele ritual por Summer. Eu estava parada bem ali. Não posso acreditar que naveguei por todo o oceano e não parei um momento para limpar aquele sangue.

Adam volta a lanterna para o meu rosto, e meu lábio inferior treme.

— Isto é sangue, não é? — ele pergunta.

— Ele viu isso? Por que ele telefonou para você para falar sobre isso?

— Quem? Barbé? Não, ele não sabe sobre isso. Pelo menos, acho que não — diz Adam. — Eu notei quando ele estava questionando você, mas nenhum dos policiais pareceu perceber. Graças a Deus eles não se sentaram. Eles teriam olhado direto para isso. Então, com a história de ter de dar a notícia para sua mãe e cuidar de Tarq, eu acabei esquecendo. Obviamente, é do ferimento da sua mão, ou talvez sangue de peixe ou algo assim... Vocês pescaram? Mas não queremos que eles fiquem com ideias. Estive pensando, Summer, não conte para a polícia nada sobre Íris... as coisas estranhas, quero dizer... as roupas iguais, o mesmo corte de cabelo. Não quero assustar você, mas a polícia aqui não é como na Austrália.

Ele passa a mão pelo meu rosto, afastando o cabelo dos meus olhos. Não consigo entender o que ele quer dizer com "coisas estranhas". Eu fiz um corte de cabelo parecido com o de Summer quando ainda estava na Nova Zelândia, e, ok, não foi a primeira vez que dei uma foto de Summer para que um cabeleireiro copiasse o corte, mas só por uma questão de conveniência. Quanto às roupas, eu ocasionalmente aproveitava o costume de Summer de postar fotos de suas roupas novas compradas on-line, com os preços, mas só para conseguir algumas pechinchas. Nunca pretendi copiá-la.

Será um custo discutir com Adam. Tenho de me concentrar no aqui e no agora. O que ele estava tentando me dizer sobre a polícia? Eu tinha começado a pensar que a hostilidade do inspetor Barbé em relação a mim estava apenas na minha consciência culpada — apesar de sua miríade de perguntas, ele me tratou com gentileza —, mas talvez não seja isso.

— Então, quais são as más notícias?

— Não sei como lhe dizer isso — diz Adam.

Seus olhos são piscinas escuras, inescrutáveis. Eu me viro em sua direção, inclino meus lábios na direção de seu rosto. Me ame, Adam. Me proteja.

— Este é um país pequeno — ele continua. — Eles não têm uma guarda-costeira adequada, a força policial é basilar, e já se passaram doze dias, Summer.

— Sim.

— Vou dizer sem rodeios. Não vai haver uma busca. Eles não têm recursos.

Ele está falando sério? É claro que não vai haver busca. Minha irmã morreu há doze dias, a mais de mil e quinhentos quilômetros de distância. Seu corpo está no fundo do mar.

Não posso agir como se estivesse chocada ou surpresa.

—Adam, eu sei — digo para ele. — Procurei por ela além do que seria racional. Sei que ela se foi.

Ele dá um apertão compassivo em meu ombro.

— Então, você acordou e descobriu que ela tinha desaparecido. Alguma ideia de como ela caiu?

Tenho de fingir ignorância.

— Tudo o que sei é que ela estava lá quando fui para a cama, e, quando acordei, ela tinha sumido. Na verdade, nem quero imaginar os detalhes.

— Eu esperava que houvesse algum meio de conseguir algumas respostas — diz Adam. — Mas é um beco sem saída. Eu não queria que você tivesse falsas esperanças, então voltei ao iate enquanto você estava com Daniel para verificar o circuito interno que seu pai instalou. Infelizmente, é um sistema antigo que só guarda a última semana de gravações, então era tarde demais.

— Está tudo bem. Tive tempo para aceitar a ideia de que nunca saberei exatamente o que aconteceu. Talvez seja melhor dessa forma.

— Eu entendo. Não adianta enlouquecer pensando a respeito. Saber o que fez Íris cair não muda nada.

Adam me abraça por um longo tempo. Seu pescoço está na altura perfeita para que meu rosto se aconchegue nele. Então, ele me acomoda na cabine do piloto com um copo de suco de maçã, como se eu fosse uma inválida, e pega um balde com água e sabão — aparentemente os velejadores reabasteceram nossos tanques. Ele lava o sangue da cabine. Até o último traço.

Ele sequer perguntou à esposa de onde veio o sangue. Ele sugeriu algumas ideias, mas não esperou que ela dissesse qual era a correta. Ele não a interrogou pelo desaparecimento da irmã. Adam confia nela por completo. E não confia na polícia seichelense. Estou assustada demais para perguntar o que ele quer dizer com "a polícia daqui ser diferente da polícia da Austrália", mas sua decisão de limpar o sangue é um aviso certeiro.

Tenho certeza de que estou cheirando bem depois do banho que tomei no La Belle Romance, mas agora, enquanto Adam está limpando, vou até o banheiro usar um pouco daquele perfume de maçã.

Jogo-o no ar e passo pela bruma, respirando a fragrância doce.

A garota no espelho parece muito melhor do que estava nesta manhã. Seu rosto vai mudar conforme os anos passam, mas não vai importar, porque ninguém vai comparar. Ninguém vai perguntar qual gêmea ela é.

Adam frita os bifes e prepara uma salada. Comemos na cabine. Os mastros tilintam e a brisa amena carrega o cheiro das flores noturnas. Nossa conversa é intermitente e repetitiva, mas isso é esperado. Ninguém sabe o que dizer ao enlutado.

Minha nova vida está tomando forma, mas o melhor ainda está por vir. Depois do jantar, corro para tirar os lençóis imundos e salgados da cama e coloco lençóis novos. Remexo nas gavetas até encontrar um conjunto novo de lingerie. Um cetim suave e róseo, nunca usado; tenho de tirar a etiqueta de preço.

Adam espera que eu volte lá para fora, mas, em vez disso, entro na cama e aguardo. Meu coração bate tão rápido, que tenho certeza de que é visível através da minha caixa torácica.

Durante todo o dia, ele acariciou meu cabelo, segurou minha mão, pressionou meu corpo de encontro ao dele, mas a atitude mais sexy de todas foi quando ele ficou de quatro e lavou o chão sujo de sangue. Adam é meu marido. Ele me ama.

Ele entra no quarto, fica só de cueca e se deita na cama, ao meu lado. Seus braços quentes e firmes deslizam ao meu redor, e minha pele formiga quando ele me puxa para perto de si. Ele esfrega o rosto no meu cabelo.

— Summer, meu doce raio de sol — ele murmura. — Sinto muito por tudo o que aconteceu. Durma agora. Deixe-me abraçar você e mantê-la segura. Você e nosso bebê.

O cheiro dele é celestial. Meu corpo todo pulsa de necessidade. Sua pele quente pressiona minhas costas, e suas pernas musculosas se curvam na parte de trás das minhas coxas.

Espero, ofegante, que ele faça o primeiro movimento, mas não há pressão nos meus quadris. Adam não está excitado. Este é um abraço reconfortante, um abraço platônico para uma mulher em luto.

Siga as regras, irmã. Seja paciente.

Tento calcular as datas, mas os números saltam na minha mente. Tudo o que sei é que não vão bater. Tudo está perfeito, exceto por um detalhe. Não há bebê algum.

CAPÍTULO 12

A MÁQUINA DE LAVAR ROUPA

Claro que sei quem sou. Não esqueci. Não posso esquecer. Mas não posso me deixar pensar nisso, nem por um momento, não com todos estes parentes ao meu redor e Adam, Adam, Adam em toda parte.

Sei quem sou porque, embora a família de Adam seja gentil, eu quero, preciso, me afastar deles. Summer teria dormido no La Belle Romance, cercada pelos Romain, cada um deles seu mais novo e querido amigo. Ela teria dormido com Tarquin em seus braços.

Sei quem sou porque não telefonei para Annabeth ou para Ben. Summer teria encarado os dois. Não foi assim que ela conquistou Adam, porque não se afastou da dor dele?

Sei quem eu sou porque, assim que Adam se deita de conchinha na noite quente, sua mão esquerda sonolenta e confiante desliza pelo meu torso e se apoia em meu seio direito, e eu observo o lado direito do meu peito pulsar a cada batida do meu coração desobediente, deslocado e sem amor.

Sou Íris, a flor púrpura espigada, não a doce e redonda rosa. Sou a íris em seus olhos, os círculos gêmeos de água ao redor das duas pupilas negras, as janelas para minha própria alma perdida.

Estou suada e sou acordada na escuridão não por um pesadelo, mas pela consciência da verdade nua e crua cutucando meu sono como uma lâmina quente. O *Betsabeia* balança na brisa, e imagino que ainda estou em alto-mar. Vou chegar em terra firme hoje e contar a verdade para Adam. Claro que ele vai me ajudar. Ele vai cuidar da polícia e chamar seu primo, o dr. Romain. E não terei de me recusar a ser examinada. Vou deixar que o médico verifique como estou.

Como posso continuar com isso? Estou fadada a dar alguma escorregada. Se pelo menos eu pudesse voltar para Wakefield. O guarda-roupa de Summer tem arquivos que contém toda a sua vida. Eu não cometeria erros com aquilo para me guiar. Eu leria cada página. Os pratos favoritos de Adam. O *Kama Sutra para Millennials*.

Se eu não tivesse me recoberto com aquele perfume de maçã. Ou foi o sarongue ou as alianças de casamento que eu já estava usando quando Adam me envolveu em seus braços? Mas eu podia ter explicado tudo aquilo. Se ele não tivesse falado comigo de um jeito tão carinhoso, me abraçado com tanto afeto, cheirando tão bem.

Mas segui com o plano, jogando meu feio anel verde no mar, junto às anotações que fiz, ideias sobre como isso poderia funcionar. Se eu não tivesse cortado a parte superior da minha coxa até a virilha, por puro amor a Summer, eu não poderia ter seguido com a mentira, não importava quanto quisesse. Sem a cicatriz, eu teria de ter contado a verdade.

Adam nunca se casaria com a irmã gêmea de sua esposa morta, mas talvez existisse um homem, entre os vários Romain ou entre os outros homens das Seicheles ou de algum outro lugar do mundo, que um dia poderia ter amado Íris Carmichael.

Não. Neste momento, ela estaria deitada aqui sozinha, a portadora não amada das piores notícias possíveis. Ou, talvez, sem a intercessão de Adam, ela já estaria na prisão. Será que Adam teria perguntado para Íris, diante do inspetor Barbé, se aquele sangue derramado pertencia à sua falecida esposa?

Mesmo se ele não tivesse feito isso, mesmo se tudo tivesse corrido tão bem quanto poderia, mesmo se Adam me desse o *Betsabeia*, mesmo se o primeiro homem em quem eu colocasse os olhos ao pisar nas Seicheles tivesse se apaixonado por mim, quando meu divórcio de Noah estivesse concluído, Virgínia já teria tido o herdeiro.

Francine teria vencido.

Adam continua dormindo enquanto a luz fica dourada. Saio da cama. Tenho certeza de que não há mais nada que eu tenha de esconder, mas os lençóis que tirei da cama na noite passada precisam ser lavados. Adam pode não perceber, mas sei que eles cheiram a Íris.

O cesto de roupa suja está repleto das novas e lindas roupas íntimas de Summer e das calcinhas desbotadas e velhas de Íris, que suponho que eu possa jogar fora. Agora que estamos na marina, há energia elétrica e água ilimitados. É hora de começar a ser a esposa perfeita de Adam.

Abro a porta da lavanderia, e as grandes máquinas brilham para mim. As coisas que Summer mais amava no barco. Ela sempre ficava tão feliz com as coisas mais comuns: colocar um doce avental e lavar as roupas de Tarquin, preparar os pratos favoritos de Adam.

Há um odor de roupa velha, um cheiro como de pele e fruta podre. O cesto de roupa suja está em cima da máquina de lavar, cuja tampa também fica na parte de cima. Coloco-o no chão e tento abrir a máquina, mas não consigo. Summer disse algo sobre deixar a tampa travada para que não ficasse abrindo e fechando com o balanço do mar, mas certamente não vai ser difícil descobrir como abri-la. Enfio a cabeça no espaço que fica entre a máquina de lavar e a de secar. Tudo é apertado em um barco. Eu me deito sobre a máquina de modo a alcançar a parte de trás, procurando algum tipo de alavanca, quando acontece.

Ele pressiona o corpo contra o meu. Sinto o calor de suas coxas musculosas contra a parte de trás das minhas pernas, e sinto uma dureza empurrando a lateral da minha tanga.

— Sua provocadorazinha. — Há um tom cortante em sua voz. — Sacudindo esse traseiro sexy para mim.

Não consigo acreditar que seja a voz de Adam. Não é como ele fala com Summer. *Ele sabe. Ele sabe que sou eu.* Rangendo os dentes, tento me virar para olhá-lo nos olhos. Se o jogo chegou ao fim, vou encarar.

Mas ele agarra meu cabelo e empurra meu rosto para longe dele. Meu corpo bate contra a tampa da máquina. Meu queixo atinge o painel de controle.

— O que você está fazendo? Você está me machucando!

— Você quer isso. Vou fazer um sexo-estupro com você, e você vai adorar, sua putinha suja.

Pressão na minha tanga. Ele sequer se incomodou em puxá-la para o lado. Ele empurra o tecido, e sinto a calcinha ceder. Adam está dentro de mim.

Não consigo respirar. Não estou preparada. Estou presa entre seu corpo rígido e a máquina sombria. Ele empurra com tanta força que todo o iate parece se mover. Picos quentes sobem pela minha coluna até meu cérebro. Meus pés se erguem do chão da cabine.

Não me importo em ser Summer. Talvez eu devesse participar daquilo, mas não me importo. Não me importo com nada. Não é assim que devia ser. Adam não devia machucar Summer. Ele está puxando meu cabelo, meus quadris são esmagados contra a borda de aço da máquina.

— Pare! — grito. — Você não pode fazer isso. Você não pode fazer isso comigo.

— Você ama isso — diz ele. Ele não para. De algum modo, ele ainda está segurando meu cabelo enquanto suas mãos abrem caminho à força por baixo do meu sutiã. As palmas das mãos dele são ásperas, e meus mamilos respondem à sua textura, mesmo que meu rosto fique vermelho de vergonha.

— Posso sentir que você quer isso — ele continua. — Você sabe que adora isso, esposinha puta. Vi você olhando para aqueles policiais ontem. Sabe como você ficaria sexy se fodesse um policial? — Agora, a voz está perto do meu ouvido; ele se inclinou no espaço entre as duas máquinas. — Ele de uniforme e você nua. Eu vi você encarando as algemas dele. Ele vai prender você em uma cela e então vai pegá-la contra as grades da prisão, e eu vou assistir.

Talvez ele não saiba que sou eu. Talvez seja alguma encenação doentia. E as histórias de Summer com velas e romance?

Tenho de acompanhar o jogo.

— Humm, você está tão duro — gemo na minha voz mais parecida com a de Summer. Parece que fiz um comentário seguro, mas isso interrompe o ritmo dele. Não é o que eu devia dizer. Não estou desempenhando meu papel. Não sei qual é meu papel.

Será que há uma palavra de segurança? Não quero isso. Quero que meu marido me segure em seus braços. Quero que meu marido faça amor comigo.

Tento outra coisa.

— Sou uma boa garota — murmuro. — Solte-me e vou me comportar.

— Tarde demais. Você devia ter pensado nisso antes de balançar essa bunda nua para mim, sua putinha sexy.

Então é isso o que ele quer que eu diga. O alívio que sinto se mistura com a vergonha. Esta era a vida sexual de Summer. Esta é a verdade.

— Sinto muito — sussurro. — Serei boa da próxima vez.

Ele aumenta a velocidade, enfia com mais força, afunda as mãos em meus seios. As palavras sujas voam até mim: puta, vadia, safada, vaca. Aparentemente não preciso dizer mais nada. Fecho os olhos e finjo que não estou aqui. Sou um corpo inclinado sobre uma máquina de lavar roupa. Estou lavando a roupa suja.

Esqueço de fazer qualquer coisa exceto ficar parada, mas Adam não parece se importar. Ele me solta quando o ritmo de seu corpo acelera. Ele está quase lá.

E então minha pele pega fogo, e meu corpo pulsa em um alívio agonizante. Não consigo esconder as ondas de prazer que me atravessam. E Adam goza de maneira tão vulcânica, que juro que consigo sentir seus fluidos quentes entrando bem em meu útero. Está acabado.

Minha mente é minha, mas meu corpo é o corpo de Summer. Quando Adam a prende entre a máquina de lavar e a violenta, ela chega ao clímax. Talvez seja por isso que esta é sua coisa favorita.

* * *

Adam está no chuveiro. Ele fecha a porta entre o banheiro e o salão, e não quero descobrir se está trancada. Talvez Summer entrasse sorrateira e se juntasse a ele.

Sem chance de eu entrar lá. Vou até o camarote e me jogo na cama.

Sinto-me suja para sempre, mas Adam não sabe que tem algo errado. Ele está cantando, desafinado e feliz.

Eu não devia estar tão surpresa. As pessoas não contam seus segredos sacanas para suas irmãs. Como é que Adam chamou aquilo? Estupro sexy? Não, sexo-estupro. A expressão é mórbida, mas era obviamente parte de uma fantasia compartilhada. Sem dúvida, homens não falam esse tipo de coisa quando estão estuprando alguém de verdade.

Adam ama Summer. Eles vão ter um bebê juntos. Ele fala sacanagens, mas suas mãos passam pelo corpo de Summer de um jeito bom, e ele foi rude, mas não rude o bastante para machucar o bebê. É claro que Summer me contou uma versão editada da vida sexual deles, mas o que ela me disse era um tipo de verdade. Eles são loucos um pelo outro. Só que de um jeito doentio. Eu devia saber que nenhum homem é perfeito. As palavras poéticas, os gestos grandiosos. Eram bons demais para ser verdade.

A pior parte é que, não, eu não queria que ele fizesse aquilo. Nunca gostei de sadomasoquismo, nunca vi necessidade de fingir que não quero sexo ou de apanhar enquanto faço amor. Eu quase o impedi. Algumas palavras teriam feito isso. *Não sou Summer. Sou a gêmea errada.*

Mas ser Summer foi mais forte. Adam me queria. Ele estava dentro de mim. Foi meu corpo que o deixou duro, meu corpo que o fez se mover daquele jeito. E, mesmo que eu não quisesse, meu corpo quis.

Adam estava fazendo o que Summer gostava. Eles tinham até sua própria expressãozinha assustadora para isso. "Sexo-estupro". Eles também devem ter uma palavra de segurança, mas ela não a diria. Ele não ficou surpreso quando ela gozou. Ele beijou o cabelo despenteado dela, e foi para o chuveiro.

A garota no espelho

Fui eu quem me coloquei nessa posição. Fiz Adam fazer algo que ele jamais faria. Ele é um cara bom. Se soubesse o que fez, ele morreria de vergonha. E me odiaria como jamais odiou alguém.

Agora nunca poderei contar para ele.

Jamais poderei contar para ele.

Eu me deito de costas e levanto as pernas por sobre a cabeça. É melhor usar a gravidade para me ajudar. Virgínia fará dezesseis anos em menos de um mês. Esta pode ser minha única chance.

* * *

Não sei a palavra de segurança de Summer.

Não sei nenhuma de suas senhas. Como vou acessar seu telefone, seu e-mail, seu Facebook, sua conta no banco?

É possível esquecer uma palavra de segurança? É verossímil?

Volto as pernas para uma posição normal quando Adam sai do chuveiro. Ele anda de um lado para outro, casual e preocupado, enquanto tento ter o primeiro vislumbre de seu corpo nu.

Ainda estou usando a lingerie rosa pornô. Não há nada indecente nesta cor; no mundo de Summer e Adam, rosa é o tom do sexo. Escorrego entre os lençóis antes que Adam possa me ver. Ele pode começar a pensar em uma segunda rodada. Mas ele não está olhando para mim. Está vestindo a cueca boxer enquanto olha o telefone.

— Preciso buscar Tarq na casa da minha tia — diz ele. — Acho que ele ficou preocupado com sua aparência ontem... Seu rosto está mais fino e você está muito mais bronzeada. E pude perceber que você também teve dificuldade para ficar com ele...

— Não! — protesto, embora, é claro, ele esteja certo. Depois do meu alívio inicial em descobrir que Tarquin ainda é mudo, meu medo dele retornou. A criança pode não ser capaz de me dedurar, mas não sei como agir perto dele.

— Ei, está tudo bem. Eu entendo, linda — diz Adam. — Aconteceu o mesmo comigo quando Helen morreu. Olhar para esta criança que você deveria amar, mas você está sentindo tanta dor. Deu para ver no seu rosto ontem. Você não conseguiu se conectar com ele. Como se tivesse esquecido como é ser mãe dele.

Devo ter parecido tão chocada quanto realmente me sinto, porque a voz dele se suaviza.

— Querida, não quero magoar você. Vamos devagar com Tarq. E não o quero mesmo no *Betsabeia* depois do que aconteceu. É perigoso. Você vai ficar bem se eu a deixar sozinha por um momento? Vou levar a roupa suja na lavanderia e comprar mais comida. Posso pedir para Daniel dar uma passada aqui.

—Sim! — digo. — Quero dizer, não! Sim, ficarei bem, e não, não precisa pedir nada para o Daniel.

O médico precisa ficar distante do meu corpo. Ele não pode colocar o estetoscópio no meu peito. Posso imaginar seu rosto enquanto ele move o instrumento do seio esquerdo para o direito. É o rosto que todos os médicos que já tive na vida fizeram depois de ouvir meu peito. Não tanto surpresa, mas prazer pela oportunidade de desenterrar algumas frases que eles não usam desde a época da faculdade de medicina. "*Dextrocardia!* É latim para coração no lado direito", eles anunciam, cada um deles parecendo ter certeza de que eu nunca ouvi a palavra antes.

Daniel pode ficar longe. Não quero nada mais do que ficar sozinha.

Adam pega o lençol e o arranca de mim. Sinto-me nua enquanto seus olhos percorrem meu corpo. Ainda pareço muito diferente, tanto de Íris quanto de Summer, depois da minha provação em alto-mar. Minha pele está bronzeada e áspera. Ele pressiona o rosto contra meu abdômen, mais plano do que nunca. Espero que ele comente minha perda de peso. Luto, querido, é o luto.

Em vez disso, ele murmura para minha barriga:

— Como vai você, Rosebud? — diz ele. — Fique bem, querida.

Ele tem um nome para o umbigo de Summer. Meu rosto deve demonstrar minha surpresa, mas ele não vê. Ele se vira e ouço seus passos saltitantes na escada para a cabine do piloto.

Rosebud?

Entendo. Ele não estava falando comigo. Rosebud é o apelido do feto. Estou prestes a vomitar no chão.

Adam mal saiu do iate e já estou vasculhando as gavetas de Summer, em busca de seu iPhone. Encontro-o em uma caixa de joias, junto a um punhado de colares e brincos, todos em ouro rosa. Adam está levando esta obsessão com o rosa longe demais. As joias, a lingerie rosa e agora um nome baseado em rosa para o feto. É demais.

Ele ama Summer. Ele foi direto do sexo violento à solidariedade com a dor dela e com a oferta de cuidar da roupa suja e das compras. Ele foi carinhoso e atencioso. Se ele perceber que sua Summer Rose não gosta mais de sexo-estupro, ele vai parar. O problema é que não posso ser muito diferente da Summer que ele conhecia antes.

O telefone está sem bateria, mas eu o carrego na tomada do *Betsabeia* enquanto tomo banho. Nua no camarote, quase pego minhas próprias roupas.

É melhor não cometer este tipo de erro. Esvazio meus pertences — roupas, livros, maquiagem, meu telefone — das gavetas do camarote e enfio tudo na mala, e então me visto com a roupa de baixo mais simples e com uma camisa modesta de linho de Summer. Melhor ser discreta no início. Levo as outras roupas de minha irmã para as gavetas do camarote. Vou usar todas elas com o tempo.

Ligo o iPhone de Summer, e a tela de senha brilha na minha direção, me incentivando a digitar quatro dígitos. Summer usaria algo fácil de lembrar, mas, ao mesmo tempo, há muitas possibilidades para que eu comece a digitar números aleatoriamente. Não posso me dar ao luxo de travar o telefone dela.

Tem o aniversário de Adam, o aniversário de Tarquin — que eu sequer sei quando é; preciso descobrir a idade dele. Nosso próprio aniversário de casamento.

Espere. Este é o mesmo telefone que Summer tinha antes de conhecer Adam, e ela não é o tipo que atualiza a senha.

Ela não usaria a data do aniversário, não quando divide a data comigo. Ela sempre acha que alguém quer invadir seu telefone chato. Como se algum dia eu tivesse interesse em fazer isso.

Por puro capricho, digito 7673, e o telefone se abre para mim.

É um daqueles momentos de irmãos gêmeos que Ben sempre quer que eu explique. Mas não consigo explicar como é ser irmã gêmea de alguém, assim como ele nunca vai conseguir me explicar como é não ser. Sempre foi assim. É tudo o que conheço.

Não parece que foi um chute. É como se eu me lembrasse. Minha senha é *Rose*.

* * *

Adam vai ficar fora por pelo menos algumas horas. Carrego o telefone e o iPad, que tem a mesma senha. Sou cuidadosa o bastante para escrever uma lista de coisas que preciso memorizar, mas começo procurando em meus e-mails por "aniversário".

Adam fará trinta anos no dia seis de junho, e Tarquin fez dois no fim de janeiro. Lembro que é um distintivo de honra entre as mães saber a idade do filho em meses até que ele termine o ensino médio, então decoro a frase: "Tarky está com vinte e seis meses e meio". Deus, pareço enjoativamente como uma mãe. Como Summer.

A próxima questão será: "De quanto tempo você está?". Esta é mais difícil de responder. Sei o suficiente sobre mulheres grávidas para saber que a resposta correta é sempre dada em semanas, como se alguém ligasse muito.

Adam já teve um filho, então talvez ele saiba como datar uma gravidez de trás para a frente e de frente para trás. Por outro lado, Adam é bem vago em relação a tudo, até mesmo para os padrões masculinos.

Tenho familiaridade com a fertilidade feminina da época na qual Noah e eu estávamos tentando engravidar. Imagino, baseada no que Summer me contou, que ela engravidou lá pelo dia sete de março. Hoje é dez de abril.

Eu me conecto ao Wi-Fi da marina, abro uma janela de navegação privativa e procuro uma calculadora de gravidez. Descubro que o bebê de Summer deve nascer lá pelo dia vinte e oito de novembro.

A garota no espelho

E agora calculo a data de nascimento se eu engravidei hoje.

Primeiro de janeiro do ano seguinte.

Nem no mesmo ano. Assim é a minha sorte. Vai ser tarde demais.

Brinco um pouco com as datas. Adam certamente não se lembra da data em que Summer engravidou. Ainda assim, quanto daquela história sobre fazer amor no convés era verdade? Será que ele sabe a data estimada do parto? Homens se lembram desse tipo de coisa?

Segundo o Google, não tem problema se o bebê nascer algumas semanas antes ou depois. Quando o bebê de Summer estiver atrasado o suficiente para que os médicos resolvam induzir o parto, meu rebento estará perto de nascer. Ele pode ser pequeno, mas não vai ser óbvio que ele nasceu mais cedo em vez de mais tarde, já que recém-nascidos variam muito em tamanho.

Perfeito. Vou dar à luz enquanto ele ainda for prematuro e pequeno, mas vai parecer perto o bastante. Ninguém saberá a diferença.

Desde que o encontro de hoje tenha o efeito esperado. Algo no meu espasmo monstruoso enquanto Adam despejava seu sêmen dentro de mim fez com que eu me sentisse fértil. Era como se meu corpo estivesse sugando seu DNA para dentro do meu útero.

Com este pensamento, outra onda de calor me atravessa. Eu me sinto traída pelo meu corpo. Enquanto meu cérebro estava insistindo que as palavras sujas de Adam eram nojentas, o resto de mim estava embarcando naquilo. Quem se importa com o que ele estava dizendo? O marido perfeito de Summer estava fazendo sexo comigo. Um sexo quente e louco. Sexo durante o dia em nosso iate de luxo.

Adam é um espectador inocente nessa merda toda, o marido amoroso que estou culpando por minhas próprias fantasias.

A verdade é que Adam não me estuprou hoje de manhã. Eu criei a situação; a culpa é minha. Eu o induzi a fazer algo que ele jamais faria. E só há um jeito de impedi-lo de descobrir. Estou neste jogo para o resto da vida.

CAPÍTULO 13

O SANGUE

Ninguém está de luto por Íris.

Enquanto calculo as datas de parto, Summer não para de receber e-mails. Há um do meu irmão, e fico tão ansiosa para lê-lo que sequer clico no lugar certo. Por fim consigo abri-lo.

Oi, Summer,

Sinto muito pelo o que aconteceu. Nossa mãe me telefonou ontem, e não pude acreditar no que eu estava ouvindo. É tão horrível, tão horrível.

Nossa mãe diz que o funeral será na Austrália. Ela chama de funeral, embora não haja um corpo. Infelizmente, não poderei comparecer porque estou em época de provas finais. Espero que entenda.

Eu me ofereci para contar para Noah. Imagino que você saiba que ele a deixou, mas nossa mãe não sabe e talvez não precise saber. Noah entrou em contato comigo recentemente. Ele se separou de Lori e voltou para o apartamento, então não há como nossa mãe saber que eles não estavam juntos. Eu já telefonei para ele, então você não precisa fazer isso. Sugeri que ele ficasse na Nova Zelândia por enquanto para poupar nossa mãe da dor de descobrir sobre o fim do casamento. Me avise se houver algo que eu possa fazer. Estou feliz que tenha Adam para cuidar de você.

Tudo de bom,

Ben

Leio o e-mail três vezes.

Ben sequer menciona meu nome. É como se fosse um e-mail de um primo distante, alguém que encontrou o falecido algumas vezes. Uma expressão educada de simpatia pela irmã enlutada.

As lágrimas escorrem pelo meu rosto e caem na tela do iPad. Ben é a única pessoa que imaginei que fosse sentir minha morte tanto quanto sentiria a morte de Summer. Não o vejo desde que ele se mudou para Nova York, mas mantivemos contato constante. Não tanto por telefone, mas mais por aplicativos de mensagens. Ele ficou chateado por mim quando Noah me deixou, pelo menos era o que dava para dizer pelas palavras que ele escreveu.

Ele não vem até as Seicheles. Ele não vai correndo ficar com nossa mãe. Eu morri, e meu irmão mandou um e-mail.

* * *

Uma hora mais tarde, ainda estou vasculhando os e-mails de Summer quando há uma batida no casco, e saio para ver Daniel parado no pontão, balançando as chaves do carro.

— Sei que você queria ficar sozinha, mas Adam está preocupado com você — explica ele. — Ele está na casa da minha mãe com Tarquin, e quer que eu leve você para lá. Não estou muito ocupado mesmo, estava só pesquisando voos. Há um voo para casa, via Colombo, que parte amanhã.

— Para casa? — pergunto. — Esta não é nossa casa por enquanto? Adam quer estar com a família. Pretendíamos ficar até setembro.

Estou estragando algo ao dizer isso? Quando Summer e Adam compraram o *Betsabeia*, eles iam navegar pelas Seicheles por seis meses, mas talvez a gravidez tenha mudado os planos deles.

— Mas você quer continuar velejando? — pergunta Daniel. — Adam está preocupado em trazer Tarq a bordo depois do que aconteceu. Summer, por favor, você me deixa levá-la a um médico? Entendo que não queira que eu a examine, é claro, mas tenho uma colega adorável, uma mulher...

A garota no espelho

— Não. Estou bem.

Mas ele continua trazendo o assunto de volta à tona. Ele se parece tanto com Adam, sem contar os surpreendentes olhos dourados. Mas Daniel tem uma mente diferente, afiada e determinada. Preciso distraí-lo.

— Preciso ver meu filho — digo por fim. — Por favor, me leve até Tarquin.

Dez minutos depois, estamos dirigindo pelas montanhas. Daniel não está com o motorista hoje, então estamos sozinhos no carro. Estar com ele é relaxante, apesar das indiretas de que preciso fazer um exame médico. Suponho que seja porque ele nunca conheceu Summer. Então, quando ele começa a me questionar, isso me pega desprevenida.

— A fala de Tarquin está muito atrasada — ele comenta. — Nunca atuei muito na pediatria. É o tipo de atraso esperado com a prematuridade severa dele?

Ah, meu Deus. Conversa entre médico e enfermeira. Não tenho a mínima ideia.

— Ah, sim — respondo. — Isso mesmo.

— Quantas semanas ele tinha?

— Ele tem vinte e seis meses e meio. — As palavras saem da minha boca, mas não foi o que ele perguntou. *Com quanta semanas Tarquin nasceu?* Não é o bastante saber esse tipo de coisa quando você está grávida. Você precisa lembrar quão cedo o pequeno nasceu, dois anos depois. E Summer estava bem ali na unidade neonatal. Não tem como ela não saber.

— Me deu um branco — digo.

— Bem, como foi o nascimento? — pergunta Daniel. — Houve algum trauma no nascimento? Ou ele nasceu de cesariana?

— Não sei — respondo, balançando as mãos descuidadamente. — Não lembro de nada.

Daniel diminui a velocidade do carro, e vira a cabeça na minha direção. Arrisco olhar para ele. Seus olhos dourados penetram em minha alma.

Rose Carlyle

— Você não se lembra? — ele repete lentamente. — Como isso pode ser? — Seus olhos passeiam por mim.

Ele sabe. Ele sabe. Ou está prestes a descobrir.

Digo a primeira coisa que me vem à mente.

— Daniel, não estou grávida.

Dá certo. Tarquin sai de sua mente. Imploro que ele não conte a Adam que perdi o bebê, e ele me garante que o dever de confidencialidade do médico é sagrado.

— Embora Adam seja meu irmão, não direi para ele — garante ele, dando um tapinha na minha mão. E acrescenta: — Pensar que você sofreu um aborto, sozinha no meio do oceano, além de tudo o que aconteceu... — Um tremor atravessa seu corpo. Ele está triste por mim, pela minha perda. Ele encosta o carro, embora mal haja espaço para parar.

Estamos no alto de uma montanha, quase o ponto mais alto das Seicheles, e o oceano Índico se estende bem diante de nós, um banquete azul. A cor que pensei jamais amar novamente. Embora esteja estragando tudo neste momento, me distraio com a beleza da cena. Estamos mais altos aqui do que no topo do mastro, mas a sensação é a mesma. Tudo é o céu azul e o sol brilhante.

— Com quantas semanas você estava quando perdeu o bebê? — Daniel pergunta. Qual é o problema desse pessoal médico e sua obsessão com as semanas?

— Estava bem no início — respondo. — Eu tinha acabado de descobrir que estava grávida.

Daniel sugere que eu possa ter problemas futuros por causa do aborto e que eu devia fazer um check-up.

— Pelo menos você precisa contar para Adam. Vocês não deviam tentar novamente antes de três meses.

Vou ter de ignorar aquele conselho, claro. Abaixo a cabeça, torcendo as mãos como se estivesse envergonhada.

— Eu gostaria de ter sabido disso antes — sussurro.

Daniel me dá uma olhada. É o vislumbre de um sorriso que vejo por detrás de seus olhos dourados?

A garota no espelho

— É compreensível — diz ele —, vocês dois acabaram de se reencontrar depois de um longo tempo separados. Não se preocupe demais com isso. Tão perto de um aborto, é improvável que você engravide.

Eis outro motivo para não dizer a Adam que não estou grávida. Fora o fato de que estar grávida prova que sou Summer, Adam não vai querer começar a tentar engravidar contra uma recomendação médica.

De jeito nenhum vou passar por essa farsa e não ganhar o prêmio de consolação. Cem milhões de dólares parece uma recompensa justa pelo sacrifício que estou fazendo. Preciso do dinheiro, já que não posso trabalhar como advogada nem como enfermeira.

Daniel liga o motor novamente, e o carro segue adiante, descendo na direção de La Belle Romance.

— Agora, sobre o que estávamos falando antes, garota do mar? — ele pergunta. — Ah, sim. As questões de saúde de Tarquin. Me fale sobre elas.

* * *

Mas perguntas sobre Tarquin nunca serão tão difíceis quanto o próprio Tarquin. Já estou nervosa ao sair do carro, pensando em como me enrolei, com um homem pensando que estou grávida e outro pensando que não estou, e agora tenho de entrar direto na batalha com esse pirralhinho.

Chegamos a um bangalô situado em um jardim exuberante. É a casa da mãe de Daniel, ou, como Adam a chama, da tia Jacqueline. Uma mulher escultural, com longos cabelos trançados e um sorriso encantador, ela nos conduz até a sala de estar, onde Adam está esperando com vários outros Romain.

— Mamãe está aqui! — Jacqueline exclama para Tarquin assim que entramos, mas o diabinho se esquiva de mim. Ele se enterra entre as almofadas do sofá, escondendo o rosto e grasnando. Adam olha de um lado para outro, perplexo.

Eu tinha planejado pegar a criança e abraçá-la tão apertado que iria abafar seus protestos, mas fico paralisada no lugar.

Jacqueline vem em meu socorro. Ela tira Tarquin de seu esconderijo e o joga em meus braços. Antes que eu possa derrubá-lo, ela passa uma faixa ao redor do meu abdômen, amarrando-o a mim.

— É assim que as crianças punem suas mães quando elas vão embora — anuncia ela com voz calorosa e musical, como se a ideia de o seu filho punir você fosse extremamente adorável. — Ele tem que aprender a amá-la novamente. Ele estava no hospital e você não estava lá. Ele não sabe pelo que você passou.

Maldição. Não fiz uma única pergunta sobre a cirurgia. Será que Summer tiraria a fralda de Tarquin agora para ver como a circuncisão sarou? Ou isso seria algo esquisito para se fazer?

Tarquin se contorce dentro do *baby sling* improvisado, e eu começo a suar. Não tem como eu ficar com esse bruto se debatendo amarrado a mim. Minhas roupas ficam oleosas e fedidas em segundos. O cheiro é nauseabundo. Será que eu pisei em cocô de cachorro?

Agora a agitação para. Tarquin relaxa e começa a arrulhar. Jacqueline ri e me dá um tapa nas costas.

— É por isso que ele estava tão mal-humorado, hein? — diz ela. — Agora que ele tem a mãe de volta, pode soltar tudo. O banheiro fica no corredor, à esquerda.

— O banheiro? — pergunto.

— Tem algo errado com seu nariz? — ela pergunta, intrigada. — Você precisa trocar a fralda dele, mamãe. Tem um trocador no banheiro. Eu o uso para meu neto. Tudo o que precisa estará lá.

Estou amarrada a outro ser humano que acabou de cagar em si mesmo, e preciso limpá-lo.

— Este é o pior dia, este é o pior dia — repito enquanto cambaleio até o banheiro, onde improviso um jeito de realizar a tarefa repulsiva. Por que Adam não se ofereceu para fazer isso no meu lugar? As mães não têm um descanso nem quando estão grávidas e de luto? Sem mencionar que minha mão direita ainda está machucada. Alguém se importa se eu pegar uma infecção?

A garota no espelho

Pelo menos ninguém está me olhando, ninguém exceto o pirralho mudo. Pelo menos o pacote de fraldas descartáveis que encontro sob o trocador vem com instruções em inglês. Seguro a respiração e me obrigo a olhar os resultados da recente cirurgia. Uau. O garoto foi definitivamente circuncidado.

As circunstâncias têm de melhorar. Quantas fraldas mais terei de trocar? Tarquin já deve ter idade bastante para começar a usar o banheiro. Tenho certeza de que há creches na Austrália que desfraldam seu filho para você. Ou podemos deixá-lo com tia Jacqueline até que ela consiga resolver isso. Parece que ela conseguiria dar conta da tarefa em poucos dias.

Não consigo mais segurar a respiração. Inspiro e quase morro. Posso usar o enjoo matinal como desculpa para não trocar mais fraldas? Mas não posso mencionar minha gravidez na frente de Daniel. Não quero que ele me veja mentindo para Adam.

As coisas estão desandando rápido. Adam gosta de sadomasoquismo, Daniel descobriu minha gravidez falsa, e não sei nada sobre como cuidar de Tarquin.

Preciso colocar esse menino em uma creche, mas primeiro preciso sobreviver ao dia de hoje. E, neste instante, preciso sobreviver à troca de fralda. Por que diabos alguém tem filhos?

Você está aprendendo rápido, digo para mim mesma. Um dia, saberei as respostas para todas essas perguntas. Saberei quais são os problemas de saúde de Tarquin, e como colocar uma maldita fralda. Estou assumindo a vida de outra pessoa, mas, com o tempo, essa se tornará minha vida. Daqui a um ano, haverá algum fingimento?

Como a fralda limpa, Tarquin — *Tarky* — chuta alegremente com as perninhas e estende as mãos na direção do meu pescoço. Enfio a fralda usada no lixo e o ergo em meus braços.

— Este é o pior dia de todos — murmuro.

— Mamamamamama.

É um balbucio sem sentido, mas vou aceitar por enquanto. Quando sei que já podem me ouvir, eu digo:

— Também amo você, querido. É bom tê-lo de volta.

Rose Carlyle

* * *

A casa de Jacqueline não fica muito longe do La Belle Romance, e parece que a família pode aparecer sempre que quiser. Romain após Romain entra na casa sem bater.

Jacqueline tem comida para todo mundo. É só quando reconheço o criado da suíte do hotel que percebo que ela chamou o bufê do La Belle Romance. Logo há garçons por toda parte, tomando o cuidado de manter os copos de todo mundo cheios, arrumando as mesas para o almoço. Junto a vários acompanhamentos, há presunto assado, peru, ostras e lagosta.

Comemos *al fresco* em um jardim cercado de coqueiros, com os mesmos cocos duplos pendurados sob nossas cabeças.

Pergunto sobre os cocos quando Adam se afasta, no caso de já ter me falado sobre eles. É mais fácil ser Summer entre pessoas que acabei de conhecer.

— É uma árvore de *coco de mer* — explica Daniel. — Nativo das Seicheles. Dizem que é afrodisíaco, porque o formato duplo é como a forma de uma mulher.

Agora que ele chamou minha atenção para isso, não consigo deixar de ver. Os cocos parecem duas nádegas, indiscutivelmente de uma mulher. O jeito de Daniel falar é tão delicado. Um pensamento de que Daniel não me esmagaria contra uma máquina de lavar e faria sexo-estupro comigo passa pela minha mente. Mas é claro que eu tampouco achava que Adam faria isso, não é?

Há mais primos. A linhagem Romain vai para os meninos, e a semelhança familiar é forte, então as cópias de Adam e Daniel estão por toda parte, junto a esposas e filhos belos e bem-vestidos. Todo mundo deixou o trabalho de lado para homenagear Adam e sua noiva. Há taças de vinho por toda parte, e é difícil não pegar uma.

Mas também é um almoço de despedida, percebo aos poucos. Após conversas intermináveis sobre crianças, as pessoas começam a ir embora, e os abraços das mulheres continuam. Elas dizem: "Eu gostaria que pudéssemos nos ver mais" e "Até a próxima".

Sigo até Adam, que está chutando uma bola com Tarquin em um canto do jardim.

— Por que todo mundo pensa que estamos indo embora? — pergunto para ele.

— Porque já reservei nosso voo — ele responde. Adam sequer me olha quando fala.

O sangue corre para meu rosto. Eu me sinto como uma criança, como se o papai estivesse me dizendo como serão as coisas. Não posso opinar sobre o país em que vou morar? Eu estava só começando a relaxar e a gostar das Seicheles. A família de Adam não conhecia Summer, e são todos tão acolhedores, tão generosos. Nada a ver com os Carmichael.

Eu me obrigo a parar e pensar. Não há um indício de desculpa ou de dúvida na voz de Adam. Foi isso o que Summer quis dizer quando se referiu a Adam como dominador? Talvez ele seja dominador tanto fora quanto dentro do quarto, e talvez minha irmã goste disso. Talvez seja o modo como Adam e Summer funcionam. Ele toma as decisões, e ela o acompanha.

Mesmo assim, tenho de perguntar:

— Por quê? Por que a pressa?

— Não posso continuar deixando Tarq com minha tia. — Ele dá de ombros. — E vamos encarar: depois de tudo, nenhum de nós jamais será capaz de dormir com ele a bordo de novo. Você já estava assustada o suficiente antes dessa tragédia. E ainda tem outra coisa. — Ele me pega em seus braços e aproxima o rosto do meu. Ele está prestes a me beijar, na frente de todo mundo... não, ele está sussurrando em meu ouvido. — O sangue.

— O sangue? — repito. Quero afastar o olhar, evitar seus olhos, mas Summer não faria isso. Obrigo-me a encarar seu rosto.

— O sangue na cabine. E se alguém viu?

— Mas a polícia não viu — digo. — Você mesmo disse isso, que tinha certeza de que eles não tinham notado. Se tivessem visto, eles teriam dito alguma coisa antes de termos a chance de limpar.

— E quanto aos marinheiros que moveram o barco para nós?

Ele está sibilando em meu ouvido. Não consigo me lembrar em que ordem as coisas aconteceram ontem, mas ele pode estar certo. Os marinheiros moveram o barco antes que Adam limpasse o sangue.

Lembro da marinheira com penetrantes olhos azuis. Ela pareceu simpática no momento, mas agora posso imaginá-la me acusando. O fato de Adam ter limpado o sangue com tanto cuidado pode tornar tudo ainda pior.

Será que o CD pode ser recuperado se eu precisar? Talvez com mergulhadores, embora a água da marina seja escura, e a maré seja forte. E eu teria de explicar por que joguei fora a gravação da morte da minha irmã no mar.

Não tenho nem certeza se a gravação prova que foi um acidente. Ou poderia ser acusada de virar o barco deliberadamente. Aproveitando a chance quando minha irmã estava parada no convés de popa. Usando o piloto automático para empurrar o barco para bombordo.

— A história já está no *Seychelles Nation* de hoje — diz Adam. — Os seichelenses são grandes fofoqueiros. Imagine se aparecer alguma menção ao testamento do seu pai. As pessoas pensariam todo tipo de coisa, talvez que Íris estivesse grávida, mais avançada do que você. Eu sei que é loucura, mas ninguém mais aqui conhece você. E se alguém falasse algo sobre a aberração que Íris era? Quero você em segurança fora daqui, querida. Já comprei as passagens. Primeira classe. Partimos amanhã.

A grama sob meus pés está balançando como o oceano. Não encontro palavras. Aberração? Sangue? Passagens para fora daqui?

Mas ele está certo. Temos de partir. Adam acha que sim, e ele sequer sabe a verdade. E se eu fosse desmascarada? Quem acreditaria na invejosa Íris, na aberração, se ela dissesse que a irmã grávida e prestes a ficar rica caiu no mar e que ela assumiu sua vida sem querer?

CAPÍTULO 14

O ANÚNCIO

Adam me leva para jantar em um restaurante francês na marina. Estou me preparando para ler o cardápio quando ele me faz uma pergunta que não sei como responder.

Persuadi Adam de que deveríamos dormir no iate esta noite. Apesar do que aconteceu no *Betsabeia*, ainda amo aquele barco. Estou grata por ele ter me levado até terra firme. Quero passar uma última noite a bordo.

Adam concordou, mas insistiu em deixar Tarquin com Jacqueline. A veemência dele me surpreendeu; eu nunca tinha pensado em como era manter uma criança pequena em segurança em um iate, em quão vigilantes ele e Summer tinham de ser. Conheci muita gente que vivia a bordo com crianças pequenas, e todos sempre pareceram relaxados.

Mas Adam é um homem que perdeu sua cunhada no mar, e cuja esposa está grávida. Não posso ir contra sua decisão de se livrar do *Betsabeia*. O único jeito de deixar as Seicheles é pelo ar.

O cardápio no Chez Marie-France é fabuloso — *escargots, cuisses de grenouille* —, mas o paladar de Summer para comida é menos aventureiro do que o meu, então prometi a mim mesma que vou pedir um bife. Daqui a um ano posso pedir o que diabos eu quiser, mas por enquanto vou jogar com segurança.

— Então, quando o bebê deve nascer mesmo? — Adam pergunta entre goles de merlot.

Olho boquiaberta para ele, esperando por algum sinal de que aquilo não é uma armadilha. Será que Daniel contou para ele? Mas o comportamento dele é genuíno demais para ser falso. Ele me olha intensamente, e então abaixa a cabeça.

— Eu sei que devia me lembrar dessas coisas. Eu vou prestar mais atenção.

Não, querido, você não deve se lembrar dessas coisas. A última coisa que você deve fazer é prestar mais atenção.

— Em dezembro — respondo. Não posso me arriscar dizendo janeiro. Se eu conseguir fazer com que ele acredite que é dezembro, já é um grande passo na direção certa. Então só tenho de esperar que o feto faça sua aparição no momento apropriado.

Se eu engravidei hoje de manhã.

— Ah, sim, dezembro — Adam murmura. — Eu sabia disso. — Ele é um péssimo mentiroso, mas é meio que adorável. — Um bebê natalino.

Sorrio para ele.

— Isso mesmo.

* * *

Adam se junta a mim no chuveiro na manhã seguinte. Tenho certeza de que tranquei a porta, mas devo estar enganada. Ele está nu, e tento não reagir ao meu primeiro vislumbre de sua ereção impressionante. Summer já viu isso mil vezes.

— Hum, pode vir, estou toda ensaboada — digo, abrindo a porta do box. Estou tentando criar um clima diferente.

Uma mão me agarra, sou virada e esmagada contra a parede do chuveiro.

De novo não. Mais uma vez, sinto o medo fugaz de achar que ele sabe, mas me forço a não entrar em pânico. Isso é uma encenação. Só preciso da palavra de segurança.

— Querido, não estou a fim... — começo a dizer.

— Cale a boca, piranha — diz ele, e empurra os dedos dentro de mim. — Posso dizer que você está bem a fim. Vi o modo como você paquerava meus primos. Quantos de nós você quer de uma vez?

O que significa essa obsessão comigo transando com outros homens? Quero rir, mas agora ele está me penetrando, e um rubor quente se espalha por todo o meu corpo. Tudo está contra mim. Até meu corpo parece se juntar a ele, para fazê-lo pensar que quero isso.

Suas mãos me envolvem, prendendo meus braços na lateral do corpo, agarrando meus seios. Até a sacanagem que ele fala parece cansada — e pensar que elas excitavam Summer —, mas logo elas dão lugar aos gemidos. Não bastasse ser um amante bem ruim, Adam tampouco dura mais do que dois minutos.

Mas não posso simplesmente soltar o corpo em seus braços. Dou alguns gemidos de garotinha, típicos de Summer. Tento me mover com ele, mas ele me prende com tanta força que não consigo. E agora está acontecendo de novo. Meu corpo está pegando fogo, e um som que nunca fiz antes escapa de mim. É como uma convulsão. Não dá para evitar que ele sinta isso.

Ainda estremeço enquanto ele se enxágua e pega uma toalha. Ele murmura algum tipo de elogio, tipo "Você é tão linda, raio de sol", enquanto passa a mão pelas minhas costas, e então me deixa sozinha no banheiro. É estranho como a fúria do estupro dá lugar à ternura no instante em que ele está satisfeito. Foi o mesmo que aconteceu ontem; ele estava todo *sinto muito* e *eu te amo* momentos antes de me esmagar contra a maldita máquina de lavar roupa.

Saio do chuveiro e passo a toalha no espelho para tirar a condensação. Summer aparece diante de mim, os seios ainda mostrando marcas vermelhas de dedos. Suas sobrancelhas são dois arcos escuros perfeitos, e a linha vermelha curva na parte interior de sua coxa é uma trilha que leva ao paraíso. Ela ainda está magra, por conta da provação em alto-mar, com costelas aparentes e abdômen visível, mas ela é linda. Não é de admirar que Adam não consiga manter as mãos longe dela.

Daniel aparece logo depois. Vamos deixar o *Betsabeia* em suas mãos, então Adam lhe mostra o iate enquanto ando de um lado para outro na marina. Quando Summer me convidou para ir à Tailândia, eu queria ficar em uma marina com homens ricos, mas agora o ancoradouro do *Betsabeia* parece um confinamento. Parece errado deixar o barco ali, sem saber quando vou voltar. Ele está estranhamente parado, amarrado na proa e na popa ao pontão. Um iate deveria estar balançando em sua âncora, alinhando-se com graça com o vento e a maré.

Não é tarde demais. Eu poderia fugir de Adam, levar o *Betsabeia* até mar aberto e seguir para o oceano. Quem se importa para onde eu vou? Eles saberiam, imediatamente, quando vissem o iate partindo, com as velas voando ao ar livre, que era Íris a bordo. No que se refere aos gêmeos idênticos, é sempre o comportamento, e não a aparência, que os denuncia.

À tarde, estamos no avião, voando em direção à noite. Em poucas horas, semanas velejando serão desfeitas. Em Colombo, somos levados de táxi até um hotel glorioso, onde fico aliviada em descobrir que, apesar do luxo, vamos dividir o quarto com Tarquin. Nada de sexo-estupro esta noite. No dia seguinte vamos embarcar em um voo para casa.

Voar de primeira classe contrasta fortemente com guiar um barco pelo oceano. É um luxo, mesmo se você precisa fingir ser outra pessoa.

Estou começando a relaxar no meu papel. Adam é a única pessoa a quem preciso enganar, e ele é abençoadamente distraído. A maior parte da nossa conversa é sobre o aqui e agora: Tarquin está com fome, onde está o táxi, você está com as passagens? Não preciso saber muito para manter minha parte da conversa, mas tenho de me lembrar de não me surpreender com o serviço requintado. Sem dúvida, Summer estava acostumada a não ter de pegar fila, ter tudo feito para ela, e ser cumprimentada pelo nome por uma comissária de bordo dedicada. Tento ignorar outra passageira que está virando a cabeça de todo mundo, uma ruiva estonteante que parece estar voando com uma comitiva. Deve ser uma modelo ou uma atriz; aposto que Summer a reconheceria.

Também tenho de fingir interesse nos ritmos biológicos do meu filho. Eu realmente preciso monitorar a ingestão de fluidos da criança? Será que ele não pegaria o copo com canudinho que deixamos o tempo todo a seu alcance em vez de morrer de sede? Diabos, se tivermos de antecipar cada capricho dele, ele jamais vai aprender a falar. Qual a dificuldade de falar "copo"?

Quando Adam fala sobre o passado, é um pouco mais desafiador. Ele se lembra de amigos que deixamos em Phuket, mas mal preciso saber se Brian era o bêbado e Greg, o abusador, ou o contrário. O mínimo que posso dizer é que não estou prestando muita atenção. Sou uma mulher grávida cansada e de luto, viajando com uma criança pequena. Sorrisos vazios e acenos de cabeça são o que qualquer um poderia esperar.

Mas Tarquin é um prato cheio. Já consigo trocar uma fralda sem sentir ânsia de vômito, mas esqueci de trazê-las na bagagem de mão, então tenho de conseguir algumas furtivamente de um comissário de bordo.

Adam ergue uma sobrancelha quando ofereço um copo de água para Tarquin, em vez do copinho com canudo com o suco infantil especial.

A parte mais difícil é fingir sentir alegria em observar as travessuras do garoto. Percebo, um pouco tarde demais, que o jeito como ele inclina a cabeça para o lado enquanto enfia comida na boca é o tipo de coisa que Summer acharia fofa. Eu me empolgo, mas parece falso.

Sempre duvidei em segredo que Summer realmente achasse Tarky tão adorável, mas agora sei que ela devia achar, sim. Manter este nível de entusiasmo é exaustivo.

Depois de outra troca irritante de fralda no banheiro do avião, olho para o espelho que está a cinco centímetros do meu nariz e digo "creche". Neste exato momento, "creche" é a palavra mais bonita no meu idioma.

— Creche — diz Tarquin.

Jesus. Tenho que tomar cuidado com o que digo perto dele.

— Papai, papai, papai — digo. — Você consegue dizer papai?

— Papai — diz Tarquin.

— Papai! Isso mesmo. Você disse papai! — digo. Enfio a fralda usada nojenta no recipiente de lixo e pego a criança no colo.

— Papai — diz ele.

— Uau! Você disse uma nova palavra, Tarquin! Muito bem. Você consegue dizer "mamãe"?

— Papai.

— Isso mesmo. Papai e mamãe. Tarky ama o papai e a mamãe.

Eu o levo de volta para Adam e me acomodo em meu assento luxuoso. Estou tão aliviada com minha fuga que mantenho o menino no colo pela primeira vez e o aconchego contra meu corpo como se eu o achasse *ah, tão gostoso de apertar*. Adam está esparramado em sua poltrona com uma taça de champanhe vazia na mão, olhando fotos de carros esportivos que, aparentemente, ele baixou em seu iPad. A garrafa, suada no balde de gelo, está me chamando. Ressentida, bebo meu suco de laranja. Pelo menos não tenho enjoo matinal, ou eu teria de recusar o atum-rabilho que a comissária de bordo está trazendo agora.

— Tarky disse papai! — conto. — Fale de novo, Tarky.

Tarquin se vira e olha o pai bem nos olhos.

— Creche.

* * *

Está tudo bem. Adam ouve Tarquin ainda menos do que ouve a esposa. Mas aprendi minha lição. Nunca mais vou falar nada que o mundo não possa escutar na frente da criança. Eu me acomodo em meu assento. Vou manter minhas fantasias com a creche em particular por enquanto.

Assim que estiver de volta à Austrália, vou começar a viver a vida de Summer de verdade. O sonho vai se tornar real.

A garota no espelho

Não haverá mais inspetores de polícia me olhando feio, nada mais de sangue para limpar. Não terei mais parentes aparecendo por todo lado. Não terei de fingir conversinhas médicas com Daniel Romain. Adam estará no trabalho a maior parte do dia, e haverá a creche. Tudo o que terei de fazer é passar as tardes na borda da piscina, deixando o bebê de Adam crescer no meu ventre. Cada dia me deixará mais perto do dinheiro.

Adam vai me deixar grávida, se é que isso já não aconteceu. Fecho os olhos e me deixo imaginar as coisas que vou comprar assim que o dinheiro chegar. Vestidos, sapatos, lingeries...

Estou quase cochilando quando Adam me dá uma cotovelada. Abro os olhos. Ele está apontando para o iPad, onde leio: "Chamada de vídeo de Annabeth Carmichael".

— Pare! — exclamo, mas é tarde demais. Adam já passou o dedo na tela. O rosto da minha mãe aparece, borrado e perto demais da câmera.

— Minha querida — diz Annabeth —, sinto muito incomodar. Eu fiz uma chamada de vídeo? — Ela mexe na tela. — Não sei como desligar a câmera. Bem, pelo menos você pode ver sua casa. — Vislumbro a sala de estar em Seacliff Crescent: o piano negro, o teto alto e branco. Ela passeia com o dispositivo pelo ambiente. — Agora, quero que saibam que não estarei no aeroporto. Não posso suportar esperar por vocês sozinha.

— Estamos no avião — digo. O comentário é redundante, mas estou ganhando tempo. Ver minha mãe, se materializando na tela de Adam como se fosse mágica, me eletrifica. Ela nunca conseguiu me diferenciar de Summer pela aparência ou pela voz, mas vê-la é desafiador. Seus olhos estão vermelhos, com olheiras imensas. Ela parece tão triste.

— Ah, sim, eu sei que vocês estão no voo — diz Annabeth. — O Sri Lanka está cinco horas e meia atrás de nós, sabia? Seu voo está um pouco adiantado, segundo a internet, mas se eu considerar meia hora para vocês passarem pela alfândega, e então vão ter de esperar pelo táxi, e vai ter trânsito do aeroporto para...

Annabeth continua falando. Ela analisa cada possível variável a fim de determinar o momento exato em que chegaremos em Seacliff Crescent, como se a provação dela fosse acabar quando isso acontecesse. Felizmente, Tarquin a distrai esfregando os restos de seu último lanche por toda a tela.

— Precisamos desligar — diz Adam. — Tarq está ficando agitado demais. O avião logo deve aterrissar. Entraremos por essa porta muito em breve, Annabeth. — Ele desliga.

O rosto de Annabeth desaparece e, com ele, meus sonhos suntuosos. Achei que tivesse superado meus maiores obstáculos, mas um imenso está bem diante de mim. Minha mãe.

Achei que tudo ficaria bem por causa da visão ruim de Annabeth. Eu entraria em Seacliff Crescent com Adam ao meu lado e Tarquin em meus braços. Por que ela questionaria minha identidade?

Já é difícil o bastante ter de personificar Summer, mas fingir uma gravidez também é um passo grande demais. Annabeth é obcecada com netos. Ela é fã de gravidez. Vai querer saber o tipo de detalhe que alguém só sabe se está mesmo grávida, tudo sobre enjoos matinais e só Deus sabe mais o quê. Eu gostaria de ter pesquisado sobre os sintomas que deveria sentir.

É bem fácil fingir uma gravidez para Adam. Ele já a dá como certa. Não é novidade para ele. E, de todo modo, ele não está interessado em detalhes ginecológicos. Mas com Annabeth esse vai ser o principal tópico de conversa. Ela é o tipo de pessoa que vai fazer contagem regressiva e descobrir quando o feto foi concebido, e então, inadvertidamente, vai lançar alguma bomba diante de Adam. Ele está repetindo a história do "bebê de Natal" desde que plantei a ideia em seu cérebro, mas, se Annabeth fizer as contas, ela vai descobrir que o nascimento deveria ser lá por novembro.

Há um instante, pensava que isso daria certo. Eu me imaginava deitada, grávida, ao lado da piscina, esperando minha fortuna. Por que não pensei nesses problemas antes de subirmos neste maldito avião? Teria sido tão mais fácil se tivéssemos ficado distantes. Tudo bem que tivemos de deixar as Seicheles por causa do sangue, dos

A garota no espelho

velejadores e do inspetor Barbé, mas não podíamos ter ido para qualquer outro lugar? Voltado para a Tailândia? Que inferno. Neste momento eu entraria feliz em um avião para a Sibéria.

Alterno entre diferentes estratégias durante o restante do voo. Contar para Adam o que contei para Daniel, que perdi o bebê no mar. Fingir um aborto neste instante. Reservar uma escapadela romântica para Adam e para mim em Fiji, partindo amanhã. Anunciar que quero uma separação temporária.

Então, novamente, se eu puder enganar minha mãe, e se eu puder desviar Adam do sexo violento e colocar Tarquin em uma creche (existe colégio interno para criancinhas?), então talvez tudo dê certo.

Quando o avião começa a sua descida final, ainda não decidi o que fazer. Tudo o que sei é que preciso persuadir Adam a não contar para Annabeth que estou grávida. É essencial para manter minhas opções abertas e evitar as perguntas intrometidas da minha mãe.

* * *

Estamos passando pela imigração, e ainda estou tentando decidir como persuadir Adam a manter minha gestação em segredo. Vai ser difícil. Ele já fez alguns comentários sobre como Annabeth precisa dessas boas-novas, e me distraí pela ideia súbita de que alguém pode querer tirar minhas digitais — gêmeas idênticas não têm digitais idênticas.

Talvez eu espere até o último minuto para tocar no assunto, para que ele não tenha tempo de discutir. Vou dizer no táxi, a caminho de casa, talvez assim que chegarmos.

Passamos pela imigração sem avistar um leitor de digitais. Adam carrega Tarquin até a alfândega, e seguimos até o saguão de desembarque.

Não posso acreditar em quem está aqui.

— Não é gentil da parte do seu tio? — diz Annabeth, que está segurando um buquê de rosas brancas. — Eu disse para ele que não ia aguentar ficar esperando sozinha no aeroporto, então ele me trouxe até aqui, e olhe quem mais veio para me fazer companhia. — O tom de voz da minha mãe é calmo, mas o jeito desdenhoso como ela acena com a mão por sobre o ombro trai sua indignação. — Não foi gentil da parte delas?

Atrás de Annabeth, todos vestidos de preto como em um casamento gótico, está o restante da família. Colton, Virgínia, Vicky, Valerie, Vera e Francine. Que diabos eles estão fazendo aqui, agindo como se a morte da minha irmã fosse desculpa para uma festa? Não acredito nem por um segundo que eles vieram com o intuito de fazer companhia para Annabeth. Será que Francine era mais próxima de Summer do que imaginei, ou está aqui para xeretar?

Este é o meu pior pesadelo. Tenho de ser Summer diante da família inteira. Tenho de ser perfeita. Há olhos por toda parte.

Eles correm na minha direção, me cercando, e me sufocam com abraços e beijos.

— Ah, Summer, querida Summer, meu pobre bebê!

Não consigo dizer quem está dizendo o quê, e nunca houve um choque de perfumes como aquele. Minhas meias-irmãs agem como se eu fosse algum tipo de rainha da tragédia. De algum modo, acabo no abraço apertado da minha madrasta. Francine parece delicada em seu bolero e saia lápis, mas é forte o bastante para me esmagar. Tenho certeza de que a mão dela está na minha barriga, procurando por sinais indicadores de crescimento.

— Opa! Calma todo mundo — diz Adam. — É ótimo ver todos vocês, mas sejam gentis com Summer.

Eu me viro para fazer um sinal de não, mas ele não está olhando para mim. Está olhando para Annabeth.

— Ah, eu sei. Deve ter sido horrível para você, minha querida — diz Francine, pressionando o rosto frio de encontro ao meu.

— Foi mais difícil do que vocês pensam — diz Adam. — E, além de tudo, Summer está grávida.

CAPÍTULO 15
O TESTE

Francine me segura tão apertado que juro que ela está tentando espremer este bebê para fora de mim. As seis mulheres ao meu redor estão emocionadas, e é cem por cento falso.

Minhas meias-irmãs gritam de alegria. Francine murmura palavras doces ao meu ouvido. E minha mãe tenta parecer serena, quando sei que ela quer virar cambalhota pelo aeroporto e cantar como um galo.

Adam estava certo ao alegar que Annabeth precisava de alguma boa notícia. O bebê tirou Íris da cabeça dela — ou então ela está medicada. Ela está flutuando em uma nuvem brilhante. Seu abraço é suave como gaze, e seus olhos estão enevoados, como se ela estivesse olhando para um ser celestial.

Não consigo acreditar que pensei que ela iria descobrir. Ninguém questiona quando ganha na loteria.

Este é o melhor momento da minha vida. Esqueça vencer um concurso de beleza que você não merecia, usufruindo da adulação enquanto sua irmã usa um bronze humilhante. Nada derrota isso.

Francine está morrendo aqui. Isso vai ensiná-la a não aparecer onde não é chamada. Está chorando, fingindo que são lágrimas de alegria. Ela sequer consegue formar frases inteiras, e fica dizendo:

— Bebê feliz! Bebê feliz!

Desta vez, não existe chance de a minha irmã revelar o segredo. Nunca, jamais serei confundida com minha irmã gêmea.

Sequer tenho uma irmã gêmea. Sou Summer Rose, esposa de Adam Romain, mãe do herdeiro Carmichael.

Annabeth está cantando algum tipo de música infantil, uma canção de ninar de pura alegria. Ela pega Tarquin dos braços de Adam e o balança como se ele também fosse recém-nascido.

Estou amando tanto tudo isso que abraço cada uma das minhas meias-irmãs três vezes, obrigando-as a me parabenizar mais uma vez. Quando solto Virgínia, olho de relance para sua mão, mas ela não usa a aliança. Ela não quer que saibamos de seus planos, mas posso sentir sua decepção. Seu sorriso é muito forçado e imóvel. Ela podia pelo menos ficar grata por descobrir a tempo que está fora do páreo. Seu aniversário de dezesseis anos será em duas semanas. Ela estava prestes a fazer um casamento praticamente incestuoso.

É quando me lembro de que ainda há uma falha em meu plano. Como no concurso de beleza, só estou fingindo ser Summer. Quase posso ouvir a voz do meu irmão, a voz da verdade indesejada: *Tem sangue escorrendo por suas pernas, Íris.*

Adam envolve o braço ao redor de mim, e sinto seu cheiro doce apimentado, mas isso já não faz mais a mágica de sempre. Parte de mim quer empurrá-lo.

Mas não posso. De jeito algum darei as costas para este triunfo. Mesmo se eu soubesse a palavra de segurança de Summer, não a usaria. Não até que a última peça do quebra-cabeça esteja no lugar. Assim que eu estiver grávida, tudo será perfeito.

* * *

Os primeiros dias na Austrália são difíceis. Quando Adam e eu partimos para velejar ao redor do mundo, Annabeth alugou sua cobertura até novembro, e agora ela acha que pode ficar morando conosco até que o contrato de aluguel termine. Tento persuadi-la a ir para um hotel, mas não é fácil. Tenho de apelar para todo tipo de bobagem sobre precisar vivenciar meu luto em paz. Se eu fosse Íris, teria me livrado dela em meia hora, mas como Summer é mais trabalhoso. Como pessoas boas conseguem que os outros façam o que elas querem? Só me resta dar indiretas de que Adam prefere que ela não fique conosco, embora ele tenha ideias estranhas sobre familiares vivendo juntos que só posso imaginar ser resultado de sua herança seichelense.

No começo, eu me escondo de minha mãe, usando o tamanho da casa para mantê-la afastada. Certa manhã, ela se concentra em como Noah deve estar lidando com sua dor, e insiste em lhe enviar uma lembrança, mas à tarde ela já se esqueceu dele e começa a se preocupar com o efeito de todo este estresse em meu filho ainda não nascido. Em determinado ponto, pulo na piscina com roupa e tudo e nado até o outro lado para escapar das perguntas dela sobre por que não tenho ganhado peso.

Alguns dias, no entanto, começo a relaxar. Esta é a mulher que não reconhece que Ridge a traiu mesmo com o testamento dele declarando que Virgínia é sua filha biológica. A realidade de Annabeth é o que Annabeth quer que seja, seja lá o que for. Além de tudo, perder Íris confundiu sua mente. Ela desliza em uma névoa de confusão, flutuando da alegria para a tristeza e novamente de volta para a primeira no espaço de uma única frase.

— Como é bom ter você em casa, Tarky — ela diz para a criança —, mesmo que seja por um motivo tão horrível... mas sua mamãe precisava voltar pelo bem do bebê... Ah, pense só, um recém-nascido em casa no Natal!

Ainda preciso que ela vá embora. Até um zumbi pode tropeçar na verdade, e, além disso, ela se tornou superirritante ultimamente, com o jeito como fala de Íris.

— Íris era uma alma tão perdida — ela choraminga enquanto limpa o rosto sujo de Tarquin. — Eu tinha esperança, Summer, de que você a endireitasse nesta viagem de barco, que você pudesse contagiá-la um pouco.

Em outro momento ela irrompe em lágrimas no meio do café da manhã.

— Pelo menos, você, Adam e as crianças estão em segurança — ela diz entre soluços. — Teria sido pior se tivesse sido você. Não que eu a amasse menos, de verdade, mas você e eu sempre fomos muito mais próximas. Eu nunca entendi Íris. Sabe — acrescenta ela — que quando Adam me deu a notícia, ele parecia tão perturbado, que por um momento horrível eu achei que tivesse sido você?

Então, ela teve de ir embora. Mas quando fecho a porta de seu táxi, e volto para casa, percebo que não tenho mais ninguém para me ajudar com o menino.

Com apenas Tarquin e eu em casa o dia todo, é inacreditável como ele se torna pegajoso. Tarquin só está feliz se alguma parte de sua pele está me tocando, a menos que estejamos perto de uma rua movimentada. Neste caso, ele quer se afastar de mim mais rápido do que eu jamais pensei ser possível.

Eu não me importaria com os abraços constantes, mas ele também está faminto pela minha atenção. É como se acreditasse que fosse deixar de existir caso eu pare de pensar nele por um único segundo. Nunca gostei muito da ideia de maternidade, mas pensei que pelo menos poderia pegar leve durante os anos nos quais precisarei ficar em casa. Pensei que poderia me sentar e ler, desde que a criança tivesse um brinquedo ou algo com o que se ocupar. Acontece que não. Não dá para ler na mesma casa que uma criança pequena. A criança deve sentir que a mamãe está relaxando e vai atrás de você.

Sempre que Tarquin me vê com os pés para cima, ele busca um livro infantil e o sacode na minha cara. Se o ignoro, ele grita e bate com o livro na minha cabeça. A criança que não consegue falar quer ler livros o dia todo. Todos os livros infantis são tão previsíveis. Os malvados são pegos, a verdade aparece e o bem triunfa. Que tédio.

Um dos livros de Tarq que não me incomoda tanto é uma história sobre uma garota que vai viver no fundo do mar. As ilustrações são assustadoras; o oceano é negro e brilhante, e, conforme a garota desliza para longe da superfície, suas pernas se transformam em uma cauda de peixe enfeitada com safiras e esmeraldas. Todo mundo presume que eu quero esquecer minha provação no mar, mas, quando

A garota no espelho

leio esta história, sonho com o *Betsabeia*; anseio pelas ondas e pelos jatos de água salgada. Mas Tarquin odeia o livro; quando ignoro seus protestos e continuo lendo, ele rasga a página.

A vida de Summer é muito mais chata do que imaginei. Ela tem vestidos lindos, mas nenhuma ocasião para usá-los. Não dá para cuidar da casa usando chiffon.

Não consigo ler o *Kama Sutra para Millennials* enquanto Tarquin está acordado, graças ao radar de relaxamento materno, e a criança quase nunca dorme. Summer deve ter aceitado seu destino, já que parece ter jogado fora todos os seus livros, até os exemplares com capa revestida em couro de *Frankenstein* e *Drácula*, e outros suspenses vitorianos, que costumavam ocupar lugar de destaque em sua estante.

Enquanto procuro por eles, tenho vontade de pensar nas falhas e nos pecados de Summer, por menores que fossem. Não que o gosto literário dela fosse realmente um pecado, mas eu não gostava daquilo quando era criança. Seus livros me matavam de medo. O amor por histórias de terror, tão contrastante com seus demais gostos femininos, era talvez a única característica que ela compartilhava com meu pai. Talvez tenha surgido na época em que ele nos levou até a ponte Carmichael, depois que ela foi desativada, e jogou uma galinha viva em um rio infestado de crocodilos.

Lembro dos crocodilos parados, imóveis e pacientes sob o sol, enquanto a galinha se aproximava cada vez mais. Mais e mais perto. O salto e a dentada foram como um raio de corrente elétrica. Crocodilo se debatendo contra crocodilo, lutando pelo prêmio, fazendo a galinha em pedaços. O frenesi sangrento assombrou meus sonhos durante anos, mas Summer insistiu que era "o jeito natural das coisas", e que a galinha "teve uma dor menos dolorida do que a maioria que vira comida no nosso prato". Eu entendia o ponto de vista dela, mas ainda estava zangada com meu pai, por ter nos obrigado a assistir àquilo, e queria poder esquecer o incidente. Mas Summer continuava falando sobre ele.

Uma das poucas vezes que me lembro de ter ficado zangada com Summer foi quando ela transformou a morte dramática da galinha em um evento poético. Ela também lia para mim cenas sangrentas de seus livros, incapaz de acreditar que eu ficava assustada com aquilo. De sua curta vida abnegada, são destes momentos que me pego lembrando. Eu me odeio por isso.

A cada dia fico mais admirada com a ideia de que Summer não tem uma empregada, embora Seacliff Crescent seja cheia de vidros e mármores que mostram a sujeira, e só manter este tapete cor de pêssego limpo com uma criança pequena por perto é um trabalho de tempo integral. Quando coloco o cartão SIM australiano de Summer de volta no celular, começo a receber seus lembretes. O telefone apita várias vezes toda manhã, me lembrando de passar no Little Gourmand para pegar o mingau de mirtilo orgânico de Tarquin ou de começar a marinada na carne para o *boeuf bourguignon* de amanhã. Os lembretes são ótimos por um ou dois dias, mas então começam a me deixar maluca.

É um pesadelo tirar Tarquin de casa, mas, depois de prendê-lo em sua cadeirinha, gosto de passear pela cidade no BMW branco imaculado de Summer. Dirijo até o outro lado de Wakefield para comprar testes de gravidez, mesmo que provavelmente seja cedo demais para começar a testar, e faço um a cada manhã assim que Adam sai para o trabalho. Marco um minuto no meu telefone, me obrigando a não olhar o resultado até que o timer apite. Então enrolo o teste em papel higiênico, escondo-o no meu bolso e levo-o até a lata de lixo que temos fora de casa, que Adam nunca verifica. Enfio o mais fundo que consigo.

Adam volta uma noite e descobre que o filtro da piscina está entupido de folhas e que queimei três de suas camisas de trabalho com o ferro de passar. Tarquin e eu estamos deitados na cama desfeita, cercados por livros infantis e restos de maçã que já começam a ficar amarronzados.

— O que deu em você? — ele pergunta quando mostro meu trabalho; deixei as camisas no chão com as marcas de queimado estrategicamente para cima. — Você costumava ser tão boa nessas tarefas.

A garota no espelho

Eu me esforço para conseguir uma lágrima.

— Ando tão cansada ultimamente — digo. — Tenho que escolher se dedico minha energia à limpeza da casa ou para atender às complexas necessidades emocionais de Tarky.

— Acho que temos de repensar a questão da empregada — diz Adam —, mas não quero ninguém de fora encostando no piano de Helen. Por favor, me prometa isso. Sempre gostei do jeito como você cuida dele.

— Claro que prometo — respondo.

— Tudo bem — ele concorda. — Você organiza isso.

Não perco tempo.

A laca negra do Steinway mostra qualquer sinal de poeira, então, mesmo depois de contratar uma empregada, limpo o instrumento todos os dias, enquanto resisto à vontade de tocar uma única nota na maldita coisa, mesmo quando não há ninguém por perto exceto Tarquin. Um momento de fraqueza pode me denunciar.

Além de limpar a mansão sozinha, tirar o pó do piano e manter a piscina, Summer devia passar horas fazendo o jantar para Adam todas as noites.

Suas receitas favoritas são irritantemente complicadas e usam ingredientes de cerca de seis lojas especializadas diferentes e distantes. Adam não gosta de comer fora. Estou disposta a reeducá-lo, mas não posso mudar as coisas muito rápido. E é claro que há o sexo-estupro. Adam quer de manhã e à noite. Eu me sinto cada vez mais humilhada, não pelo que ele faz comigo, ao que, apesar de tudo, meu corpo sempre responde, mas pela ideia de que ele está fazendo isso com minha irmã. Sei de detalhes que ela jamais quis que eu soubesse.

Eu podia impedi-lo se fosse preciso. Acho que adivinhei a palavra de segurança. Segundo a internet, a maioria dos casais escolhem "vermelho" ou uma fruta, e Adam e Summer eram tão sem imaginação que tenho certeza de que devem ter escolhido a mais óbvia das frutas vermelhas, mesmo se já não fossem loucos pelo jeito como ela cheirava a maçãs. A palavra fica na ponta da minha língua, mas nunca a pronuncio. Cada vez é uma chance a mais para conceber.

Pior do que o sexo é a creche, ou a falta dela. Pelo menos o sexo acaba rápido. Cada dia em casa com uma criança pequena é uma eternidade.

Eu saí telefonando no dia em que Annabeth se mudou, só para descobrir que todas as creches por perto estavam lotadas. Agora tento algumas mais afastadas. Por fim, uma creche a meia hora de carro se oferece para me libertar por seis horas todos os dias úteis, por um preço bem razoável. Os horários são um pouco decepcionantes, mas para cavalo dado não se olha os dentes. Nenhum internato na Austrália aceita crianças com menos de oito anos de idade.

Quando Adam chega em casa, eu lhe apresento a boa-nova durante a refeição, um *confit de canard*, acompanhado por um belo vinho de Borgonha do qual roubei alguns goles na cozinha.

— Mas vale a pena você voltar ao trabalho agora que está grávida? — Adam pergunta.

Quase engasgo com um pedaço de pato. Minha coluna formiga com a ideia de "voltar" ao trabalho. Se algum dia eu me encontrar em uma ala neonatal, tentando mostrar minha experiência como enfermeira, certamente será minha derrocada. Outro motivo pelo qual preciso ficar grávida rápido.

— Claro que não — respondo. — Não podemos arriscar esta gravidez com plantões noturnos! Mas e quanto a Tarky? Ele já precisa se acostumar com as salas de aula, ou ficará para trás quando começar na escola. Eu gostaria de mantê-lo em casa para sempre. — Faço um gesto, como se estivesse abraçando o menino e não pudesse deixá-lo partir. — Mas ele precisa de mais do que posso dar. Outras crianças na idade dele já estão lendo e escrevendo.

Adam franze o rosto.

— Me parece um desperdício de dinheiro — diz ele —, pagar para alguém cuidar do nosso filho enquanto você fica em casa sentindo falta dele. Além disso, é você quem diz que prematuros precisam ficar em casa com suas mães.

Deus, odeio quando ele usa a carta do prematuro. Tarquin precisa ter o melhor do melhor — comida caseira, produtos de limpeza

A garota no espelho

"naturais" inúteis, um berço de eucalipto encerado com cera de abelha — porque foi prematuro.

— Mas essa era minha ignorante opinião — digo — e dificilmente temos que nos preocupar com o dinheiro...

— Não vamos contar com a galinha antes de os ovos chocarem — Adam me interrompe. Ele parece alérgico a qualquer menção à fortuna Carmichael, raramente se juntando às minhas fantasias sobre como gastá-la, como se pudéssemos amaldiçoar nosso futuro se falando demais sobre o assunto. — E não era sua opinião, querida. Você disse que Walter, Michael e Catherine disseram que os prematuros tinham que ficar em casa.

Concordo com a cabeça, como se soubesse quem são essas pessoas. Estes nomes parecem assustadoramente autoritários. Nomes de médicos. Meu Deus, preciso procurar os nomes de todos os médicos e enfermeiras da ala neonatal e decorá-los. Meus antigos colegas. Posso cruzar com algum deles no supermercado. E se Tarquin precisar de um check-up?

— Você jurou que jamais deixaria Tarq nas mãos de um desconhecido — Adam prossegue. — Concordamos com isso. Você me convenceu de que deveríamos ensiná-lo em casa, então como uma creche se encaixa nisso?

Nós deveríamos ensiná-lo em casa. Ah, meu Deus. No que Summer estava pensando?

Mas como posso argumentar? Adam está certo em relação a uma coisa, mais do que imagina. Não podemos contar com um ovo que pode nunca ser chocado.

* * *

Duas semanas depois da nossa chegada à Austrália, coloco Tarquin em seu cadeirão para o lanche da tarde, acomodo-o diante da TV e abro um pacote infantil de iogurte de morango. O cheiro me atinge como uma onda de morte enjoativa. Corro até o banheiro, lutando contra a vontade de vomitar.

Será que estou com alguma coisa? O teste de gravidez que fiz esta manhã já está no lixo lá fora, e prometi a mim mesma jamais fazer mais do que um por dia. Mas estes iogurtes são frescos, e estavam cheirando bem ontem. Fui eu quem mudou, não eles.

Enfio a mão no fundo do armário do banheiro. Ainda tenho três testes. Eu amassei as caixas para que parecessem estar aqui há décadas. *Só desta vez*, prometo a mim mesma. *E depois só um por dia novamente.* Rasgo o pacote, deixando a embalagem cair na pia, e corro até o vaso sanitário para fazer xixi no bastão. Minhas mãos tremem tanto que mal consigo segurar o sensor no lugar certo, e esqueci de trazer o celular, então não tenho um timer. Fecho os olhos e começo a contar até sessenta, me obrigando a ir devagar. Quantas vezes já ouvi aquele bipe presunçoso e abri os olhos para um resultado negativo?

Quando estávamos tentando engravidar, Noah sempre ficava comigo quando fazia um teste. Ele esperava do lado de fora do banheiro enquanto eu fazia xixi, contava o tempo para mim, olhava o bastão primeiro. Me contava o resultado com gentileza. Me abraçava depois e sussurrava dizendo que tentaríamos novamente.

Conto tão devagar que resolvo abrir os olhos quando chego em cinquenta e cinco.

O resultado é fraco, mas está ali.

Estou grávida.

* * *

O ar ao redor de mim está cheio de bolhinhas douradas. Brilhantes e alegres, elas batem umas nas outras e borbulham como espumante ou champanhe. Eu ganhei a corrida. Tenho tudo o que Summer tinha. Sou realmente Summer agora.

No guarda-roupa, passo a mão pelos vestidos luxuosos de Summer, os prateados diáfanos, os dourados radiantes, mas sou atraída por um vestido branco enfeitado com rosas vermelhas. É um vestido de verão simples; provavelmente Summer o usava com sandálias e um chapéu de palha, mas uso seus sapatos vermelhos de salto mais alto.

A garota no espelho

Pinto os lábios de vermelho e me encharco com o perfume de maçã. Rodopio, e o vestido se abre, cheio e godê. Eu me sinto pronta para voar.

No andar de baixo, Tarquin ainda assiste à TV. Eu o tiro do cadeirão, coloco-o no banco de trás da BMW, junto ao berço portátil, e sigo até o hotel de Annabeth. Estou tão hipnotizada por aquelas duas faixas azuis que mal consigo me manter abaixo do limite de velocidade. Do lado externo da janela do carro, o dia está ensolarado e as cores são vivas.

— Adam e eu precisamos de uma noite romântica — digo para Annabeth deixando a criança em seus braços encantados. O quarto dela está repleto de projetos meio acabados de tricô, macacões e toucas em tons pastel de rosa e azul. Não saio correndo como de costume; agora não me importa que ela faça perguntas enxeridas sobre minha gravidez. Ela pode até mesmo gemer por causa de Íris que não me importo.

Mas ela não faz nada disso. Ela já está moldando suas lembranças de Íris em um formato mais confortável. Conta que elas "nunca discutiam", deixando o comentário escapar entre observações igualmente delirantes sobre eu estar "florescendo" com a gestação, e sobre Tarquin ser "muito avançado para a idade".

Fico uma generosa meia hora. Faço várias perguntas de filha para ela, sobre seus passatempos chatos e seus amigos chatos. Então, vou até a Romain Travel.

— Vamos lá — digo para Adam. — Saia um pouco mais cedo para variar.

Seguimos pela rua principal de mãos dadas. Não posso deixar de me imaginar dando a notícia para Noah. Ele achava que a culpa por não engravidarmos era minha, e agora nunca poderei dizer para ele que eu não sou infértil, ele apenas desistiu cedo demais. Só precisávamos tentar engravidar por um pouco mais de tempo — ou talvez ele seja estéril.

Mal consigo me impedir de entrar saltitando no aconchegante restaurante malasiano. Talvez Adam esteja curioso com meu bom humor, mas duvido. Nunca me senti mais Summer em minha vida. Feliz, gentil, espontânea. É bom estar viva.

Quando Adam questiona minha escolha de prato — o item mais apimentado do cardápio —, culpo a gravidez. A única nota amarga da noite é quando percebo que não posso mais tomar vinho. Na maioria das noites, eu tomava uma ou duas taças antes de Adam chegar, mas, agora que estou grávida de verdade, isso precisa parar.

Estranhamente, no momento em que abro mão do vinho é quando a ficha cai. Estou grávida. Não só "ganhei-a-corrida-grávida", não só "me-dei-bem-grávida", não só "você-se-fodeu-Francine-grávida".

Um bebê cresce dentro de mim.

Levo Adam para casa em meu carro e tenho de ir correndo ao banheiro assim que chegamos. Bexiga de grávida. Estou quase satisfeita com a ideia. É parte do que torna tudo aquilo real.

Enquanto lavo as mãos, eu me olho no espelho duplo. A verdadeira imagem está no meio, as duas imagens reversas em cada lado. Summer, Íris, Summer. Coloco a mão no seio direito. Apesar dos acontecimentos da noite, meu ritmo cardíaco está estável.

Será que alguém consegue mesmo sentir em que lado está o coração? Levo a mão ao lado esquerdo. Ainda consigo sentir uma batida deste lado. Talvez seja um pouco mais fraca. Talvez não.

Observo meu rosto. É realmente tudo tão assimétrico? Sempre achei minha bochecha esquerda mais cheia, a maçã do rosto esquerda mais alta, mas, sem contar Summer, ninguém mais notava isso.

Enganei todo mundo. Adam, Tarquin, Annabeth. Nenhum deles nos distinguia antes, e nenhum deles nos distingue agora.

É como se eu tivesse sido Summer todo o tempo.

Bem à vista, na pia do banheiro, está a embalagem do teste de gravidez. Embora tenha sido um erro deixá-la ali, não sinto pânico ao pensar que Adam poderia tê-la visto. Tenho certeza de que passei por situações piores, e já estou com muita prática. Posso explicar tudo agora. Mesmo assim, não preciso criar problemas para mim mesma. Pego a embalagem e enrolo papel higiênico nela. Estou enfiando no fundo da lixeira quando Adam abre a porta do banheiro.

— Sua puta sexy — diz dele. — Com quem você andou fodendo enquanto eu estava no trabalho? — Minha saia ainda está ao redor da minha cintura; ele agarra minha calcinha e a puxa até os joelhos.

— Sério, Adam, na privada?

As palavras escapam, e esqueço de usar minha voz de menininha sem fôlego. Maldição, falei exatamente como Íris.

Adam fica imóvel. Meu Deus, penso. Seja Summer. Você tem de ser Summer. Mas não posso suportar que ele faça sexo-estupro comigo ali. Não diante daquele espelho.

— Querido, você não percebe que tudo mudou? — ronrono. — Eu já queria ter dito para você. Desde que fiquei grávida, não é mais a mesma coisa. Vou ser mãe. Você precisa ser gentil comigo. Nada mais de sexo violento.

Mas ele me agarra com suas mãos fortes e, na sequência, a porta é fechada e meu rosto é empurrado contra o espelho. Adam já está duro, e tenta abrir o zíper.

— Maçã! — exclamo. — Maçã!

Ele me solta. Eu me viro. Ele me encara boquiaberto, e as emoções passam por suas feições: surpresa, frustração, vergonha. E uma pitada de intriga.

— Não fique zangado, querido — digo, enfiando a mão dentro de sua calça jeans. — Temos a casa só para nós dois a noite toda. Vamos aproveitar. Meu corpo anda macio e suave ultimamente. Vou tomar um banho para dar tempo para você pensar em novas formas de me seduzir. Você percebeu que não anda me beijando ultimamente? Você não me beija desde... desde não sei quando.

É verdade. Ainda não ganhei nenhum daqueles beijos com os quais sonhava quando ainda era Íris.

Fico na ponta dos pés e o beijo. Seus lábios permanecem fechados, e ele me encara como se eu o tivesse esbofeteado. Eu me aproveito de sua surpresa para tirar a mão de seu jeans, empurrá-lo para fora do banheiro e trancar a porta atrás dele.

Não preciso mais fazer sexo com Adam. Se ele quiser, vai ter de me seduzir.

Sorrio para a garota no espelho. Ela sorri de volta.

— Amanhã você vai matricular aquele pirralho na creche — anuncia ela.

— Eu sei, mana — respondo.

CAPÍTULO 16

A CORRIDA

É uma manhã amena de primavera enquanto caminho pela praia de Wakefield, meu biquíni mostrando minha barriga maravilhosa de grávida. Meu corpo é elegante e voluptuoso. Meus seios aumentaram pelo menos dois números.

Os últimos sete meses têm sido um sonho feliz. O teste de gravidez mudou tudo. Nada mais de sexo-estupro, e Tarquin começou a ir para a creche no dia seguinte. Quando abriu uma vaga em uma creche mais próxima e com mais horas, mudei a criancinha imediatamente. Adam protestou, mas ele não tinha argumentos nos quais se apoiar. Estou gestando o herdeiro dele e, vamos encarar, a última esposa de Adam não sobreviveu à gestação. Minha mãe lhe disse para calar a boca e me deixar descansar um pouco.

Sou Summer. Tudo dá certo para mim.

Adam pensa que estou tendo aulas de piano. Durante alguns meses, martelei no piano de Helen, escolhendo peças fáceis e cometendo erros deliberados. Só quando ninguém estava em casa que eu podia tocar direito. Recentemente, no entanto, fui capaz de tocar diante de Adam. Talvez não as peças mais complexas, porém desafiadoras o bastante para que eu me divirta. Ele não é músico, então não sabe questionar como aprendi tão rápido. Tudo o que ele diz é que é bom ouvir música em casa novamente.

Tocar piano é a única coisa que me dá a sensação de que estou no leme do *Betsabeia*, uma sensação de me unir a um ritmo grandioso e familiar. O instrumento parece conter a alma do *Betsabeia*, a alma do oceano. Ele brilha, grande e negro, na sala de estar que, fora ele, é toda branca. Há tanto vidro em nossa casa que a luz do sol se reflete em todas as partes. Às vezes, fecho as cortinas para descansar a vista, e então toco canções do mar e sinto o movimento dos oceanos através de meus dedos.

Penso cada vez mais no *Betsabeia*, mas não consigo imaginar como ele pode caber em meu futuro. Adam continua falando em vendê-lo, mas consegui dissuadi-lo por enquanto.

Sempre que tropeço e faço algo que não é típico de Summer, posso culpar Íris. Eu queria aprender a tocar piano, apesar de jamais ter tido interesse antes, "como um tributo à minha irmã". Pelo mesmo motivo, nado todas as manhãs na praia de Wakefield, como Íris fazia quando morava em Wakefield. Não só todo mundo aceita, mas me honra por isso.

— É tão tocante o modo que você encontrou de se lembrar de sua irmã — Letitia Buckingham comentou quando nos encontramos para um café depois de um dos meus mergulhos. Letitia estava tão ágil e adorável aos vinte e quatro quanto fora aos catorze, e estúpida do mesmo jeito. — Você não gostava do mar.

— Íris tinha muita coisa para me ensinar — respondi. — Não acho que alguém percebeu como ela era sábia até que a perdemos.

— Mas lembra da obsessão assustadora que ela tinha em imitar você? — disse ela. — Desde que você venceu aquele concurso de beleza, e ela foi humilha...

— Eu estava enganando você — falei. — Íris e eu costumávamos inventar bobagens para contar a você, para ver em quanto você acreditaria. A verdade é que adorávamos nos vestir de maneira igual.

Não houve mais cafés com Letitia depois disso.

Centímetro por centímetro, transformei a vida de Summer na minha. Ensinei Adam a como me agradar na cama, atribuindo a mudança nos meus gostos sexuais aos hormônios da gestação. Também

A garota no espelho

o treinei a comer fora de casa mais vezes e a cozinhar para mim de vez em quando, porque a gravidez é muito cansativa. Substituí nosso colchão supermacio por um *futon*, e a foto de Summer segurando Tarquin recém-nascido foi relegada ao quarto de hóspedes. Não fico muito bem com o uniforme de enfermeira.

Nem mesmo Tarq é mais o pesadelo que costumava ser. Ele está mais velho, e enfim aprendeu a usar o banheiro, graças a Deus. E agora que não estou presa com ele o dia todo, não fico desesperada por espaço. Há muito abri mão do regime de Summer de refeições gourmet para crianças. Ele se alimenta de feijão cozido e presunto fatiado.

A coisa que mais me irritava em Tarquin, seu silêncio, acabei aprendendo a apreciar. Há algo relaxante em estar com alguém que nunca abre a boca para criticar você, que adora você. E todo mundo pensa que sou a mãe do ano porque não estou em pânico com o seu atraso na fala. Ele diz palavras ocasionais agora. *Mamãe* ou *papai*, esse tipo de coisa. Todo mundo pensa que ele ficou com algum problema por causa do nascimento prematuro, mas, quanto mais tempo passo com ele, mais vejo que ele é bem inteligente.

Então, esta é minha vida agora. Deixo Tarquin na creche todas as manhãs a caminho da praia. Almoço em um dos restaurantes asiáticos nas ruas secundárias de Wakefield, dispensando os amigos chatos de Summer que me procuram para nos encontrarmos para um café. Adam e eu ingressamos em aulas de pré-natal, mas as deixamos depois de duas sessões, cansados dos comentários preconceituosos sobre minha escolha de não fazer nenhuma ultrassonografia. Concordo com os comentários, é claro. Bancar a adepta do nascimento hippie é uma chatice, e minha parteira, escolhida por sua aversão às intervenções médicas e seu entusiasmo pelo parto domiciliar, é o equivalente humano de uma unha raspando um quadro-negro. O fato de ela ter mudado seu nome de Colleen para Skybird diz tudo.

Não vi um fio de cabelo de Francine ou de suas filhas desde que elas descobriram que foram derrotadas, embora a casa de praia não seja distante de Seacliff Crescent e fique a poucos minutos da praia de Wakefield. Tudo isso depois da preocupação de Francine comigo no aeroporto. Verifiquei Virgínia algumas vezes por meio da conta de Adam no Facebook, e estou feliz em ver que o casamento infantil não foi adiante. Virgínia está florescendo. Ela sempre posta selfies em aparelhos de ginástica ou com blusas e shorts curtos e sexy, e pendurada no braço de um namorado novo a cada mês. A cada dia ela parece mais bonita.

À tarde, toco piano por horas a fio ou fico na piscina, me enchendo de bolo. Minha barriga está satisfatoriamente redonda, mas não importa o quanto eu coma, as pessoas ainda comentam que não pareço "estar com oito meses de gravidez".

A data do parto de Summer se aproxima.

Meus mergulhos diários são minha penitência, meu jeito de honrar Summer e de lamentar pela garota cuja morte, caso contrário, permaneceria sem ser lamentada. A cada dia, mergulho na água e entro no mundo de Summer. Não importa quantas pessoas estejam na praia, sob a água você sempre está sozinho.

Eu a amava tanto. Sei que o que fiz foi errado, mas acho que ela entenderia. Eu poupei a mãe, o filho e o marido dela de terem de lamentar sua morte, e quem não ia querer isso? Não é a pior parte de morrer o fato de saber que seus entes queridos vão sofrer amargamente? Eu não saberia; não teria ninguém para lamentar por mim. Nem meu irmão jamais sugeriu de vir para casa para conversar comigo sobre a morte de Íris. Na verdade, mal ouço falar do único irmão que me restou. Eu me sinto como filha única.

Eu nado cedo, quando o sol acaba de aparecer no horizonte. Mergulho fundo e me viro, assim como fiz sob o *Betsabeia*, no meio do oceano, e olho para cima através da água, para o mundo dos vivos acima de mim. Não entendo a física — acho que tem algo a ver com a refração da luz nos diferentes meios —, mas, embora o sol esteja pequeno e baixo no Leste naquela hora do dia, quando, do chão do oceano, olho para cima, ele parece estar sob minha cabeça, grande e dourado. A água brilha azul ao meu redor, e o sol parece inchar e borrar todo o céu. É perfeito, redondo e alegre. E, nesse momento,

A garota no espelho

posso imaginar as coisas como elas deveriam ser. Eu, Íris, estou enterrada no mar, e minha irmã, a linda Summer, é o sol do meio-dia que ilumina o mundo.

Mas nesta manhã o céu está pesado e cinzento, e o oceano está agitado. Entro na água e mergulho como sempre, mas não consigo ver o sol por debaixo das ondas. Paro no fundo do mar branco, esperando que o silêncio subaquático me traga paz. Em vez disso, o sonho da noite anterior volta à minha mente, um pesadelo. Sonhei que a superfície do mar era sólida, uma coisa obscura e sólida, como madeira laqueada. No meu sonho, eu mergulhava fundo, mas, quando tentava voltar à superfície, não conseguia. No início, pensei que a escuridão contra a qual pressionava o corpo era o casco do *Betsabeia*, mas, por mais longe que nadasse, não conseguia me afastar daquilo. A água era dura como chumbo. Eu estava presa.

Agora, minha cabeça lateja com força, e o bebê se agita dentro de mim como uma criatura em uma armadilha. Meus músculos abdominais têm espasmos. Será que isso é uma contração? Preciso ficar calma; isso não pode ser bom para o bebê. Dou impulso na areia e nado para cima, esperando bater na barreira do meu pesadelo. Em vez disso, irrompo no ar fresco. Respiro fundo. Estou em águas profundas, e uma onda se quebra sobre mim, enchendo meu nariz e boca com salmoura. Vou para o fundo novamente. Estrou tremendo, enjoada e muito cansada.

Luto para retornar à superfície e me obrigo a respirar de maneira uniforme, a dar braçadas calmas e lentas em direção à praia. Logo estou em águas rasas novamente, tremendo enquanto volto para o calor da minha toalha.

É hora de parar com esta estupidez. Sou uma mulher em gravidez avançada. Não sou mais uma pessoa livre; a vida do meu marido e dos nossos dois filhos estão ligadas à minha. Isso é a maternidade. Por mais falso que o restante da minha vida seja, meu bebê é real. De agora em diante, vou nadar na piscina.

* * *

À tarde, estou ao lado da piscina, deitada em uma espreguiçadeira, a barriga apontando para o céu, quando ouço uma batida frenética à porta. Pelos painéis de vidro, vislumbro um braço robusto, um punho carnudo de mulher.

Será que é uma das velhas da aula de pré-natal? Será que ela veio me repreender de novo? Mas não. Quando me aproximo, vejo quem é pelo vidro. Virgínia.

Ela cortou o cabelo tão curto quanto o de um rapaz. Está vestida de qualquer jeito. Está maior do que um ônibus. E está chorando.

Abro a porta e Virgínia entra correndo, passando por mim antes de fechar e trancar a porta atrás de si. Ela me dá um encostão de leve ao passar, mas a imagem que vem à minha mente é dela me empurrando no chão. Será que ela veio aqui machucar meu bebê?

E então percebo por que ela está tão enorme.

Ela está grávida. Muito grávida.

— Minha mãe está aqui? — ela pergunta. Sua voz é trêmula. — Tio Colton ou alguém mais está aqui?

Não quero dizer que estou sozinha em casa.

— A empregada está aqui. E o jardineiro — minto.

— Você tem mantido contato com alguém da minha família? — Virgínia pergunta. — Mantém contato com meu tio Edgar?

— Nunca ouvi falar dele. — Pelo menos isso é verdade.

Ela cai de joelhos, soluçando e tremendo, envolvendo os braços ao redor das minhas pernas.

— Summer, apesar de tudo, somos irmãs! — Ela chora. — Somos carne e sangue. Você tem que me ajudar. Você é a única que pode. Não vou deixar que façam isso!

* * *

Dez minutos mais tarde, estamos sentadas juntas no sofá, enquanto Virgínia enche a cara com minhocas de goma de uma mochila rosa. Ela ainda está chorando, mas começa a falar com alguma coerência.

Ela se casou no dia primeiro de maio.

A garota no espelho

— Eu achei que estava apaixonada — diz ela. — Tínhamos tanta coisa em comum. Nós dois gostamos de mangá, e Richie desenha melhor até mesmo do que eu, mas, depois da noite do casamento, depois que, você sabe, fizemos aquilo, tudo mudou. Percebi que o motivo pelo qual tínhamos tanto em comum é que somos da mesma família. Ele pode não ser meu parente consanguíneo, mas cresci vendo-o como primo. É quase como se ele fosse um irmão. Você tem um irmão, não tem, Summer? Então você entende. Por mais que você o ame, você não quer foder com ele.

As palavras soam obscenas em sua boca infantil. Ela não precisa invocar meu irmão para explicar. Eu a entendo.

— Qual o propósito de tudo isso? — pergunto. — Você sabia que eu estava grávida.

— Minha mãe disse que você tinha sofrido um aborto — diz Virgínia. — Ela até me fez escrever um cartão de condolências para você.

Então, o casamento infantil seguiu adiante na esperança de que eu abortasse, ou talvez na esperança de que minha gravidez fosse mentira. Francine não desistiria sem lutar. E ela estava muito mais perto da verdade do que poderia imaginar.

— Mas e quanto àquelas fotos na sua página no Facebook? — pergunto. — Há duas semanas você estava bronzeada, em forma e fazendo selfies na academia!

— Minha mãe sabia que você veria essas fotos. Foram tiradas há meses. Minha mãe tirou todas em um dia, com um bando de modelos masculinos. Ela disse para eles que era para um ensaio de moda.

— Por que você seguiu em frente com tudo isso?

— Tenho que ser honesta. Eles não me obrigaram — Virgínia conta. Ela enfia os pés embaixo do corpo, um gesto de menina que não combina com seu corpo de gestante. — Fui até o cartório em Auckland e jurei minha vida a ele. Era meu décimo sexto aniversário, e estava chovendo tão forte que enxarcou meus sapatos. Eu me casei com o pé frio, literalmente. — Ela bufa, mas o som se transforma em um soluço. — Minha mãe nos levou para um quarto de hotel, e então ela e meus tios nojentos se banquetearam no restaurante no térreo enquanto Richie e eu, você sabe.

— Meu Deus, sinto muito — digo. Os tios nojentos devem ser Colton e o irmão de Francine, o "Edgar", de quem Virgínia tem tanto medo. Não me lembro dele, mas imagino um gnomo de rosto vermelho e nariz bulboso ao lado de Francine em um banquete com um porco assado gorduroso e várias garrafas de vinho do Porto caro enquanto Virgínia e Richie estão no andar de cima. Só de pensar que Colton estava lá, sinto uma pontada de dor por minha mãe. Será que ela ama Colton? E a ideia daqueles dois adolescentes se atrapalhando no ato como uma dupla de prostitutos infantis é o bastante para me provocar vontade de vomitar.

— O dia seguinte foi pior. — Virgínia abre um saco de salgadinhos e enfia todos eles na boca de uma só vez. Ela fala enquanto mastiga. — Minha mãe tinha um daqueles kits que detectam ovulação, e me fez fazer xixi no bastão todo dia. Ela disse que eu estava com um pico de LH, então nos obrigou a fazer sexo três vezes. No café da manhã, no almoço e no jantar. E toda vez, logo depois, ela me fazia ficar de cabeça para baixo!

— Não entendo — digo. — Ele não estava basicamente estuprando você?

— Não — diz ela baixinho. — É aí que está. Eu amo Richard. Ele me ama. E o sexo não foi nada como eu esperava. Percebi algo que as pessoas me disseram a vida toda, mas que nunca tinha entendido. Não preciso explicar para você. Você e Adam, eu entendo agora por que não quis ficar grávida para ficar com o dinheiro.

Por um instante, esqueço que sou Summer e que supostamente sei do que ela está falando. Porque a verdade é que não sei. Esta é a coisa que nunca entendi.

— O que você percebeu?

— Que é como as freiras no colégio dizem, não é? Acontece que elas estavam certas o tempo todo. Só Deus sabe como elas sabem. — A voz de Virgínia fica rouca. — O sexo é um sacramento. O sexo, o melhor sexo, é o momento em que você se conecta com outra alma, e talvez você crie uma nova vida. É por isso que chamam de fazer amor. Se é certo, se é especial, então você está fazendo a coisa mais sagrada. Você está criando amor.

— É como você se sente com Richie? — pergunto. Não sei se quero saber a resposta.

— Não! — exclama Virgínia. Uma luz atravessa seu rosto, como se ela fosse algum tipo de sacerdotisa ou anjo, mas agora ela franze o cenho e abre outro pacote de salgadinhos. — Nós dois sabíamos que o sexo deveria ser dessa forma, mas não foi. Estava tudo errado. E como minha mãe poderia entender? Ela vem fazendo isso com tio Colton desde Deus sabe quando. Acho que o corpo do nosso pai não tinha nem esfriado. Não me surpreenderia se ela fizesse com tio Edgar também. Eles são bárbaros, aqueles dois. Richie odeia o padrasto.

Virgínia me encara com aqueles olhos azuis.

— Você estava certa, Summer. Nenhum bebê deveria ser concebido por dinheiro. Este dinheiro é uma maldição. E foi isso que fiz com meu bebê! Eu o amaldiçoei. — Ela é atormentada por soluços tão fortes que pego um balde só por precaução. Não quero salgadinhos vomitados no meu tapete cor de pêssego.

E ainda há mais. Virgínia e Richie, depois do dia de sexo épico, trancaram a bruxa do lado de fora do quarto do hotel, e concordaram que o amor deles nunca poderia se concretizar. Em um ato de galanteria, Richie passou a noite no chão. Ou talvez ele simplesmente estivesse sem energia. Na manhã seguinte, Virgínia tentou fugir, mas Francine a pegou e exigiu que ela cumprisse com seu dever para com a família e voltasse para a cama do garoto-incesto.

Virgínia foi inabalável. Ela e Richie concordaram em nunca mais fazer sexo, nunca mais se verem, como se fosse uma espécie de sacrifício purificador, uma barganha com os deuses. Depois de dois dias, Francine cedeu, e ela e Virgínia voltaram para Wakefield, deixando o noivo para enfrentar a ira de seu pai.

Era tarde demais. O útero de Virgínia estava do lado de Francine. A menina estava grávida.

Ela não quis fazer um aborto, mas estava miserável, em especial depois que me viu na praia, com a barriga destacada pelo biquíni, e Francine admitiu que eu não tinha sofrido um aborto. Com vergonha de encontrar suas colegas de escola ou mesmo suas irmãs, ela se escondeu no sótão da casa de praia assistindo à TV e comendo até enjoar.

— É por isso que estou tão mais gorda do que você — ela diz, olhando com inveja para minha barriga em forma. — A propósito, eu sei que você está com pelo menos trinta e seis semanas. Minha mãe contou.

Eu paro. Francine deve ter presumido que Summer não sabia que estava grávida quando saiu para velejar até as Seicheles, então deixou de contar duas semanas. Summer estaria com trinta e oito semanas de gravidez, faltando uma quinzena para parto, previsto para vinte e oito de novembro. Tive de contar para minha família a data estimada verdadeira do parto de Summer e desistir das minhas primeiras tentativas de empurrar até dezembro, porque, como eu temia, minha mãe me fez muitas perguntas diretas sobre quando o bebê foi concebido. Então ela, Adam e minha parteira acreditam que estou com trinta e oito semanas de gravidez, mas não estou. Estou só com trinta e três.

— Com quantas semanas você está? — pergunto. Pela primeira vez, compartilho da obsessão do restante do mundo em saber exatamente o quão grávida alguém está.

— Amanhã completo trinta semanas — diz Virgínia. — Pesquisei e, se o bebê nascer agora, vai ter que usar um respirador ou um CPAP (aparelho utilizado em UTIS neonatais). Ele provavelmente terá um buraco no coração e hemorragia no cérebro. Ele poderia ter problemas para o resto da vida. Poderia morrer.

Não posso me arriscar entrando em uma discussão sobre isso. Não sei o que é um CPAP. Virgínia encara o espaço na parede onde a foto em que eu seguro Tarquin costumava ficar. Não tenho ideia se o que ela diz é correto, mas a foto sempre foi um lembrete assustador de como um parto pode dar errado.

— Mas por que o bebê nasceria agora? — pergunto. — Você pode estar com um pouco de excesso de peso, mas é jovem e saudável.

— É por isso que estou aqui, Summer. Você não entende? Minha mãe não se importa comigo ou com o bebê. Ela só não suporta a ideia de perder aquele dinheiro.

— Mas isso está fora do controle dela, não está? Estou bem mais adiantada do que você. — Sinto um arrepio ao dizer isso. Tenho que parecer indiferente, como se meu bebê estivesse pronto para nascer.

— O que conta não é engravidar primeiro — diz Virgínia. — É nascer primeiro. Eles ainda podem vencer se me forçarem a entrar em trabalho de parto. Não sei o que eles podem fazer. Minha mãe fala de irmos à Tailândia, embora ela tenha jurado que nunca mais iria voltar lá depois que meu pai morreu, e então encontrei uma página aberta em seu notebook, uma maternidade em Phuket. Marque sua cesariana, escolha a data de nascimento do bebê. Não é verdade que dá para conseguir qualquer coisa lá pelo preço certo?

— Mas eles não podem fazer isso agora que você descobriu, podem? — pergunto. — Então por que está tão assustada?

— Eles podem pensar em alguma alternativa. Talvez colocar algo na minha comida que me faça entrar em trabalho de parto. Tio Edgar é o pior. Sinceramente, acho que ele até chutaria minha barriga! Me esconda, Summer, me esconda e mantenha meu bebê em segurança. Sei que você não vai deixar que ele nasça antes do tempo. Não espero que você me ame, mas sei que queremos a mesma coisa. Você vai querer manter meu bebê dentro de mim. E você merece o dinheiro. Você e Adam se casaram por amor.

Palavras desconfortáveis ficam rodopiando em minha mente. CPAP. Hemorragias. Buracos no coração. Em todos os dias, semanas e anos que passei obcecada com o testamento, eu nunca pensei no que aconteceria se o herdeiro Carmichael morresse.

Em todos aqueles anos, até quando descobri que Summer estava grávida, acreditei que meu bebê seria o herdeiro. Eu ia derrotar Summer. Eu teria o bebê e receberia o cheque. Embora eu não quisesse a criança, não sou tão má para planejar sua morte.

Agora, palavras da minha época na faculdade de Direito voltam correndo para minha mente. A lei de herança é uma lei britânica antiga, adotada na Austrália há séculos. Tínhamos de aprender palavras como "legar, emitir e testador".

Um aborto ou um natimorto não contaria, mas, se um bebê nascesse vivo, mesmo que por um instante, ele herdaria tudo. E então, se ele morrer, seus pais são os herdeiros. Virgínia é menor de idade, então sua tutora ganhará o controle sobre o dinheiro. Francine.

As palavras saem da minha boca.

— Ele só precisa respirar uma vez.

Virgínia grita, como se eu tivesse pronunciado a sentença de morte de seu bebê. Mas não é no bebê de Virgínia que estou pensando. É no meu.

Eu tinha alegremente assegurado à minha parteira cabeça-oca que estava feliz em "deixar o parto acontecer". O plano é induzir o nascimento em meados de dezembro, se eu não entrar em trabalho de parto naturalmente, o que não deve acontecer, já que não devo parir de fato até o ano que vem.

Tudo parecia perfeito. Adam pensaria que o bebê estava atrasado quando, na verdade, ele seria prematuro, mas não o bastante para ficar doente como Tarquin.

Mas há uma falha nesse plano. Já aguentei uma parteira medonha que não me obrigou a fazer um exame (ou, como ela descreve, "colocar seu bebê no micro-ondas"), embora o feto seja superpequeno para oito meses. Skybird está quase tão desesperada quanto eu para que este bebê nasça em casa, a salvo de todos aqueles médicos e seus estetoscópios curiosos. Ela parecia ter sido enviada por Deus, mesmo que os dreads sem graça e a desconfiança a respeito de desodorantes tornassem suas visitas pouco encantadoras. Mas e se algo der errado?

Eu recebi ligações e e-mails dos antigos colegas de trabalho de Summer, horrorizados com meu aparente descaso com a medicina, e ignorei todos eles, apaguei os e-mails e desliguei as chamadas. Mas seus avisos retornam agora. Nina, quem quer que ela seja, foi tão

A garota no espelho

persistente que bloqueei seu número, mas ela continuou mandando e-mails. *Por favor, Summer, qualquer uma menos Skybird*, ela escreveu. Meses depois que apaguei seus e-mails, ela deixou um cartão escrito à mão na minha caixa de correio. *Estou tentando apoiar sua escolha de ter um parto natural, querida. Por favor, faça um exame rápido para descartar placenta prévia, para que você não sangre até a morte.* O bilhete continuava, mas não li o restante.

Skybird era a escolha ideal, cheia de bobagens sobre Feng Shui e nascimentos em lótus. Quando eu lhe disse que achava que os estetoscópios roubavam energia do feto, ela me prometeu deixar o dela no carro durante meu parto.

Escolhi a pior parteira de Wakefield.

Escuto uma batida rápida à porta.

Virgínia segura meu braço, o rosto paralisado.

— É minha mãe! — ela sibila.

CAPÍTULO 17
O ÁLBUM

Olho ao redor da sala, à procura de algum lugar onde esconder minha meia-irmã gigante. Tenho a visão louca de enfiá-la dentro do piano de cauda.

Um alarme soa no meu iPhone. Olho para a tela. *Buscar Tarquin na creche*, é o que está escrito. Quem quer que esteja na porta da frente deve ter ouvido meu telefone, mesmo se ainda não nos viu pelos vidros. Não podemos fingir que não estamos em casa.

Não consigo me levantar do sofá. As unhas de Virgínia que penetram no meu braço me mantêm parada onde estou. Sua covardia é contagiosa. Minha barriga parece ter espasmos, a própria criança rígida de medo. Mas o som seguinte é tão bem-vindo que é lindo. É Tarquin cantando.

— Mama-sama-mama-sea — ele gorjeia.

— Não é Francine — sussurro. — Alguém trouxe Tarquin para casa para mim. Talvez Annabeth.

— Não! — diz Virgínia. — Não deixe sua mãe me ver assim.

Olho para o corpo inchado de Virgínia. Do queixo duplo às pernas inchadas, ela é uma visão e tanto. Sua pele está repleta de acne.

— Minha mãe não se importa com sua aparência. — digo. — Ela vai querer manter esse bebê dentro de você, certo? Nossa família é sua melhor amiga agora!

Virgínia concorda com a cabeça. Meu espasmo abdominal se dissipa, e vou até a porta. É Adam.

— O que você está fazendo aqui? — pergunto.

— Por que passou a tranca na porta? — ele responde. — Lembra que eu ia pegar Tarq hoje? Annabeth vem para o jantar, para que possamos conversar sobre o aniversário de Íris e o batizado.

Não lembro de nada disso, mas agora Adam vê Virgínia. Ela está grudada no sofá, os braços em torno da barriga, os olhos arregalados como os de um coelho.

Os olhos de Adam se estreitam. Outra convulsão nervosa passa pelo meu corpo. Por um milésimo de segundo, meu marido parece um predador observando a presa.

— Você está grávida? Como pode estar mais grávida do que Summer? — ele procura saber. — Quando você se casou? Quando? engravidou?

O que aconteceu com a memória difusa de Adam? Ele foi direto no cerne da questão em segundos. Parece que há um limite em sua indiferença em relação ao dinheiro. Uma coisa é não se importar se você vai ganhá-lo ou não. Outra é tê-lo arrancado de suas mãos depois que você pensou ter ganhado.

Tarquin caminha até mim e me cutuca na barriga.

— Bebê de novo — diz ele. — Bebê de novo. — Ele passa a mãozinha pela curva da minha barriga.

Dá para sentir os contornos da coluna vertebral do bebê pela minha parede abdominal, à direita da minha linha média, mas não tenho ideia do que Tarquin quer dizer com aquilo. Falar três palavras juntas é um avanço linguístico para ele, mas tenho questões mais importantes em mente.

— Ela não está mais grávida do que eu — falo. — As mulheres variam de tamanho quando estão grávidas. Sou do tipo mignon...

— E eu estou gorda — diz Virgínia. Como se quisesse enfatizar, ela pega uma barra de chocolate tamanho família e arranca um pedaço. — Sim, estou casada, mas não se preocupe, Adam, vocês ganharam a corrida.

A garota no espelho

Virgínia explica o plano maligno de Francine enquanto come o chocolate, e reitera que está determinada a levar a gravidez até o fim. Espero que Adam lance seu olhar vazio e demonstre seu cavalheirismo habitual, mas, em vez disso, ele diz:

— Se você se importa tanto com a saúde do seu bebê, pare de comer tanta porcaria.

É como se um homem diferente tivesse entrado pela porta, em vez do marido que partiu esta manhã, mas talvez Adam esteja certo. O peso excessivo de Virgínia pode causar um trabalho de parto antecipado, não pode? Não consigo pensar direito. Tarquin ainda está tocando minha barriga e cantando "bebê de novo", "bebê de novo", e a dor atravessa meu corpo.

— Pare, querido. Mamãe está com dor.

— Onde está o jantar? — Adam pergunta. — Annabeth estará aqui a qualquer momento.

— São quatro e meia da tarde, eu não tinha ideia de que ela vinha, e estou com visita! — replico. — E estou em um estágio avançado de gravidez! O que você espera? Um banquete com cinco pratos? Não podemos pedir comida para variar?

Adam olha para mim, depois para Virgínia e para Tarquin, que ainda está cantando feliz ao meu lado, embora agora tenha parado de me tocar.

— E por que precisamos falar sobre o meu aniversário... o aniversário de Íris? — pergunto.

Por fim, meu marido cai em si. O Adam que eu conjurei nos últimos meses — o marido treinado que me ajuda em casa — reaparece, finalmente.

— Desculpem — diz ele, pegando Tarq no colo e plantando um beijo apologético em meu rosto. — Claro que podemos pedir comida. Vou alimentar Tarq. — Ele passa um braço carinhoso em volta dos meus ombros. — Acho que estou mais estressado com este bebê do que percebi. Me traz uma série de lembranças, sabe? — Ele acena com a cabeça na direção do piano. Ele tem o hábito de fazer isso sempre que menciona Helen; de algum modo, sinto que aquela coisa é o caixão dela, parado no meio da nossa sala de estar. — Não precisamos falar sobre seu aniversário se você não quiser, mas Annabeth quer fazer algo para homenagear Íris, e faltam poucos dias.

— Está tudo bem, querido — murmuro. Eu me apoio em seu corpo musculoso e pressiono o rosto em seu pescoço. — Me desculpe se perdi a calma, Virgínia. Acho que estamos todos um pouco estressados agora. E todos queremos ajudá-la.

Virgínia concorda com a cabeça, toda grata e lacrimejante. Adam fica parado com um braço ao meu redor, o outro segurando o filho. Devemos ter uma aparência esplêndida, a família ideal, prestes a se tornar muito rica. Desde que Virgínia não entre em trabalho de parto.

* * *

Várias horas mais tarde, Annabeth, Adam, Tarquin, Virgínia e eu estamos sentados em meio a uma confusão de embalagens de comida, revistas de fotos de batizados espalhadas e pacotes de salgadinhos vazios, quando percebo a verdade sobre Adam.

Nossa vida sexual tem sido incrível desde o teste de gravidez. Tive de deixar de lado as histórias idiotas de Summer sobre seduções à luz de vela, e Adam teve de deixar de lado o sexo-estupro, mas, desde que fizemos isso, as coisas floresceram entre nós.

Minha barriga de grávida não afetou a libido de Adam e, quanto ao seu corpo, é uma série de músculos definidos, dourados como mel e sublimes. Adam ainda não me beija, mas, fora isso, é um ótimo amante, atencioso, brincalhão e simplesmente delicioso.

Mas tem alguma coisa errada, e o álbum de casamento dele me obriga a encarar isso.

Quem sabia que era necessário consultar o álbum de casamento a fim de mandar fazer um vestido para um batizado? Isso jamais me teria ocorrido, mas Annabeth diz que quer que a renda combine. Ela trouxe uma tonelada de amostras de tecido consigo, e agora espalha todos eles na mesa de centro. A conversa dela vagou a noite toda entre como manter Virgínia a salvo de Francine e que tipo de

A garota no espelho

vestido ela deveria fazer. Minha mãe considera estes assuntos igualmente fascinantes.

— Pegue as fotos do seu casamento, Summer! — exclama Annabeth.

Às vezes, acho que este será o resto da minha vida; estou só descansando, o estômago cheio de vindalho, quando alguém exige alguma coisa, neste instante, que não tenho ideia de como fazer. Não tenho a mínima ideia de onde estão as fotos do casamento de Summer, mas aprendi algumas técnicas nos últimos meses. Luto e gravidez são minhas desculpas imediatas para não lembrar, não saber, não fazer a coisa certa.

— Estou grávida demais para me mexer — digo. Como se concordasse, minha barriga fica rígida, como esteve fazendo de tempos em tempos durante toda a noite. — Juro que, se eu me levantar desta poltrona, o bebê vai cair no chão.

Adam percebe a indireta e sai para pegar as fotos.

O álbum é de couro negro e antiquado. É grande o bastante para que, quando Annabeth o colocar na mesa de centro, diante do sofá, todos consigam ver as fotos de onde estamos sentados na sala. Não parece o estilo de Summer e, quando Annabeth o abre, vejo o porquê.

Na parte interna da capa há duas fotos de página inteira da noiva e do noivo. De um lado, o sorriso de Summer se irradia pela sala. Seu cabelo dourado cai pelos ombros e por sobre o vestido, de modo que quase não consigo ver a renda intrincada do corpete. Os olhos de Summer são verde-azulados; sua expressão doce me acerta como um tapa na cara.

Então há a outra foto. O vestido é de cetim simples, e o cabelo castanho-avermelhado da noiva está preso no alto da cabeça. Seus olhos têm uma expressão misteriosa, quase triste, como se soubesse que não estará por muito tempo neste mundo. É Helen.

Adam e Summer não têm um álbum de casamento só deles. Adam tem um álbum que combina fotos de suas duas esposas. Será que Summer fez isso? Ela acrescentou suas fotos ao álbum que já existia? Ou o álbum combinado foi ideia de Adam?

Annabeth vira as páginas, e vejo fotos de Helen e Summer misturadas. Os dois casamentos ocorreram com apenas dois anos de diferença, e Adam usou o mesmo terno. Nas fotos que não incluem a noiva, é difícil afirmar qual casamento é. Ambos aconteceram no jardim de Adam, quando as flores estavam no auge, e ambas as festas são cercadas por um redemoinho de flores rosadas de foco suave, com um céu azul como pano de fundo. O tule cor de tangerina esvoaçante que Summer impôs às suas madrinhas — éramos seis — é só um tom mais vivo do que o pêssego rosado que Helen escolheu para as dela. De fato, se não fosse pela pele cor de bronze e o cabelo castanho-avermelhado, quase seria possível confundir Helen e Summer. Summer é mais bonita, mas as duas foram feitas do mesmo molde. Adam definitivamente tem um tipo.

Talvez os homens não passem muito tempo se lembrando do dia do casamento, ou os dias, mas será que ele realmente quer olhar para as minhas fotos e a da esposa falecida ao mesmo tempo?

Adam está curvado sobre o álbum ao lado de Annabeth, olhando para as fotos com uma expressão de orgulho. Poderia jurar que ele está pensando que duas esposas são melhores do que uma.

Supostamente, Adam e eu devíamos ser próximos. Supostamente sou a esposa que o ajudou a superar o luto. Fazemos amor na cama que ele compartilhou com Helen. Pensei em substituir a cabeceira de mogno, mas é difícil demais descer aquilo pelas escadas.

Sempre pareceu estranho que Summer tenha passado sua noite de núpcias na cama de Helen, mas imaginei que Adam era tão aberto sobre Helen e seu relacionamento com ela que não havia constrangimento.

Quando conhece seu amor verdadeiro, você fala sobre suas ex-namoradas e não há ciúmes; vocês riem juntos sobre como todas elas eram loucas. Mas Helen não é uma ex-namorada. Ela não é uma ex-esposa. Eles nunca se separaram.

O silêncio de Adam com relação a Helen sugere lealdade. Sugere que ele a amou tanto quanto ama Summer. Talvez mais. O álbum de casamento certamente não relega Helen à história.

Sempre vi minha irmã como o melhor dos prêmios, mas talvez, para Adam, ela fosse apenas outra garota bonita quando ele se viu solteiro. E Summer estava feliz em ser a segunda esposa. Ela faria os trabalhos femininos, e ele tomaria as decisões. Eles se divertiriam com o sexo-estupro, e ela amaria Tarquin.

Não que eu esperasse ser a única mulher que Adam já amou, mas não quero me sentir como se fosse intercambiável. Quase sinto que Adam não se importa com qual esposa está, desde que ela cozinhe e limpe a casa, cuide das crianças e transe com ele.

Adam não é uma pessoa má. Fiz nosso relacionamento dar certo. Nossa vida sexual é ótima, ele é uma boa companhia, ama seus filhos. Ele não é o ídolo que achei que fosse, mas eu tinha começado a pensar que ele poderia ser o cara certo para mim.

Mas não é. Nunca será.

Sequer sou boa nas coisas pelas quais Adam me ama.

Eu me sento na poltrona macia e olho pela janela até a piscina de borda infinita, observando a linha entre a água e o ar se dissolver conforme a escuridão chega. Será que Summer amava sua vida porque era perfeita ou porque ela era Summer, feliz com seu destino?

— Summer — diz Adam —, não está na hora de colocar Tarquin na cama?

Tarquin caminhou até o álbum e está passando os dedos sobre as fotos. Ele se vira, aponta para mim e fala em alto e bom som.

— Você não é minha mamãe.

Todo mundo está me encarando. Virgínia, Annabeth, Adam. Não consigo pensar em uma única coisa para dizer.

Está acontecendo.

— Você não é minha mamãe. — Tarquin está encantado com suas palavras. Ele fala novamente. Entre seus anúncios, há um silêncio estrondoso.

Se algum deles suspeita, está acabado. Eles podem facilmente fazer perguntas que não serei capaz de responder. Tudo o que Adam precisa dizer é: "Descreva o dia em que nos conhecemos". "Descreva nosso primeiro beijo". "Descreva nossa noite de núpcias".

E minha mãe não precisa fazer pergunta alguma. Ela não precisa pronunciar uma palavra. Ela pode simplesmente atravessar a sala e colocar a mão em meu coração.

Os olhos de Tarquin penetram em mim. Ele sabe. Não sei como ele sabe, mas ele sabe. Você adivinhou, garoto.

— Tarquin está falando! — exclama Annabeth. — Escutem suas novas palavras, tão inteligentes.

— Eu não tinha ideia de que ele sabia sobre Helen — diz Virgínia.

— Ele não sabe — diz Adam. — Concordamos em não contar para ele ainda. — Ele se vira para mim, aquela expressão lupina em seu olhar novamente. Será que ele está zangado porque acha que contei para Tarq sobre Helen? Ou está começando a duvidar?

— Ele deve ter notado a semelhança — sugere Annabeth. — O cabelo ruivo.

— Falando de primeiras esposas — diz Virgínia —, você sabia, Annabeth, que minha mãe é obcecada com a ideia de que Margareth teve um bebê, depois que meu pai a deixou por você? Minha mãe acha que este bebê, que deve ser mais velho do que Summer, obviamente, já poderia ter um filho, e então talvez o herdeiro Carmichael já tenha nascido. Minha mãe também acha que Ben vai ter um filho em segredo em Nova York. Ela sabe que ele é gay, mas ele poderia se casar mesmo assim e ter um filho pelo dinheiro...

— Francine não tem jeito. — diz Annabeth. — Ridge deixou Margareth porque ela não podia ter filhos. Os dois já estavam com mais de quarenta. Se ela tivesse engravidado, teria dito para ele a fim de salvar o casamento.

— Não necessariamente — comenta Virgínia. — De repente, ela já tinha descoberto que idiota ele era.

— Mocinha! — exclama minha mãe. — Isso não é jeito de falar sobre seu pai!

Virgínia continua inabalada.

— O motivo pelo qual ele era meu pai é que ele estava transando com a louca desvairada da minha mãe enquanto ainda estava casado com você. Por que você não consegue encarar a verdade, Annabeth?

Ele deixou você, no final das contas. E por quem ele deixou você? Pela minha mãe, que tem sido sacana o bastante para trepar com o irmão dele durante todos estes anos, enquanto tio Colton engana você! Minha mãe, que prostituiu a própria filha!

Quero jogar meus braços ao redor de Virgínia. Ela proporcionou uma distração maravilhosa.

Virgínia e Annabeth começam a debater por que o filho de Margareth, se ele ou ela realmente existe, ainda não teria reivindicado o dinheiro. Virgínia descreve zombeteiramente as teorias paranoicas de Francine, que se contradizem. Talvez Margareth e o filho não saibam sobre o testamento. Talvez eles não queiram que isso governe suas vidas. Talvez estejam rindo de nós por termos bebês sem motivo.

Virgínia contra-argumenta com minha mãe, embora claramente não acredite em nada daquilo. Penso nas palavras do meu pai. Pessoas boas são imbecis. Virgínia não é nenhuma das duas coisas. Ela tem opiniões fortes, é cínica e inteligente. E, apesar de seu cinismo, Virgínia deu as costas para o dinheiro e saiu da toca do leão, como ela descreve, a fim de fazer a coisa certa.

Ela ama seu bebê. Ninguém poderia culpá-la se ela odiasse o descendente consanguíneo, mas ela não o odeia. Virgínia foi criada por uma lunática gananciosa, mas escolheu contar a verdade.

E há uma verdade que Virgínia não sabe. Meu bebê não é legítimo, e isso significa que o bebê de Virgínia é o verdadeiro herdeiro. Virgínia merece a herança da qual veio desistir, independentemente de qual de nós será a primeira a dar à luz.

— Acho que você vai ficar com o dinheiro no final das contas — digo. Eu me levanto da poltrona. Não sei o que me deu. As palavras saíram da minha boca antes que eu soubesse o que significavam.

— Summer, o que você está dizendo? — pergunta Adam.

Não sei o que estou dizendo. Estou me esquecendo de ser Summer. Um espasmo destrói meu corpo e me contorço em agonia. Tarquin solta um grito.

— Tem alguma coisa errada — respondo. — Acho que vou perder o bebê.

— Eu sabia que você estava em trabalho de parto. — Annabeth se levanta do sofá de um pulo.

— Não entre em pânico, querida. Vou ligar para Skybird para você. Tenho o número dela na discagem rápida.

— Não! — exclamo. Se tem uma coisa que sei é que este bebê precisa de uma parteira melhor do que Skybird. — Não ligue para ela! Não quero aquela idiota acenando com um cristal.

Todos convergem para mim, tentando me acalmar.

— Você consegue, Summer — eles todos dizem. — É normal entrar em pânico, mas você ama Skybird.

Evitei pensar no meu corpo durante toda a noite, mas a dor no abdômen piorou. Minha mãe percebeu do outro lado da sala. Estou em trabalho de parto. Meu bebê vai nascer sete semanas mais cedo. A ideia de ter uma hippie chapada que precisa de um bom banho fazendo o parto do meu bebê já era maluca o bastante se a criança nascesse no momento certo, mas agora seria um desastre.

Olho para Virgínia. O dinheiro está escapando dela neste momento, dinheiro que seria seu por direito, mas seus olhos demonstram simpatia por mim. Como é que ela tem a cabeça no lugar e eu não? Ela soube todo o tempo que um bebê saudável é a coisa mais importante; eu só percebi agora. Talvez eu sequer tivesse percebido se ela não tivesse vindo aqui com seu pedido altruísta de ajuda.

Mas não é tarde demais para consertar as coisas. Eu não poderia me importar menos com todo o dinheiro do mundo. Vou salvar meu bebê.

— Não vou ter um parto em casa — determino. — É cedo demais para isso. Temos que ir para o hospital!

— Você vai ficar bem, querida — diz Annabeth. — Trinta e oito semanas não é cedo demais. O bebê ficará bem. De toda forma, podemos perguntar para Skybird.

— Não! — exclamo. — Eu não contei a verdade! Estou só com trinta e três semanas de gravidez!

Isso cai como uma bomba na sala. Todo mundo me olha boquiaberto.

Adam me envolve em seus braços fortes e calmos.

— Você está de trinta e oito semanas, Summer — ele diz. — Não desista agora. Você sonhou com um parto domiciliar. E você vai ter — ele abaixa a voz —, você vai ter o herdeiro Carmichael.

— Adam, eu perdi o bebê — digo. Tento manter a voz baixa, mas Virgínia e Annabeth estão paradas bem ao nosso lado. — Perdi nosso primeiro bebê no meio do oceano. Foi um pesadelo. Eu tentei contar para você, mas não consegui. E então fiquei grávida novamente, e pensei que você não precisava passar por essa dor. Eu pensei que algumas semanas não fariam diferença, mas fazem. Ainda faltam sete semanas para a data estimada do parto. Temos que ir agora para o hospital!

Adam me olha e olha para Virgínia. Para a barriga dela.

— Será que conseguem impedir o trabalho de parto? — ele pergunta para a sala.

— Acho que conseguem — responde Annabeth. — A bolsa dela ainda não estourou. — Ela também olha para a barriga de Virgínia.

Será que Virgínia só está com trinta semanas de gravidez realmente? Ela tem duas vezes o meu tamanho. Os olhos de Virgínia estão fixos em Tarquin, que pegou os restos de um frango tandoori e agora joga tudo no carpete. Uma mancha em tom de vermelho alaranjado se espalha pelo exuberante tom de pêssego.

— Adam, vá buscar o carro! — exclamo. — E ninguém liga para Skybird. — Preciso de médicos e enfermeiros de verdade para o nascimento do meu bebê, e preciso deles agora.

Adam sai correndo pela porta da frente.

Um trem de carga de dor atinge minha barriga, e algo estoura bem dentro de mim. Eu me apoio no piano e grito. A imagem do caixão do meu pai aparece na minha mente, do momento em que me escondi embaixo dele. Não dá para se esconder desta dor.

Minhas pernas estão molhadas e há uma poça de sangue aos meus pés. Tarquin bate com os ossos do frango no sangue.

— Nhoc, nhoc, nhoc — repete ele. — Crodilo come passarinho.

A dor diminui. Respiro fundo e olho para fora. Vislumbro pneus de carro. Adam já deve ter estacionado.

Os médicos vão verificar meu coração. Perdi o dinheiro, Adam e todo o restante, mas não me importo. Tudo o que sei é que tenho de entrar naquele carro antes que a próxima contração chegue.

— Cuide de Tarquin — digo para a minha mãe.

Saio cambaleando para fora, na luz rosada da noite. Não é o carro certo — é um sedã prata —, mas ainda espero que Adam esteja dentro dele. Então a porta do motorista se abre.

Francine desce. Em seu terno azul-gelo e colar de pérolas, ela parece tão impecavelmente venenosa como sempre. Ela me vê e bate a porta do carro.

— Onde está minha filha? — ela exige saber e caminha na minha direção. — Sei que você está com Virgínia aqui. Vocês estão tramando uma fuga. Isso é contra a lei.

— Saia do meu caminho, Francine. Estou em trabalho de parto.

O rosto de Francine se distorce.

— Sua mentirosa! — ela grita. — Não tente me distrair.

Outra parede de dor atinge meu corpo. Dobro o corpo, quase caindo no chão.

— Adam! — chamo.

Onde está Adam? Por um instante, nada existe além da dor, mas, quando volto a mim mesma, Francine está enfiando as garras nos meus ombros. Seu rosto está a poucos centímetros do meu.

— Sua pequena bruxa — ela sibila —, não me venha com esse papo furado. Onde está ela?

— Adam! Adam! — grito. Onde está o carro dele?

Não consigo lutar contra Francine. Ela vai machucar meu bebê? Mas agora estou livre. Alguém me arrancou das mãos dela.

O Mustang vermelho de Adam para. Ele sai correndo na minha direção. Me ergue em seus braços.

Olho para trás, na direção de Francine. Tio Colton a segura com força. Ele devia estar no carro com ela. Ela está lutando em seus braços, o rosto roxo de raiva.

A garota no espelho

— Encare, Francine, você perdeu — Colton ruge. — Summer está em trabalho de parto. É hora de desistir.

— Você é como sua mãe! — Francine grita para mim enquanto Colton a arrasta para trás, pelo gramado, quebrando o salto do sapato dela. — Age como uma santinha, mas só quer o dinheiro! Tenho pena do seu bebê por ter você como mãe.

Eu me viro, e Adam me carrega sem esforço até o carro.

Quando ele me coloca no banco do passageiro, outra contração me atinge. Todas as fibras do meu ser clamam *empurre*, mas sei que não devo fazer isso. A porta do carro se fecha, Adam se acomoda no banco do motorista e sai dirigindo. Não temos tempo de olhar para trás. Ele dirige em direção ao pôr do sol, que brilha sangrento no céu.

CAPÍTULO 18
O BEBÊ

Mal conseguimos chegar ao hospital antes de minha filha abrir caminho para fora do meu corpo. Não temos tempo para o exame médico que tanto temo. Eles me levam correndo para a sala de parto. Ela se contorce como um saca-rolhas quando emerge, e seus olhos encontram os meus quando ela vem ao mundo.

— Nasceu virada para cima! — o médico exclama. — Uma contempladora de estrelas. — Ele a coloca sobre meu peito imediatamente, e ela se mexe e ronrona como um gatinho. Envolvo-a em meus braços. Por meio de seus movimentos trêmulos, sinto a batida quente e constante de seu coração. Meu bebê pode ser pequeno, mas é forte. Ela é alerta, ansiosa, ousada. E seus olhos são como duas estrelas brilhando na minha alma. Sei que as coisas serão diferentes agora. Sei que nunca mentirei para ela.

— Ela é uma estrela! — exclamo. Esqueço que ela é a herdeira Carmichael. Tudo o que sei é que a amo. E que tudo mudou.

* * *

Na manhã depois do nascimento, Adam traz Tarquin para conhecer a irmã. Estamos em um quarto particular. Não tem janelas e é apertado, mas não me importo. Meu bebê está em segurança e eu evitei a ala neonatal. Depois que Annabeth apareceu sem avisar às oito da manhã, eu disse que não receberia mais visitas, exceto Adam. Não quero ver os colegas de trabalho enxeridos de Summer.

Tudo o que quero é segurar meu bebê em meus braços e contemplar sua perfeição. Meu corpo está destruído, meus seios estão vazando, e não quero pensar no que está acontecendo com o restante de mim. Tudo entre meu pescoço e meus joelhos dói, mas não me importo. Ela vale a pena.

Sei como quero chamá-la: Esther. Quer dizer "estrela".

Adam está parado na porta com dois buquês, um de íris e um de rosas, e seu sorriso é o maior que já vi. Tarquin está agarrado a suas pernas.

Quase me surpreendo ao lembrar que Adam é pai de Esther e que Tarquin é seu irmão. É como se ela tivesse caído direto do paraíso, como se ela fosse apenas ela mesma, sem parentesco conosco. Ela tem olhos verdes e os cabelos negros e finos, mas não se parece com mais ninguém na família. Eu achei que Adam preferisse um filho homem, mas a expressão em seu rosto quando ele pega a filha dos meus braços é de pura alegria.

— Ver você dar à luz foi incrível — ele diz. — Você é tão forte!

Eu me lembro de que Adam não teve permissão para estar presente no nascimento de Tarquin, que foi uma cesariana de emergência. Depois que desistimos das aulas de pré-natal, Adam não pareceu interessado no nascimento que se aproximava, mas agora ele não para de falar sobre isso.

— Ver você trazer nossa filha ao mundo... Entendo por que as pessoas costumavam venerar mulheres grávidas. Você era como uma daquelas deusas da fertilidade!

— O que você acha, Tarq? — pergunto. — A ma... eu sou uma deusa? — Eu ia dizer "mamãe", mas tropeço na palavra. Chamar a mim mesma de "mamãe" é uma das mentiras que andei contando.

Mesmo assim, sou mãe agora. Pela primeira vez mereço o nome. E sou a única mãe que Tarquin conhece. Dizer a verdade vai arrancar isso dele.

Tarquin sobe na minha cama e se aninha na minha barriga, murmurando "mamãe, mamãe". O trabalho de parto deve ter me deixado louca na noite passada, para me fazer pensar que ele sabia a verdade. A criança me adora.

— O que você quer primeiro? — Adam pergunta. — Reformar ou construir? Construir a casa dos nossos sonhos? Ou podíamos comprar uma casa de veraneio, ou um carro novo para cada um? Estou pensando em uma Ferrari conversível para você...

— Gosto da casa por enquanto — digo —, e não me importo realmente com carros agora, mas quero trazer o *Betsabeia* de volta para a Austrália. Vamos pagar uma tripulação para trazê-lo para casa.

— É o momento certo de fazer isso? Temos dois filhos agora.

— Não estou sugerindo que moremos a bordo — explico. — Só quero saber que o barco está por perto.

— Estou surpreso — diz Adam. — Mas vou pensar no assunto. Em todo caso, esta é a última coisa que precisamos fazer para garantir a herança. — Ele me entrega um formulário. — Precisamos provar que o sobrenome do bebê é Carmichael. Então, Colton não terá opção que não seja passar tudo para nós.

Olho fixo para Adam.

— Como você se sente a esse respeito? Com nossos filhos tendo sobrenomes diferentes? Sei que precisamos fazer isso, mas é estranho.

Adam dá de ombros.

— Vamos só acabar logo com isso — diz ele e me entrega uma caneta. Pego-a com a mão direita.

Summer Rose Romain, escrevo. Pratiquei a letra infantil de Summer durante meses, mas esta é a primeira vez que assino o nome dela na frente de alguém. Estou tão ocupada em fazer direito que primeiro assino e depois leio o formulário.

Adam já preencheu o nome do bebê: *Rosebud Carmichael*.

— O que é isso? — pergunto. — *Rosebud*? É uma brincadeira?

— Do que você está falando? — diz Adam. — Nós a chamamos de Rosebud desde o dia em que descobrimos que você estava grávida. É o nome que você sempre quis para uma menina.

Ele deixou de lado a coisa do perder-o-bebê-no-meio-do-oceano. Está claro que ele não está pronto para falar sobre isso. Não com Tarquin no quarto.

— Acho que você entendeu mal. As pessoas usam um apelido fofo para o feto, mas não colocam esse nome na certidão de nascimento. Francamente, *Rosebud* era um pouco enjoativo mesmo antes de ela nascer. Parece uma coisa meio sexual, como um mamilo.

— Pare com isso, Summer, nós concordamos com isso décadas atrás — diz Adam, guardando o papel em sua pasta. — Você fica com o Carmichael, eu fico com Rosebud.

— O que você quer dizer com "eu fico com o Carmichael"?

Adam coloca nossa filha no berço e pega Tarquin no colo. Ele parece pronto para ir ao cartório. Estou cansada desta rotina de marido sabe-tudo.

— Eu não me importo se o nome dela é Carmichael! — exclamo. — Não estamos dando este sobrenome para ela por minha causa. Dê a ela o sobrenome que quiser, mas não vou chamá-la de Rosebud! — Meus olhos se enchem de lágrimas. Tenho a sensação ruim de que, se Adam deixar o quarto, perderei essa discussão. Minha filha será Rosebud Carmichael, como um botãozinho de Summer Rose.

— Suponho que queira chamá-la de Íris — diz Adam.

— Não — respondo. — Íris odiava o nome dela.

Adam afunda em uma cadeira e coloca Tarquin no chão. Tarquin caminha até o berço e olha para a irmãzinha.

— Bebê saiu — diz ele.

— Ok — diz Adam. — Tudo bem. Como você quer chamá-la?

— Esther — respondo. — Me parece certo. Nada mais de nomes de flores. Íris cresceu sentindo que não era boa o bastante porque o nome dela era como uma ramificação do meu, um pensamento tardio. E "Rosebud" também parece isso. Este bebê é novo, ela é nossa chance para um recomeço.

Adam observa a parede. Provavelmente, meu discurso não faz sentido para ele. Vamos chegar a um impasse por causa disso? E, enquanto isso, suponho, não recebemos o dinheiro. Eu me importo?

A garota no espelho

Por fim, Adam abre a pasta e pega o formulário. Ele rasga o papel.

— Esther Carmichael — ele diz. — Eu gosto. Vou pegar um formulário novo.

Ele se levanta para sair, mas, antes de alcançar a porta, ele se vira e se aproxima de mim novamente. Ele se inclina sobre a cama; seu rosto está tão perto. O ar fica carregado com canela e trevos.

Ele me beija.

Durante sete meses, Adam não me beijou, mas agora ele me beija como se nossos filhos não estivessem no quarto, como se não existisse mais ninguém no mundo. Seus lábios são firmes, e eles apertam os meus como se ele tivesse sede de mim.

— É como beijar o céu noturno — ele sussurra. — Obrigado por me dar nossa filha.

Agora nós dois estamos rindo porque Tarq abre caminho entre nós, determinado a não ser deixado de fora do abraço em família. Ele cutuca minha barriga flácida com a mãozinha.

— Bebê saiu — diz ele. — Bebê saiu de novo.

— E de repente Tarq está falando. — Dou um sorriso para Adam. — Não é ótimo? É como se tudo estivesse entrando nos eixos.

Adam assente com a cabeça, me dando mais um beijo ardente e saindo do quarto. *Como beijar o céu noturno*. Eu achava que as histórias de Summer sobre os discursos românticos de Adam fossem fantasia, mas talvez eu não estivesse fazendo as coisas, os gestos que Summer fazia, para deixá-lo no clima. Até agora. Reviro suas palavras e seus beijos em minha memória.

Mas é típico de Adam ir embora e deixar Tarq aqui. Quero chamá-lo, mas ele já está muito longe para me ouvir. O parto foi rápido, mas mal consigo me levantar da cama. O que vou fazer se a criança resolver sair correndo?

Felizmente, Tarq está todo carente e tranquilo, e enfia a cabeça embaixo dos lençóis, como se quisesse ser um bebê novamente.

— Bebê dentro — ele diz.

— Seu engraçadinho — digo. — Como é bom ouvir seus pensamentos por fim. Os bebês não conseguem voltar para dentro.

Há manchas cor de laranja no lençol branco do hospital. Ninguém lavou a mão de Tarq desde a noite passada, quando ele espalhou frango *tandoori* por todo o tapete enquanto Esther começava sua entrada dramática no mundo. O que ele disse? *Nhoc, nhoc, nhoc. Crodilo come passarinho.*

Sobre o que ele estava falando? *Crodilo.* Ele devia querer dizer crocodilo. Era como se ele soubesse a história de Ridge jogando uma galinha viva para os crocodilos na ponte Carmichael. Será que Annabeth contou essa história para ele? Não é o tipo de história que ela repetiria.

É possível que Summer tenha lhe contado a história ou até feito a mesma coisa com Tarquin a reboque. Não é a ideia de todo mundo sobre diversão em família, mas não consigo pensar em nenhuma outra explicação. Será que Summer era doida o bastante pela coisa do crocodilo *versus* a galinha para reencená-la diante do próprio filho? Isso deve ter acontecido há mais de um ano, antes de partirem da Austrália para velejar. Será que Tarquin se lembra de algo tão distante? Ele era um bebê na última vez em que viu a verdadeira Summer. Certamente ele não tem como se lembrar.

Presumi que as lembranças que Tarquin têm de Summer estão todas misturadas com as lembranças que ele tem de mim, que é tudo um borrão infantil. Achei que, quando enfim aprendesse a falar, ele falaria apenas do presente. Com certeza ele não pode desenterrar o passado.

Talvez Adam tenha levado Tarquin até a ponte recentemente. Talvez eles tenham passado por lá no caminho da creche até em casa, e Adam se esqueceu de me contar. E Adam teria uma galinha viva à mão? Sem chance.

Eles devem ter falado sobre o assunto. É uma história assustadora o bastante para se fixar na mente de uma criança.

— Tarq — pergunto —, você viu o crocodilo comer o passarinho?

— Nhoc, nhoc, nhoc — diz Tarquin. Ele se remexe como se fosse um pequeno lagarto.

A garota no espelho

— Tarq, preciso saber — continuo. — O papai levou você até a ponte para ver os crocodilos? Você viu os crodilos?

A boca de Tarquin se fecha, e ele me encara com os olhos arregalados. Será que meu tom de voz urgente o assustou? Eu me obrigo a respirar fundo. Faço carinho nas costas dele. Se quero tirar a verdade dele, preciso ir devagar.

A porta se abre e Adam entra novamente.

— Me desculpe por deixá-la com as duas crianças — ele diz com um sorriso. Pega Tarquin no colo e os dois se vão.

Mas não antes que eu veja aquela expressão nos olhos de Tarquin novamente. *Você não é minha mamãe.* Desta vez não há engano. Ele sabe. Ele se lembra. E é só questão de tempo antes que ele se faça entender.

* * *

Não anunciamos o nascimento de Esther on-line; não mando mensagem de texto para ninguém. Não posso encarar a enxurrada de amigos do peito de Summer. Tenho de deixar Annabeth nos visitar em determinado momento, e os pais de Adam virão de Sidney, e só. Sempre imaginei que convidaria Francine, para vê-la tentar esconder seu amargor, mas deixei isso para lá. Ela já passou vergonha suficiente ontem.

Adam volta no início da tarde com um novo formulário para eu assinar. Ele vai direto do cartório de registro para a Irmãos Carmichael, a fim de resolver a papelada. Annabeth está cuidando de Tarquin. Esther dorme o dia todo como um sonho de bebê. Embora seja pequenina, ela tem um peso satisfatório em meus braços. Ela é aconchegante, fofa e macia. Seus olhos são tão bonitos, que fico impaciente para vê-la acordada.

Enquanto isso, tento escrever um e-mail para Ben, digitando com uma mão no celular enquanto embalo Esther. Demoro muito tempo, porque não sei como falar com ele sendo Summer. Tento ser tagarela, séria, provocadora, mas não consigo acertar o tom certo.

O e-mail que escreveria, se fosse eu mesma, de algum modo aparece na minha tela.

A pequerrucha chegou e é linda! Você é tio! Venha para casa me ver. Mal posso esperar para contar todas as novidades!

Aperto a tecla de "delete" até que o texto todo suma. Ben saberia no mesmo instante que aquilo veio de Íris, e é claro que não posso me arriscar em convidá-lo a vir me visitar. Como Summer daria a notícia? Desde aquela primeira mensagem desapaixonada dele, quando eu ainda estava nas Seicheles, não falei mais com meu irmão, e depois disso só recebi alguns e-mails breves, aos quais não respondi.

Por que ele anda tão quieto? Eu ri noite passada quando Virgínia disse que Francine achava que Ben ia ter um bebê em segredo. Agora me questiono. Por que sempre presumi que Ben não tentaria ir atrás do dinheiro? Só porque ele é gay? Ele poderia se casar e engravidar a esposa se quisesse.

Em sete meses, ele não pegou o telefone. Em sete meses, ele não veio para casa ver sua mãe, que perdeu a filha, ou a irmã, que perdeu a gêmea. Sei que ele leva os estudos a sério — ele se matou para conseguir aquela bolsa de estudos —, mas será que ele não teve nenhum período de férias desde então?

Será que Ben me diria se tivesse me derrotado na corrida pelo dinheiro? Talvez não. Talvez ele esteja casado, com uma esposa grávida, mas não quis me contar antes de o bebê nascer. Eu me lembro o suficiente das leis de guarda para saber que, se eu ficar com o dinheiro, mas no fim Ben tiver um bebê primeiro, terei de devolver tudo.

Meu telefone toca. É Colton.

— Parabéns! Minha sobrinha favorita. — A voz dele é suave. — Como vai a pequena herdeira? Ela já tem um nome?

— Esther — respondo. — Esther Carmichael.

— Um lindo nome para uma garotinha linda.

Que cara superamigável. Acho que ele sabe que a chapa dele está esquentando.

— Adam está acertando a certidão de nascimento hoje — digo.

A garota no espelho

— Ah, não tem pressa. — Ele parece animado. — Não estou preocupado com isso. Francine está exigindo teste de DNA e todo o tipo de bobagens, mas ela precisa deixar isso para lá. — Ele faz uma pausa. — Summer, acho que Virgínia contou para você que Francine e eu tínhamos um caso, mas quero que saiba que terminei com ela noite passada. A atitude dela me fez cair em mim. Eu nunca deveria ter ficado no meio dessa coisa entre ela e sua mãe. Quero encerrar o testamento do meu irmão. É a última coisa que posso fazer por ele e, para ser honesto, vai ser bom me livrar disso depois de tantos anos. Sua garotinha tem tantas ações e participações que terei de pagar duas pessoas para administrar o portfólio dela. De fato, pensei em dar uma passada aí agora para lhe dar acesso à primeira parcela da receita. Há um fundo secreto que você e Adam podem gastar agora mesmo. Cinquenta mil, mais ou menos, e então as transferências de ações vão acontecendo nos próximos meses.

Minha cabeça está zumbindo. Será que vai ser tão fácil assim? Parte de mim quer dizer não. Não seria melhor nunca pegar o dinheiro em vez de pegá-lo e depois ter de devolvê-lo? Isso tudo parece bom demais para ser verdade, e mesmo assim, não estou tendo de dizer qualquer mentira. Minha vida e a de Summer são uma e a mesma por fim.

— Sim, venha agora — digo. — É bom já começar a acertar as questões. Adam e eu estávamos falando sobre trazer nosso iate de volta a Wakefield, e isso vai custar caro.

— Você acabou de ter um bebê e já está sonhando em sair velejando por aí? — Colton pergunta.

— Só quero trazer o *Betsabeia* para casa — respondo. — Um dia vou querer ensinar Esther a velejar. E Tarq.

— Bem, você vai ter que esperar um pouco — diz Colton. — Falei com Adam mais cedo, e ele foi bem claro em dizer que a primeira entrada de dinheiro vai direto para a Romain Travel.

— O quê? Não — rebato. — Nós tiramos dinheiro da agência, não colocamos dinheiro nela.

Colton dá uma risada.

— Ok, bem, você é quem manda agora, Summer. Você e Adam. De toda forma, ele me disse para não incomodar você com esses assuntos. Vocês dois podem fazer o que quiserem. Nos vemos em breve. — Ele desliga.

Esther continua sonhando. Que horror eu estou; não estou adequada para receber visitas. Nem tomei banho hoje. Saio da cama com cautela e coloco Esther no berço com lateral de vidro, tomando cuidado para não a despertar. Ela faz uns grunhidos baixos enquanto respira, o som mais doce que já ouvi. Caminho com dificuldade, com as pernas duras, até o banheiro da suíte. Adam se esqueceu de colocar os buquês na água, e as íris, caídas no carrinho de refeições, vão murchar em pouco tempo.

Eu as pego. Tenho a sensação de que hoje consigo tudo o que quero. As íris são de um roxo ousado, uma cor viva salpicada de dourado. Elas estão compridas, orgulhosas e sem vergonha de serem quem são.

Talvez não sejam tão bonitas quanto as rosas, mas são minhas flores e eu as amo. Toda a minha vida tentei cheirá-las, e não sentia nada. Por que não tentar mais uma vez? Enterro o rosto nas flores de cor viva e respiro fundo.

Há um odor fraco. É verde e quente, como a primavera, e enche meus pulmões. Expiro e inspiro novamente. Só sinto cheiros bons: mel, pimenta, grama recém-cortada e manhãs.

Por que hoje entre todos os dias? Talvez eu esteja imaginando a fragrância, mas não importa. É o cheiro da felicidade. É o cheiro de tudo estar bem. Tenho uma filha. Adam me ama. Por fim, consegui.

Estou de costas para a porta, com o rosto enfiado nas flores que deram origem ao meu nome, então escuto sua voz antes de vê-lo.

— Oi.

Dou meia-volta. Ben está parado na porta com as roupas amarrotadas, uma mochila de viagem nas costas.

— Sou a única pessoa sã neste planeta? Como diabos você conseguiu enganar todo o mundo?

CAPÍTULO 19

O DINHEIRO

O jogo acabou. Não há dúvidas desta vez. Ben sabe. Meu cérebro está gritando *negue*, mas não posso. Não adianta.

É a primeira vez em meses que alguém me olha e me vê. Ele não precisou me questionar ou ouvir minha voz. Ele sabia. É como se ele tivesse me acordado de um longo sonho, e por fim me lembro de quem sou.

Ben parece mais velho, cansado e confuso. Ele tira a mochila dos ombros e a larga no chão. Quero correr e abraçá-lo, mas a expressão em seu rosto me impede.

— Íris, sua louca — ele sibila. — Que diabos você está fazendo?

— Você pode, por favor, fechar a porta? — sibilo de volta. — E não acorde Esther, ou a enfermeira virá.

Ben fecha a porta. Sua forma, mesmo de costas para mim, é tão familiar — alto, mas esguio, com membros compridos e angulosos —, que eu poderia identificá-lo em uma fila de milhares. Como pude pensar que ele não me reconheceria?

— Como você pôde fazer isso com nossa mãe? — ele me pergunta, virando para me encarar.

— O que eu fiz? — pergunto. — Annabeth prefere Summer. Se eu não sabia disso antes, sei agora. Você devia ouvir o que ela diz sobre Íris, agora que ela está morta.

Os olhos de Ben encontram os meus.

— Sobre mim, quero dizer — eu me pego dizendo. — O que ela diz sobre mim agora que estou morta.

Ben parece horrorizado.

— Jesus, agora que você está morta. Ok, talvez você esteja certa sobre nossa mãe, mas e quanto a Adam? — Ele afunda em uma cadeira e enterra a cabeça entre as mãos.

— Hum, Adam obviamente prefere Summer. Assim como Tarquin. Assim como todo o mundo, na verdade.

— Exceto eu — diz Ben.

— Bem, você não ficou muito triste, não é? Não se esqueça, eu li o e-mail que você mandou para Summer quando eu morri. Você sequer mencionou meu nome. Na verdade, vamos dar um passo para trás. Você mandou um e-mail.

— Então você acha que não me importei? Íris, apesar de ser uma garota brilhante, você consegue ser muito estúpida. Eu não telefonei nem visitei quando você morreu, e você acha que é porque eu não me importava com você. Eu me deitei todas as noites pensando em você perdida lá na escuridão. Você, que amava o mar, que era sempre tão poderosa e corajosa. Será que você tinha sofrido? Será que estava viva, machucada, lutando para continuar boiando? Tinha ficado apavorada? Desesperada? O que a derrotou no fim? O frio ou o cansaço? Ou um... um...

Ele enfia o punho entre os dentes e o morde. Sei o que ele não consegue dizer. A ideia de que um predador pegou nossa irmã. Isso me assombra também.

— Mas tudo isso aconteceu com sua irmã, só não com a irmã que você pensava.

— Ah, e isso não faria diferença para mim?

— Bom, ainda assim, é pior que tenha sido com Summer.

O rosto de Ben se contorce em uma carranca. Posso sentir sua fúria.

— Sabe o quê, Íris? Foda-se você e sua obsessão pela Summer. Sei que pensa que o sol brilha do traseiro imaculado dela, então você

A garota no espelho

só se perguntaria por que não corri para o lado dela, abalado pela dor. Não corri, sabe por quê? Vou dizer para você. Eu achei que era assassinato. Agora você sabe. Pensei que ela tinha empurrado você. E eu não podia fazer nada a respeito. Eu sabia que ela teria encoberto qualquer rastro.

Meu couro cabeludo se arrepia. É isso que Ben pensa da família, que nos mataríamos por causa de dinheiro?

— Por que Summer ia querer ou precisar me matar? — pergunto. — Ela tinha tudo.

— Talvez você estivesse grávida.

— Não — respondo. — Ela estava grávida.

Pontos vermelhos aparecem diante dos meus olhos. Não posso suportar o que meu irmão está prestes a dizer.

— Eu não fiz nada, Ben — falo para ele. — Você precisa acreditar em mim. Ela caiu.

Ben revira os olhos.

— Você já terminou, sua imbecil? Conheço você, Íris. Passei a vida toda observando você observar Summer. Se você a mataria? Você preferiria arrancar seu próprio coração. Mas quem mais acreditaria em você? Ela estava grávida, prestes a ganhar cem milhões de dólares. A imprensa vai desenterrar toda a história sórdida. Eles vão adorar saber que você correu para se casar com Noah no dia seguinte ao noivado de Summer e Adam. Você criou a armadilha perfeita para si. Sabia que Noah está na cidade, a propósito? Não acha que ele pode reconhecê-la?

Tudo o que consigo ver é sangue. Sangue na cabine. Adam lavando tudo. Será que ele se esqueceu disso?

Ben está certo. Criei a armadilha perfeita. Que erro jogar aquela gravação do circuito interno no mar. Se Adam algum dia descobrir quem eu sou e começar a se perguntar sobre o sangue, estou acabada.

E a cerimônia fúnebre é amanhã. Annabeth me explicou esta manhã que ela postergou o velório de sua filha perdida até meu aniversário, "para que só precisemos atravessar um dia horrível". Ela tinha evitado me consultar sobre a cerimônia porque não queria me estressar durante a gravidez, mas seria óbvio para mim que Noah e Ben poderiam estar presentes.

— E quanto ao rebento? — Ben gesticula na direção do berço de Esther. — É de Adam ou de Noah? Você pelo menos sabe?

— Como você ousa envolver minha filha nisso? — exclamo. — Sinto muito que você tenha perdido o dinheiro, mas contar para alguém não vai ajudar em nada, porque Virgínia está casada e grávida também. Ou você passou na frente de todas nós? Você teve um bebê?

— É isso o que você pensa?

— Não sei — digo. — Francine acha que sim. Você teve? É por isso que está aqui? Para reivindicar o dinheiro?

Ben olha feio para mim, com uma expressão de tanta dor, raiva e ódio, que tenho de afastar o olhar.

— Isso é um absurdo — diz ele.

Esther se mexe em seu sono. Meu corpo me diz para ir até lá e pegar meu bebê, mas não quero que Ben olhe para ela. Não enquanto estiver tão irado.

— Vou desistir do dinheiro.

— É tarde demais para isso — Ben fala devagar, com frieza. — Pense, Íris. Pense bem. Se alguém denunciar você, o dinheiro é a única coisa que pode mantê-la fora da prisão.

Olho para as flores, para as íris agora esmagadas em minhas mãos. Jogo-as no carrinho.

— É assim que vai ser? — digo. — É assim que as coisas vão ser entre nós? Depois de falar tanto sobre sua dor e angústia, de ficar acordado à noite...

A porta se abre e Colton entra.

— Summer. Minha princesa! — Sou capturada em um abraço de urso. — E Ben! Meu rapaz! O que está fazendo na Austrália?

Ben alisa o cabelo e aperta a mão estendida de Colton.

— Hum, eu... estou aqui para a cerimônia funerária que minha mãe está planejando fazer para o aniversário de Íris. Minha visita meio que devia ser uma surpresa para Summer, mas... bem... não sei se vou conseguir. Tenho que pegar o primeiro voo de volta para Nova

York. Então, talvez seja melhor você não falar para minha mãe que me viu. É uma longa história. Não quero aborrecê-la. Direi para ela que não consegui vir, que perdi o voo.

— Eu entendo, é claro — diz Colton, embora claramente pareça que ele não entende. Meu tio está de terno e gravata e carrega uma pasta fina de couro. — Sinto que tenha que partir tão cedo. Espero que não seja nada sério. Há algo que eu possa fazer para ajudar?

— Não, não — diz Ben. — Só uma coisa com a universidade, com meus estudos. Preciso voltar. A única coisa que você pode fazer é não falar sobre hoje. E sei que Summer pode guardar segredo. — Ele mal consegue disfarçar o desprezo em sua voz. — Cuide-se, Summer. Preciso ir. Não sei quando a verei novamente.

Ele sai pela porta.

Perdi meu irmão. Posso dizer pela expressão em seus olhos, pelo tom de sua voz, que ele se foi. Nunca mais o verei de novo.

Não quero mais o dinheiro. Estou tentada a mandar Colton pegar tudo aquilo, mandar direto para Virgínia, onde quer que ela esteja, e colocar o nome dela naquela papelada. Ela merece o dinheiro. Ela está carregando o verdadeiro herdeiro. Ela passou por muito mais merdas do que eu, e nada daquilo foi culpa dela.

Eu não me importaria se tivesse de trabalhar todos os dias da minha vida para pagar as contas, desde que pudesse manter a cabeça erguida e olhar meu irmão nos olhos. Olhar minha filha nos olhos.

Mas Ben está certo. Não é só sobre o dinheiro. Como eu pude pensar que escaparia de uma acusação de assassinato saindo das Seicheles? E quanto à polícia australiana? Eles dificilmente deixarão o caso de lado. Não consigo me lembrar de qual país tem jurisdição se um assassinato ocorre no mar. Tem algo a ver com onde o barco está registrado...

— Summer — diz Colton —, o bebê está fazendo uns barulhos estranhos.

Caio em mim. Colton está pegando meu bebê, cujos grunhidos estão ficando mais forçados, embora ela ainda esteja dormindo. Eu a arranco dos braços dele.

A porta se abre, e Ben retorna.

— Quase me esqueci da coisa mais importante. Mandei alguns e-mails para você, irmã. — A última palavra está repleta de significados. — Você precisa lê-los. Então saberá como estão as coisas.

E ele se vai, desta vez de verdade.

Colton parece perplexo. Dou de ombros, como se estivesse sugerindo que é uma brincadeira entre irmãos. Mas sei o que significa. É isso, então. Um e-mail para dizer "como as coisas estão". Porque o dinheiro é a única coisa que pode me manter fora da prisão.

Suborno. Ben está me chantageando.

Eu devia estar aliviada por Ben não estar planejando me expor, e, sem dúvida, suas exigências serão razoáveis, mas não é como me sinto. Tudo ao meu redor — o quarto, as flores, meu tio — parece um esboço nu, como se estivesse vivendo em um mundo vazio. Já era ruim quando eu nunca mais ia ouvir falar de Ben novamente, mas isso é pior.

Colton tira uma pilha de papéis da pasta.

— Não sei se é um bom momento — diz ele. — Tentarei ser rápido.

— Eu não entendo — falo. — Adam está a caminho do seu escritório para pegar a papelada. Ele não falou com você?

— Sim — Colton hesita. — Adam estava ansioso para resolver tudo, mas senti a necessidade de falar com você pessoalmente. Como eu disse, estou determinado a fazer isso direito. Sei que não gosta de lidar com dinheiro, mas você tem certas responsabilidades agora, como administradora do fundo. Idealmente, você e Adam deveriam ambos serem signatários da conta do fundo secreto.

— É claro — concordo.

— Bem, não é como está configurado no momento. E você tem o direito de gastá-lo como julgar adequado, mas deve aprovar resoluções formais antes de transferi-lo para a Romain Travel. Este barulho que ela está fazendo é normal?

Esther está grunhindo a cada respiração, embora ainda não tenha despertado.

— Imagino que ela precise se alimentar — digo. — E meio que preciso de privacidade para isso. Ela dormiu o dia todo, então provavelmente está faminta. Talvez seja melhor você deixar os papéis comigo?

— Adam parece querer resolver isso o mais rápido possível — diz Colton. — Eu pensei que bebês não dormissem nunca? Ela é pequenina, não é?

O grunhido agora parece mais um gemido, como se Esther estivesse tentando me dizer algo. É bonitinho ou tem algo de errado?

— Que horas são? — pergunto.

— Três, não, quase quatro.

Ela dormiu nove horas. E na verdade não tenho certeza se ela devia fazer aquele barulho. Dou as costas para Colton e me concentro no rosto do meu bebê. A cor parece ter mudado no último minuto, até nos últimos segundos. Ela está quase cinza.

— Acorde, bebê — sussurro. Mexo nela com gentileza e beijo sua testinha, mas ela não desperta.

— Tem alguma coisa errada — digo. — Não consigo acordá-la.

O vento corre em meus ouvidos. O quarto escurece. Puxo o cobertor de Esther para expor seu peito minúsculo. Sua caixa torácica está deformada, como se ela estivesse lutando para respirar. A cada inspiração, ela faz aquele barulho.

Não é contentamento. É seu último esforço para respirar.

— Toque a campainha! — grito. — Chame um médico!

* * *

O quarto está cheio de gente. Colton está me segurando. Quero ir até meu bebê, mas há gente demais no caminho.

— O que está acontecendo com ela? Deixem-me vê-la!

— Não, Summer, você precisa ficar aqui — diz meu tio. — Deixe os médicos cuidarem dela.

Consigo ver Esther em uma mesa. Nua, com alguma coisa sendo forçada para dentro de sua boca, equipamentos médicos por todos os lados. Ninguém está falando comigo. Não consigo entender metade das coisas que estão dizendo, mas algumas palavras se destacam. *Agudo. Sofrimento. Prematuridade.*

Uma enfermeira se aproxima.

— Seu bebê está com dificuldade para respirar, Summer — ela diz sem expressão. — Nos ajudaria muito se você fosse precisa com a data estimada do parto. O arquivo diz que ela estava com trinta e oito semanas, mas ela parece ser um bebê mais jovem. Tem certeza sobre essas datas?

— Eu pensei que vocês soubessem. Ela só tem trinta e três semanas! — digo. — É por isso que ela está com problemas?

A enfermeira é extremamente bonita, os olhos marcados com *kajal*. Olho de relance para o nome em seu crachá. Nandini Reddy. Não acho que Summer conhecia uma Nandini, mas o jeito como esta mulher está me olhando...

— Ah, meu Deus, Summer, o que você está fazendo? — diz ela. — Trinta e três semanas? Por que ela não está na ala neonatal? O que deu em você? Primeiro Skybird, e agora você tem um bebê que nasceu de trinta e três semanas e não se assegura de que a internemos na ala neonatal? Como você não percebeu que isso poderia acontecer?

Tenho de ficar na defensiva agora. Eu me preparo.

— Acabei de dar à luz, Nandini.

— Nandini? — ela repete. — Você está me chamando de Nandini?

Ela dá um passo adiante e coloca as duas mãos em meu rosto. Aqui está alguém que realmente me conhece bem. Pra dizer a verdade, muito bem.

— Não entendo o que aconteceu com você, minha amiga. Seu bebê vai ficar bem, mas precisa ir para a ala neonatal. Avisaremos você quando ela estiver estável.

Ela e os outros médicos e enfermeiras levam Esther para fora da sala.

* * *

Colton é gentil comigo. Ele se oferece para ligar para Adam, para ir buscá-lo. Mas não posso deixá-lo ir. Não me importa que ele tenha sido amante de Francine, que sua amizade possa ser falsa. Abraçá-lo é como abraçar meu pai e, neste instante, sinto falta do meu pai. Se Ridge estivesse aqui, ele me diria o que fazer.

Nandini vai falar para todo mundo na ala neonatal que Summer não a reconheceu. Só é preciso que alguém diga: "Você sabe que ela tinha uma irmã gêmea? Tem certeza de que não é a irmã gêmea?".

Mesmo se ninguém disse isso, na ala neonatal estarei cercada de amigos queridos que nunca conheci. Médicos e enfermeiras falando coisas de médicos, esperando que eu entenda.

É impossível. Mesmo assim, preciso ir até lá. Não há justificativa. Meu bebê está lá. Meu bebê doente.

Há um ponto de táxi bem na porta do hospital. Posso correr até em casa, pegar meu passaporte, ir para o aeroporto. Não posso suportar perder Esther, mas sei que já perdi. Ela provavelmente vai ficar bem — os médicos não estavam em pânico há pouco —, mas assim que decidirem que sou uma assassina, não terei permissão para ver minha filha. Está tudo acabado.

Se eu não for até a ala neonatal, ainda assim eles vão adivinhar. Por que Summer ficou longe do bebê? As pessoas vão ficar curiosas. Vão especular. Alguém vai descobrir.

Minha escolha agora é fugir ou encarar minha ruína.

Não receberei o dinheiro. Mesmo se eu conseguir convencer tio Colton a deixar os papéis, Adam ainda não assinou nada, e, em todo caso, o dinheiro não vai para minha conta bancária. Vai para a Romain Travel, porque Adam é quem manda neste casamento. Há um tempo parecia valer a pena me irritar com isso. Agora não me importo.

— Devo ligar para seu irmão? — pergunta Colton. — Contar para ele que Esther não está bem?

— Não — murmuro. Pego meu telefone e vejo minha caixa de e-mails, mas não há nada de Ben. Um soluço me escapa com esta demora. Estou perdendo tudo aqui, mas a última gota é a traição do meu irmão.

— Ela vai ficar bem, querida — meu tio fala. — Eles disseram que ela vai ficar bem. Ficarei aqui com você até que digam que você pode vê-la.

— Obrigada — digo —, mas eu gostaria de ficar sozinha agora.

Colton faz mais algumas ofertas inúteis de ajuda e então se manda.

É minha última chance. Preciso dar um jeito de escapar.

Sento-me em uma cadeira e percorro a seção dos "N" nos contatos do celular de Summer. Não encontro nenhuma Nandini Reddy, Nandini alguma, na verdade. Mas há uma Nina Reddy. A enfermeira que ficava implorando para Summer não usar Skybird como parteira. Eu tinha imaginado uma loira mignon, russa ou espanhola, mas, quando aumento a foto de perfil, vejo o belo rosto emoldurado com cabelos negros e o delineador grosso. É ela. Nandini é Nina.

Encontro os e-mails de Nina na lixeira do meu telefone. O que antes me pareceu rude agora me parece a franqueza confiante de uma amiga íntima. Embora eu tenha apagado todos os e-mails dela e bloqueado suas mensagens de texto, as palavras de Nina chegaram até mim. Ela sabia que Skybird era uma ameaça. Se eu tivesse insistido no parto domiciliar, onde Esther estaria neste momento? Eu deveria agradecer a Nina por seus avisos.

Enquanto leio os e-mails de Nina, fico voltando à minha caixa de entrada, atualizando-a e atualizando-a, à espera da mensagem de Ben, das exigências de Ben. O e-mail dele não chega, mas, depois que olhei mais de uma dúzia de vezes, reconheço a verdade.

Não vou embora. Ficarei por aqui até o amargo fim.

Não dá para enganar tanta gente de uma só vez. Vão me desmascarar. É o fim. Mas não posso ir embora.

Não posso deixar meu bebê.

CAPÍTULO 20

O CÉU NOTURNO

— Sra. Romain, a senhora pode ver seu bebê agora.

A enfermeira me convida a segui-la. Saímos juntas da ala da maternidade. Fico um pouco para trás, tentando memorizar o caminho enquanto ela segue virando para cá e para lá.

Chegamos diante de portas duplas, e leio a placa. CUIDADOS NEONATAIS. É isso.

Empurro as portas, mas elas não se abrem. A enfermeira passa um cartão em um painel de controle ao lado. Uma trava automática se abre.

— Vamos lhe dar um cartão magnético de pais hoje — avisa ela enquanto empurra as portas para que se abram. — Não se esqueça do bactericida.

Ela bombeia fluido de uma garrafa presa na parede e esfrega nas mãos. Faço a mesma coisa.

Atravessamos mais corredores. Vislumbro o que parecem ser fetos natimortos em gaiolas de vidro. Máquinas altas se assomam sobre eles, piscando e apitando. Um odor antisséptico se mistura ao cheiro de leite azedo.

Qual bebê é Esther? Tenho medo de não a reconhecer.

Uma confusão de vozes. Pessoas convergem para mim vindas de todos os lados.

— Summer. Bem-vinda de volta. É tão bom ver você! Sinto muito que não seja em melhores circunstâncias.

Estão todos sobre mim. Sou abraçada, apertada, alisada.

Não posso falar. Não posso pensar. Eu devia estar olhando os nomes nos crachás, tentando descobrir seus nomes. No mínimo, sorrindo para meus velhos amigos. Mas não consigo.

— Onde está meu bebê?

A frase sai estridente. Todos se afastam, desculpando-se.

— Vamos lhe dar um pouco de privacidade — eles murmuram.

A enfermeira me conduz.

Localizo Esther imediatamente. Ela está deitada em uma incubadora, conectada a uma confusão de fios e tubos. É doce, vulnerável e inconfundivelmente minha.

— Me perdoe, garotinha — sussurro.

Nina está ali perto, digitando em uma tela. Ela me cumprimenta com um sorriso triste.

— A saturação do bebê está aumentando — diz ela.

O que isso quer dizer? É claro que é uma notícia significativa, mas é boa ou má? Faço um barulho, "hum-hum", meu tom de voz calibrado para funcionar com ambos.

— O oxigênio está a noventa e oito, e a pulsação está cerca de cento e vinte.

— Hum-hum.

Ela pega meu braço.

— Vamos tirá-la do respirador esta tarde.

— Não! — grito. — Por favor. Deve haver algo que vocês possam fazer!

Silêncio. Nina me encara.

— Summer, não acho que seja hora para piadas — diz ela por fim.

Nenhuma outra palavra sai da minha boca. Não tenho ideia do que está acontecendo. Por que estão tirando meu bebê do respirador? Ela vai morrer? Ou ela vai ter alta?

Eu só preciso saber.

A garota no espelho

— Por favor, me explique tudo como se eu não fosse uma enfermeira — peço. — Por que vão tirá-la do respirador?

Não quero ser descoberta. Não quero ir para a prisão. Mas não posso fazer isso. Não posso mais ser Summer.

* * *

A equipe do hospital é paciente. Uma especialista em amamentação me mostra como usar a bomba tira-leite. Uma pediatra me explica a condição de Esther. Ela precisa crescer; ela terá alta em uma ou duas semanas. Ela vai ficar bem.

A enfermeira do turno da noite, que parece não me conhecer, coloca uma cadeira reclinável para mim ao lado da incubadora e acomoda Esther no meu peito sob o cobertor. Os monitores ainda estão presos ao corpo de Esther, mas posso sentir sua pele suave contra a minha.

— Essa é a posição canguru — a enfermeira explica. — É melhor do que a incubadora. Seu toque ajuda o bebê a crescer.

Demoro para entrar em contato com Adam, mas, quando o faço, ele corre até o hospital. Ouço a enfermeira dizer para ele que querem me manter ali aquela noite. Ela sussurra, mas o som chega até mim.

— Achamos que a memória dela foi afetada pelo estresse. Precisamos tratar disso com cuidado. Mesmo depois que sua esposa tiver alta, você vai precisar trazê-la ao hospital todos os dias. Ela precisa passar muito tempo aqui com a bebê. Elas precisam desses momentos o para se conectarem.

Adam entra e se senta comigo, observando o precioso montinho em meu peito com expressão preocupada. Ele coloca a mão nas costas de Esther. Nossa filha está protegida entre seus pais, quente e em segurança.

Explico para Adam a condição de Esther. Ele sente muito por não ter estado aqui antes, mas não deixo que ele se culpe.

— É minha culpa — digo. — Eu deveria ter percebido que ela precisava de cuidados especiais.

— Não acredito que Colton estava aqui — Adam diz um pouco mais tarde. — Andei a cidade toda em busca dele.

— Por que você está com tanta pressa em resolver a história do dinheiro? — pergunto.

Adam dá de ombros.

— A chegada antecipada de Esther bagunçou nossos planos.

— Nossos planos? — pergunto. — De quem você está falando?

— Annabeth e eu.

— Desde quando você faz planos com Annabeth?

— Desde que você ficou grávida, e desde que você não tem sido você mesma depois de perder sua irmã.

— E quais são esses planos? — pergunto.

— Bem, é seu aniversário amanhã, e não contamos tudo para você sobre o serviço funerário de Íris. Eu tinha uma surpresa planejada, mas agora não tenho certeza se você vai gostar ou se vai trazer lembranças ruins. Ou talvez você não queira absolutamente nada.

— Apenas me conte.

— Ok — diz Adam. — Acho que agora tenho que contar. Parte da surpresa era que Ben estava vindo para a cerimônia, mas não se anime, porque ele não vem mais. Ele perdeu o voo e alguma coisa apareceu na universidade, por isso não vem. E a outra parte da surpresa é algo que queria fazer enquanto você pensava que eu estava no trabalho, mas agora é difícil, já que preciso ficar aqui para cuidar de você.

— Me conte — repito. — Odeio surpresas.

— E eu odeio guardar segredos — diz Adam. — Hoje de manhã, quase achei que você tivesse adivinhado. É o local da cerimônia. — Ele se aproxima e acaricia meus cabelos. — Quase conseguimos trazê-lo a tempo. Está a pouco mais de trezentos quilômetros daqui, em Cairns. Eu poderia tê-lo trazido até aqui em menos de vinte e quatro horas. Há uma brisa fresca vinda de nordeste...

De quem ele está falando? *Betsabeia?*

Fecho os olhos e estou de volta à água. Sinto a cadência das ondas sob meus pés. O cheiro do oceano, o azul, o ar salgado.

— Espere! Você já o trouxe de volta? Para o meu aniversário?
— Minha voz é quase alta o bastante para acordar Esther. Se ela não estivesse tão frágil, tão envolta em tubos, eu me levantaria de um pulo e dançaria pelo quarto com ela.

— Sim. — A voz de Adam é cálida. — Uma tripulação contratada velejou a maior parte do caminho, da Tailândia, e depois pela Indonésia, mas já precisam voltar para casa. Eu ia fazer a última parte da viagem. Achei que era um plano brilhante. Ben ia levá-la até a ponte Carmichael, e então você ia me ver velejando pelo rio! Mas agora Ben não está aqui e não conseguiremos trazer o *Betsabeia* a tempo para seu aniversário, no fim, não é mais uma surpresa, de qualquer maneira.

— Vá lá — digo. — Vá agora. Vá esta noite. Eles vão me manter aqui para dormir no hospital. É sua única chance! Assim que Esther e eu formos para casa, vou precisar de você o tempo todo. Com um recém-nascido acordando à noite, e Tarquin para cuidar também. Serão meses antes que possamos fazer isso.

Adam se opõe. E se eu precisar dele, e se Esther precisar dele, como ele vai nos deixar sozinhas? Mas não serei dissuadida. Não que não me importe com meu aniversário, embora o plano de Adam seja o tipo de gesto do marido com o qual sempre sonhei.

É como se o *Betsabeia* estivesse tão perto e, mesmo assim, tão longe, ainda a um dia de distância. Sinto como se tivesse me deixado para trás quando saí daquele barco.

— Esther vai ficar bem — garanto. — Eles querem que eu me deite com ela em meu peito por várias horas a cada dia. Não posso pensar em outro lugar no qual eu preferiria estar, mas o que você pode fazer? Ficar sentado aí o dia todo me olhando?

— Eles acham que você está muito estressada — diz ele. — Você é a mãe dos meus filhos. Acho que eu deveria ficar.

— Passei por maus bocados — digo. — Mas estou bem agora. Esther vai ficar bem, e é tudo o que importa. E já passou da hora de eu ter alguma boa notícia. Vá, Adam. Preciso do *Betsabeia* de volta. Vá e me traga nosso iate.

Ele se levanta, mas não vai embora.

— Tem uma coisa que nunca entendi no desaparecimento de Íris — ele diz. — Por que você procurou por tanto tempo? Ela não teria sobrevivido durante mais do que poucas horas. Talvez houvesse uma chance mínima de um segundo dia, mas uma semana? Você deveria saber que não havia esperança.

Eu me lembro do sangue escorrendo em minha mão. Das queimaduras de sol. Tudo no que podia pensar era na água.

— Eu a amava — digo. — Não percebi quanto até que ela morreu. Eu fui tão mesquinha, tão egoísta, e então ela se foi e era tarde demais. Você me pergunta por que eu a procurei por tanto tempo, mas esta é a pergunta errada. A pergunta real é: como eu consegui parar?

Seguro o braço dele.

— Adam, você pode me perdoar?

— Não tenho nada a perdoar. — Ele sorri.

— Não, é sério — digo. — Cometi alguns erros graves e coloquei nossa filha em risco. Preciso ter certeza de que está tudo certo. Preciso contar tudo para você...

— Eu perdoo você. Você não precisa pedir. Você sequer precisa me dizer o que acha que fez de errado. Não vamos estragar as coisas olhando para trás.

Ele me dá um beijo de despedida.

— Céu noturno — ele murmura no meu ouvido.

* * *

Tive medo da ala neonatal durante meses, mas, agora que estou aqui e ninguém está me questionando, é como se eu não tivesse mais nada a temer. Os ritmos do corpo de Esther parecem se sincronizar com os meus enquanto nos aconchegamos. Entramos e saímos do sono.

É quase noite quando a enfermeira coloca Esther novamente na incubadora e me manda de volta para meu quarto para passar a noite.

— Descanse um pouco — diz ela. — Só volte de manhã. O bebê precisa que você fique bem.

Já no meu quarto, o jantar me espera no carrinho de refeições, o molho escondendo a carne fria. Os lençóis da minha cama não foram trocados, e já estou com esta camisola do hospital o dia todo. Meu corpo parece sujo. Eu estava tão concentrada em Esther, que nem pensei no que eu precisava. Só tenho as roupas que estava vestindo quando entrei em trabalho de parto. Não preparei uma bolsa para o hospital, então não tenho escova de dente ou uma calcinha limpa.

Subo na cama e verifico meus e-mails no que parece ser a milionésima vez. Imagino que estou conversando com Ben. "Como você me pegou? Como sabia que era eu antes que eu virasse?" Uma conversa amigável. Imagino que estamos rindo de tudo isso.

Mas isso jamais acontecerá. Mesmo que ele seja a única pessoa na Terra que sabe quem sou, não posso conversar com ele. Assim que eu receber o e-mail dele dizendo "como ficam as coisas", nosso relacionamento estará acabado. E, embora tenha sido eu a fazer algo imperdoável, não é isso que destruiu tudo. O que vai destruir é o e-mail dele. Suas exigências.

Quanto mais o silêncio de Ben dura, mais me permito ter esperança. Talvez ele tenha mudado de ideia. Talvez eu não tenha notícias dele por muito tempo. Enquanto eu não receber o e-mail dele, ele não fechou a porta do perdão.

Mas agora me lembro do que ele disse. Ele não falou que ia me mandar um e-mail. Ele disse "mandei alguns e-mails para você". Ele já fez isso.

Olho na minha pasta de spam, na pasta de mensagens sociais. Verifico o Facebook e o WhatsApp. Nada.

E por que ele me chamou de "irmã"? Ele já tinha me chamado de Summer na frente de Colton. Ele disse "irmã" com tanto destaque. Será que ele estava tentando me dizer algo sem que Colton percebesse?

Por que Ben acha que precisava me dizer para verificar meus e-mails?

Estive olhando a conta errada.

Tenho que me logar como Íris. Faz sentido; o que poderia ser mais seguro do que mandar um e-mail para alguém que morreu? Adam poderia ler os e-mails de Summer, mas ninguém vai ler os de Íris.

Toco meu telefone, saindo da conta de Summer, e digito meu antigo endereço de e-mail, mas não consigo me lembrar da senha. Tenho medo de fazer o processo de recuperação de senha. Não posso arriscar que alguma notificação saia pelo éter indicando que alguém está tentando entrar na conta de Íris Carmichael.

A mala que levei no *Betsabeia* está guardada no closet lá em casa, fechada, desde que voltamos das Seicheles. Meu velho telefone está lá dentro, junto aos meus pertences esquecidos: meus vestidos descuidados, meus batons em invejosos tons de vermelho e marrom. Meu telefone ficava conectado permanentemente na minha conta de e-mail. A senha já estava salva.

A bateria vai estar descarregada. Talvez o telefone tenha parado de funcionar. Não sei se posso entrar no e-mail de outra forma.

Adam vai dirigir direto para Cairns. Annabeth está cuidando de Tarquin na cobertura; ela voltou para lá há algumas semanas. Annabeth convidou Virgínia para ficar lá também.

Ninguém estará em casa.

Eu me apego à ideia de que o comportamento de Ben não faz muito sentido. Estou deixando passar alguma coisa. Ele já tinha saído do quarto por alguns minutos antes de voltar e me dizer que tinha me enviado "alguns e-mails". Não só um e-mail.

Tenho que pegar meu telefone.

* * *

Deixar o hospital sem meu bebê é como arrancar meu coração do peito. Voltarei em uma hora, e ninguém saberá que saí, mas ainda assim é difícil eu me obrigar a partir. Tenho que forçar meu corpo dolorido a sair da cama, e forçar meus pés a se afastarem de Esther, em direção à saída.

A garota no espelho

Atravesso a maternidade com minha camisola de hospital e chinelo, levando meu vestido e sapatos em uma sacola de plástico. Tenho a chave de casa, o iPhone e um pouco de dinheiro. Felizmente, o pessoal da maternidade ainda pensa que estou na ala neonatal, e a equipe neonatal vai achar que estou na maternidade. Se eu for pega, posso dizer que queria roupas limpas, mas sei que vai parecer estranho. Mães que acabaram de parir não se importam com suas roúpas.

Corro para a escada, jogo o vestido por sobre a camisola e troco de sapato. Eu me transformo de paciente em visitante. Dar à luz aos sete meses tem suas vantagens; já pareço bem em forma. Desço dois lances de escada correndo e já estou do lado de fora. Ninguém reparou em mim.

A fim de fazer uma entrada discreta, dou ao taxista um endereço algumas casas depois da nossa. Gostaria de sair do táxi mais longe ainda, mas é um caminho íngreme, e minhas pernas ainda estão fracas. Só faz vinte e quatro horas desde que Esther nasceu.

A noite está caindo quando chego em casa. Está tudo tranquilo e na escuridão, embora eu consiga ver a luz azul brilhando na sala de estar. Adam deve ter deixado a TV ligada.

Paro na porta da frente e me apresso para desligar o alarme, mas Adam não o acionou. Há flores frescas na entrada, e a pilha de papel de Colton no balcão da cozinha. Acho que Adam se encontrou com ele, afinal.

Deixo as chaves sobre os papéis e olho de relance para a letra cursiva relaxada de Adam. É o formulário para dar entrada na certidão de nascimento, assinado por mim e por ele. O nome no formulário é Rosebud Carmichael.

Olho novamente, desejando que as letras formem a palavra "Esther", desejando que seja um erro. Tenho certeza de que vi Adam rasgar este formulário ao meio. Quando ele me trouxe o segundo formulário, eu verifiquei se estava escrito "Esther" antes de assinar?

O barulho da TV vem da sala de estar: vozes de desenhos animados, um programa infantil. Viro para o lado. Esparramado no tapete, na escuridão crescente, com os olhos fixos na tela, está Tarquin.

263

Maldição, Annabeth está aqui. Vou ter que usar a desculpa das roupas limpas. Por que minha mãe não levou Tarquin para a cobertura? Será que ela ficou com ele aqui a tarde toda? Ou talvez Adam ainda esteja aqui. Annabeth nunca deixa Tarquin assistir à TV.

— Adam. — chamo.

Tarquin se vira e me vê.

— Você não é mamãe — diz ele.

— É isso mesmo, querido — respondo. — Helen está com os anjos. Não tenho tempo para isso agora.

— Mamãe feliz agora — diz Tarquin.

— Onde está o papai? — pergunto, desligando a TV.

Tarquin fica em silêncio.

— Adam. — chamo novamente. — Adam!

Nenhuma resposta ainda. Pego Tarquin no colo e o levo de sala em sala. Será que Adam dormiu? Sinto um arrepio ao pensar em Tarquin andando sozinho pela casa. Adam deve estar exausto.

Estou no pé da escada quando meu telefone toca. É Adam. Atendo, e há uma lufada de vento em meu ouvido. A voz de Adam está distante, como se estivesse me ligando do espaço.

— Oi, querida. — ele grita.

— Onde você está?

— Cerca de seis quilômetros ao sul de Cairns! — ele grita. — Estou passando por um promontório, então devo perder o sinal. A brisa está um pouco fresca. Estou indo muito bem! Como está Esther?

— Ela está ótima — digo. Não consigo decidir se conto para ele onde estou. Tarquin se aconchega sonolento em meu ombro, mas, se ele se animar e começar a falar, terei que explicar. Tento parecer cansada. — Eu devia deixá-lo velejar em paz. Me disseram para descansar um pouco.

— Mal posso esperar para vê-la, querida. — Adam desliga e o barulho para.

Annabeth deve estar aqui, mas onde? Ela nunca deixa Tarquin sozinho.

A garota no espelho

— Cadê a vovó? — pergunto.

— Não — diz Tarquin.

Telefono para Annabeth. Ela atende imediatamente, explodindo em perguntas sobre Esther. Corto suas palavras.

— Adam ia deixar Tarquin com você hoje à noite?

— O quê? Não. Por que ele faria isso?

— Mãe, eu sei sobre o *Betsabeia* — digo. — Sei que Adam foi buscá-lo para mim.

Annabeth se entusiasma com o excelente marido que Adam é, enquanto também sugere que essa coisa de velejar sozinho é um pouco imprudente da parte dele.

Talvez ele tenha chamado uma babá. Subo a escada flutuante devagar, sentindo o peso de Tarquin e da fadiga pós-parto. Deixo que Annabeth continue falando, esperando que ela diga algo que preencha as lacunas para mim.

De frente para o quarto principal, a porta do quarto do bebê está aberta. Ainda não compramos um berço, mas vejo um berço lá agora, e não é o de Tarquin; é novinho em folha. Vou olhar mais de perto. O berço está arrumado com lençóis e um cobertor. Tudo está enfeitado com delicadas rosas cor-de-rosa.

Rosebud.

— Adam deve ter resolvido levar Tarq com ele — diz Annabeth. — Tenho certeza de que ainda há um berço no barco. — Ela fala sobre a neta. Já começou a costurar renda cor-de-rosa no vestido de batizado, e será que acho que está muito quente para sapatinhos de tricô?

O quarto principal está vazio. Vou até o closet, coloco Tarquin no chão e pego minha velha mala. Tarquin está cansado; ele se agarra em mim, esfregando os olhos.

Eu me ajoelho e abro a mala. Meu telefone está logo em cima, colocado sobre roupas mofadas, junto ao carregador. Engatinho pelo quarto até uma tomada e o ligo. A tela se acende.

— Preciso ir, mãe — digo e desligo. Me sento de pernas cruzadas ao lado da tomada. Tarquin engatinha pelo quarto atrás de mim, como se fosse uma brincadeira. Ele sobe no meu colo e boceja.

265

— Ginia — ele diz. — Ginia.

A palavra se transforma em um nome. Virgínia. É claro!

— Virgínia está cuidando de você, Tarq?

— Ginia.

É claro que Adam pediria para Virgínia cuidar dele. Ela deve ter ficado aqui noite passada. Ainda não olhei o quarto de hóspedes; fica lá embaixo, perto da garagem. É provável que ela esteja assistindo vídeos no YouTube, alheia à passagem do tempo, ou adormecida.

Não preciso dizer para ela que estou aqui. Ainda não. Talvez eu possa ir embora sem que ela saiba.

— Deite-se, criança — murmuro. Pela primeira vez na vida, Tarq faz o que lhe pedem. Ele se deita no meu colo e fecha os olhos.

Acaricio o cabelo dele com uma mão enquanto ligo meu celular. Clico no aplicativo de e-mail. O número é ousado: 208. Duzentos e oito novos e-mails, datados desde abril. A maioria deles é de uma única pessoa. Ben.

Acho que você deve estar se perguntando por que mandei todas essas mensagens. Não, eu não suspeitava de nada. Era um tipo de terapia, acho. Eu não tinha mais ninguém com quem conversar.

Quero que saiba que não odeio você. Sempre pensei que Summer ficaria com o dinheiro, mas acho que você meio que merece. É só que não posso fazer parte disso.

Eu ia tomar uma cerveja com Noah hoje, e acho que ainda farei, mas depois voltarei para Nova York, não terá mais notícias minhas. Quero que saiba que nunca vou expor você. E que você é a pessoa mais burra que conheço.

Te amo para sempre,
Ben

Lágrimas caem na tela. Seco-as com meu vestido. É claro que este é o e-mail que Ben mandaria, que eu devia saber que mandaria. Não consigo acreditar que eu estava esperando que ele fizesse exigências, falasse de dinheiro, ameaças ou traição. Como pensei que ele faria isso?

Eu devia me sentir aliviada. Escapei mais uma vez, e posso continuar como Summer. Mas tudo no que consigo pensar é no quanto sinto falta do meu irmão. E, durante todo este tempo, ele estava escrevendo para mim.

Abro outro e-mail.

É tão cheio de gente aqui. Na hora do rush ficamos espremidos como sardinhas no metrô. Mas sinto como se estivesse sozinho no meio do oceano. Sinto como se eu fosse o único ser humano vivo.

Leio outro, e mais outro, e mais outro.

Tarquin dorme pesado, quente e imóvel no meu colo, e sua respiração é lenta e estável. Tenho que descobrir se Virgínia está aqui, mas não consigo parar de ler os e-mails de Ben. Eles se agarram ao meu coração.

Você é a única que entendeu o que era, para mim, ser o filho gay de Ridge Carmichael...

Você entendeu que eu não estava interessado em competir pelo dinheiro. Mesmo se eu não fosse gay, eu não queria jogar segundo as regras do nosso pai para conseguir um dinheiro que ele deveria ter dividido igualmente entre todos nós...

Quando eu era criança, sempre quis que você e eu fôssemos gêmeos...

Várias vezes Ben me diz que, desde que nosso pai morreu, eu sou a única pessoa que o ama. Quando ele deixou de gostar da minha mãe e da minha irmã? Ele não explica. Mas não suporta ligar para Annabeth. Não suporta ligar para Summer. Sem mim, ele sente como se não tivesse família.

Você sempre se culpou por coisas que não eram sua culpa. Olhe como todos culparam você pela cicatriz na perna de Summer. O que estavam fazendo ao colocar você no comando?

Ben sempre me apoiou. Ele sempre disse que não era minha culpa o bote ter virado naquele dia.

Leio rápido demais para entender tudo. Há algo que Ben não está me falando. Estes são e-mails para ele mesmo, e ele já sabe.

... O sangue na perna dela. Eu tentei dizer tantas vezes para você que ela fez isso de propósito...

Ele está falando de Summer? O que ela fez de propósito? Cortar a perna quando o bote virou? Por que ela faria isso? Leio as palavras por cima.

Há e-mails demais para conseguir ler todos, mas não posso me arriscar em levar este celular para o hospital, e não sei quando terei outra chance de ler as mensagens.

Se Virgínia está dormindo no quarto de hóspedes, posso colocar Tarquin no berço dele e sair de fininho. Ele ficará em segurança ali até amanhã de manhã. Virgínia pode se perguntar como diabos ele subiu na cama, mas não vai imaginar que eu estive aqui.

Tentei dizer tantas vezes para você que ela fez isso de propósito. Ela gostava da sua humilhação.

Ele não está falando do bote.

O concurso de beleza. Tenho catorze anos, uso um maiô e uma coroa dourada, e todo mundo está me encarando, todo mundo está pensando: *Você não ganhou. Você é a gêmea feia.*

Quero discutir com Ben. Sim, Summer me deixou vencer de propósito, mas ele parece pensar que ela me expôs de propósito também. Como ela teria planejado que o sangue escorresse pela perna dela? Ele acha que as meninas conseguem menstruar quando querem?

Não sei a resposta. Não consigo adivinhar, mas isso não quer dizer que Ben esteja errado.

— Você está certo, Ben — sussurro. — Sou a pessoa mais burra que você conhece.

Tarquin se agita em seu sono. Deixo o celular de lado, passo os braços sob o corpo dele e luto para ficar em pé. Ele cresceu tanto.

Vou até o quarto dele e o coloco no berço. Coloco seu ursinho de pelúcia favorito em seus braços e ajeito um cobertor leve ao seu redor.

Os e-mails de Ben me descrevem como alguém que conseguia fazer coisas que Summer não podia fazer. Coisas como manejar um bote. Velejar pelo oceano. Merecer o amor de um irmão mais novo.

Quem estive tentando ser?

A garota no espelho

Menti para minha mãe, para meu irmão, para Tarquin, para Adam. Menti para todo mundo em Wakefield. Tudo isso para tentar ser Summer.

Mas quem é Summer? Ninguém é perfeito, mas nunca me permiti encarar suas falhas. Fazendo piada por causa do meu nome. Me provocando com filmes de terror. Exibindo que era quem tinha nascido primeiro, aquela cujos órgãos estavam no lugar certo. Pecados menores e irrefletidos. Não eram coisas que ela fazia de propósito. Ou eram?

Volto para o quarto principal. Já é noite agora, mas a janela *bay window* está prateada com a luz. Lá fora, a lua nascente corta um caminho lustroso no oceano escuro. Quase consigo ver o *Betsabeia* velejando ao longo dessa linha perolada, sua vela de genoa e a vela principal abertas como grandes asas brancas. Verifico meu relógio. Adam ainda deve estar a várias horas ao norte daqui.

Ben não gostava de Summer. Começo a pensar que ele a odiava. E Ben sempre foi mais inteligente do que eu.

Vou até o banheiro e paro diante do espelho duplo. Sou uma silhueta retroiluminada pela luz da lua que entra no banheiro.

— Sou Íris — digo em voz alta. — Sou canhota e meu coração está no lado errado... não, no lado certo do meu corpo. Toco piano e amo o mar. Minha irmã morreu em março, mas ainda tenho um irmão. Um irmão que me ama por quem eu sou. E agora sou mãe. Tenho um bebê que precisa que eu seja eu mesma.

O testamento do meu pai foi pensado para garantir que seu reino permanecesse intacto, mas, ao fazer isso, ele dividiu algo muito mais importante: a família. Se todos os sete rebentos Carmichael tivessem recebido uma fatia da fortuna da família, como os vários ramos do clã Romain receberam, teríamos aprendido a cooperar uns com os outros para administrar os negócios juntos.

Os Romain expandiram, abrindo agências de viagem por todo o globo, trabalhando juntos para construir um império. Se todos os sete filhos Carmichael tivessem superado suas diferenças, o que poderíamos ter conquistado?

O testamento de Ridge pretendia premiar a criança que o tornaria avô, que valorizasse a família o bastante para continuar sua linhagem. Em vez disso, seu testamento envenenou sua família. Seu testamento envenenou minha vida. As coisas estavam tão ruins que comecei a suspeitar de uma traição de Ben.

Agora deixo que o veneno saia de mim. Encho meus pulmões com ar fresco. Summer não era perfeita. Ela era uma garota normal. Às vezes, podia ser cruel. Talvez ela pudesse ser cruel.

Tenho que contar a verdade para Adam. Tenho que arriscar tudo. Mesmo se ele me odiar, tenho certeza de que não vai me entregar para a polícia. Ele vai saber que eu nunca pensaria em matá-la.

Se ele me abandonar, que seja. Ele pode ficar com o dinheiro. Ele merece. Ele pode escolher se quer que Esther seja parte de sua vida. Desde que eu também seja parte da vida de Esther. É tudo o que peço. Que ele não tire minha filha de mim.

Espero que ele me dê mais do que isso. Sei que é loucura, mas quero Tarquin na minha vida também. Ele é irmão de Esther. Depois de todos estes meses me ressentindo do menino, de algum modo ele encontrou seu caminho até meu coração.

Não posso mais mentir, mas talvez Adam e eu possamos criar uma nova verdade juntos. Posso amar a ele e a Tarquin como Summer os amava. Posso amar Esther como Summer teria amado seu bebê.

Não parece loucura esperar que Adam me perdoe. Eu até mesmo me pergunto se ele já não fez isso. Talvez alguma parte dele saiba. Sempre presumi que ele me confrontaria se adivinhasse a verdade, se suspeitasse, mas talvez eu tenha julgado mal. Parecia para mim que ele era distante, que nunca foi exatamente a alma gêmea que Summer descreveu. Ele não me beijou por meses. Talvez estivesse se questionando. Talvez estivesse pesando a situação, decidindo o que fazer.

E agora, penso, ele decidiu. Ele fez um plano, organizou uma grande surpresa para mim, trazendo o *Betsabeia* para casa. E, desde que Esther nasceu, ele fala comigo de um jeito tão carinhoso, acariciando meu cabelo, me beijando várias vezes. O que ele disse quando

A garota no espelho

pedi seu perdão? *Eu perdoo você. Você sequer precisa me dizer o que acha que fez de errado. Não vamos estragar as coisas olhando para trás.*

Summer me contou que Adam me disse que beijá-la era como beijar o sol, mas não foi o que ele me disse. Eu era algo diferente, mas bonito do mesmo jeito. O céu noturno.

Ele sabe.

Podemos ir embora. Podemos levar o *Betsabeia* de volta para as Seicheles, nós quatro juntos. E podemos velejar por aí. Ilha após ilha chama por mim, dia após dia ensolarado com coqueiros e brisas gentis. A costa africana com seus cabos tempestuosos. O doce Atlântico, o dançante mar do Caribe. O oceano Pacífico, entrelaçado de atóis feitos no paraíso. Se quisermos, quando voltarmos para casa, poderemos partir novamente.

Há um movimento atrás de mim. Uma forma escura, uma sombra, no banheiro. Acendo a luz. E é quando eu a vejo.

A garota no espelho.

Não eu.

Summer.

Summer está parada atrás de mim.

CAPÍTULO 21

A GAROTA NO ESPELHO

Eu me viro.

Aqui está ela diante de mim. Em carne e osso. Summer.

A escuridão desaba por todos os lados, até que não vejo nada exceto minha irmã. Ela está parada em uma esfera dourada, viva e bem, mais brilhante e mais linda do que jamais esteve antes.

Que diabos aconteceu? Alguém a resgatou? Como ela não conseguiu entrar em contato conosco? Alguém a manteve prisioneira?

— Como... como você está viva? — gaguejo.

— Que é que deu em você de carregar Tarquin por aí a noite toda, Íris? — Summer responde, os olhos verde-azulados me encarando com frieza. — Eu estava começando a pensar que você nunca mais iria soltá-lo.

— O quê? — Ela estava me observando? — Por quê...?

Ela faz um gesto com a mão, como se não pudesse ser incomodada com minhas perguntas.

— Então, como foi dormir com meu marido?

Não consigo respirar. Meu rosto arde. Ela sabe. Ela sabe sobre Adam e eu. Quero afundar em um buraco.

— Summer, eu sinto tanto — digo. — Eu... eu não posso explicar. Eu estava louca. É como se eu tivesse perdido o juízo. Mas não estou tentando me justificar. Sei que cometi um erro imperdoável.

— Só um erro?

— Cometi vários erros. — Eu a encaro, me perguntando se isso é mesmo real. — Minha vida tem sido um longo erro. Mas você está viva! Você está bem! E quanto... Onde está seu bebê? — Ela usa um vestido solto, mas posso ver o formato de seu corpo por baixo da roupa. Ela parece mais encorpada do que o normal, mas não está grávida.

— Chegaremos nisso — diz Summer.

— Eu não entendo — falo. — Eu vi a retranca derrubar você no mar. E eu procurei você por toda parte. Onde diabos você estava? Como sobreviveu?

— Uma coisa por vez, maninha. — Summer parece orgulhosa, parada com as mãos nas costas, os cotovelos para fora. — Estou feliz que tenha desfrutado do meu filminho fajuto. Você nunca contou a ninguém sobre ele, contou? Mas eu sabia que você o encontraria, e eu sabia que você acreditaria nele. Você queria tanto acreditar naquilo. A boba da Summer não sabe velejar direito. A boba da Summer caiu do barco.

Ela continua falando, mas não consigo escutar. Meus ouvidos estão zumbindo. Meu cérebro está pegando fogo. Tudo o que aconteceu desde que ela morreu — desde que ela *não* morreu — é jogado para o alto, e, quando cai de novo, é uma coisa diferente. Toda a minha dor por minha irmã. A vida que fiz sem ela. Minha vida com Adam. Para onde vai tudo isso agora?

As palavras de Summer abrem caminho através da névoa. Ela está falando agora sobre velejar, velejar dia após dia sozinha. Como se ela tivesse sido a única deixada para trás no *Betsabeia*.

— Você nunca acreditou que eu conseguiria, não é, Íris? Posso ver que até agora você não acredita.

Estou tentando entender as palavras dela. Onde, quando, por que ela estava velejando sozinha? Quero perguntar, mas minha boca não consegue formar as palavras. Estrou tremendo. Seguro a pia.

Ela está aqui, ela está aqui, ela está viva. As palavras rodopiam na minha mente. Estou presa nelas, mas Summer prossegue.

A garota no espelho

Eu nunca a ouvi falar dessa forma antes. Ela está tão zangada. Não, não é zangada. Sarcástica.

Com ódio.

E algo mais. Triunfante.

Este não é um encontro acidental. Ela não apareceu aqui simplesmente. Isso era um plano. Filme fajuto. Ela queria que eu encontrasse aquela gravação.

Summer fala sobre afundar um iate — que iate? — na costa da Austrália. Abrir as válvulas do mar, observar até a ponta do mastro afundar sob as ondas. Mas ela não está me contando isso como segredo. Ela está se vangloriando. Está me provocando.

O que ela disse já é ruim o bastante, mas agora ela chega em algo pior. O motivo para fazer isso. Seu plano.

Quero saber e não quero saber.

E há algo pior do que qualquer palavra. É o que ela segura na mão. Ela está tentando esconder, com as duas mãos nas costas, mas posso ver o brilho do metal negro.

Summer está segurando uma arma.

* * *

O chão balança como um navio em uma tempestade. Quero cair de joelhos, mas aquela arma atrás das costas de Summer me diz que não posso. Isso não é só para me humilhar. Não é só pelo dinheiro. Summer está jogando um jogo mais complexo. E agora estamos na partida final.

Tenho que manter minha irmã falando. Espero, rezo para que ela não saiba que Virgínia está aqui. Uma adolescente grávida é um socorro improvável, não exatamente páreo para um adulto com uma arma, mas ela é tudo o que tenho. Se eu ganhar tempo, talvez Virgínia nos escute. Talvez ela chame a polícia ou acerte Summer por trás.

— Eu vi a retranca acertar sua cabeça — falo. — Vi você cair na água. Como você conseguiu fingir aquilo?

Summer sorri irônica.

— Foi cansativo, maninha. Odeio cair no mar. Tive que encenar nove vezes para que parecesse legítimo, e então acrescentar a filmagem na gravação. Você pode imaginar?

— Mas bateu em você com tanta força...

— A filmagem que você viu estava acelerada, e você não podia perceber que eu estava usando um capacete por baixo do boné, mas, sim, mesmo assim doeu. Quase arrancou meu pescoço. — Ela mexe os ombros. — Mas estou bem agora. Obrigada pela preocupação.

— Mas onde você estava? Procurei em cada centímetro do *Betsabeia*. Até mergulhei e olhei por baixo do casco.

Ela gargalha.

— Eu sabia que você faria isso. Tudo o que você fez foi muito previsível, mas você estava horas e horas atrasada. Eu já tinha escapado enquanto você tirava uma soneca. Uma soneca aumentada farmaceuticamente.

— Aumentada farmaceuticamente? — repito. — Do que você está falando?

— Não tenho tempo para isso, docinho. Precisamos nos mexer. Não sei por que você apareceu aqui esta noite, mas, agora que viu o que viu, temos que tirar o melhor proveito disso.

— Espere, não — digo. — Isso não faz sentido algum. Para onde você foi? Quem pegou você?

— Ninguém me pegou. A grande encenação eu-não-sei-navegar era só para você. Será que ainda não entendeu? Eu enchi um bote de borracha, coloquei um motor de popa nele, e lá me fui. Não foi difícil. Não precisei de ajuda.

— Mas estávamos a centenas de quilômetros da terra firme. Nenhum bote levaria você tão longe.

— Segundo todos os mapas a bordo, estávamos a centenas de quilômetros da terra firme, sim. E você achava que conhecia o oceano Índico tão bem.

— Mas, mas... — Tento pensar no que dizer a seguir para que ela continue falando. — Por que você me faria pensar que estava morta? E nossa mãe? E Adam?

— Você não consegue adivinhar, Íris? Bem, como nosso pai sempre dizia, pessoas boas são imbecis.

Minha irmã filmou a si mesma nove vezes sendo atingida pela retranca. Me drogou, subiu em um bote e saiu em disparada através do nada no meio da noite. Ela foi até uma ilha que tinha apagado dos nossos mapas, onde, aparentemente, um iate a aguardava. Ela velejou sozinha todo o trajeto de volta para a Austrália.

E fez tudo isso enquanto estava grávida?

É como ser atingida por um martelo. Entendo finalmente.

— Você não estava grávida — digo. — Você nunca esteve grávida. Você não pode ter um bebê.

— Parabéns — diz Summer. — Esperta, você.

Ela aponta a arma para mim.

* * *

Fico parada com as duas mãos erguidas, tentando não me mexer.

— Tire seu telefone do bolso — diz Summer. — Ou, eu devia dizer, meu telefone. Quebre-o.

Pego o iPhone. Penso em ligar para alguém, mas não há como. Bato com ele no canto da pia. A tela se estilhaça.

— Mais uma vez — diz Summer. — Com mais força. Bata com ele na torneira.

Quebro o telefone na torneira. Suas entranhas se espalham e caem na pia. Quando levanto o olhar, Summer está segurando o outro telefone. O telefone de Íris. Meu telefone. Ela o joga para mim.

— Mesma coisa — ela diz.

Quebro este telefone com mais força. Rezo para que o barulho acorde Virgínia. A pia é uma confusão de pedaços de celular.

— Não se preocupe com as alianças — diz ela. — Você pode ficar com elas. São réplicas.

Olho para sua mão esquerda. A aliança de noivado com o diamante lapidação princesa brilha sob a luz fraca. Estive usando uma cópia barata todo esse tempo.

— Tarquin me disse que viu você — digo. — Você o levou até a ponte, não foi? — Agora entendo a confusão de Tarquin em relação ao bebê. *Bebê de novo. Bebê fora de novo.* Será que ele sabia que sua mãe era duas pessoas, ou pensou que o bebê estava entrando e saindo de mim? Ele estava pedindo uma explicação, mas ninguém estava ouvindo.

— Pobre Tarq — diz Summer —, perder um prepúcio bom só para que eu pudesse atrair você até a Tailândia. — Ela dá um passo grande para trás. — Agora, lá para baixo.

Saio do banheiro e atravesso o quarto. Summer está atrás de mim.

Paro no alto da escada. Do outro lado do corredor, a porta do quarto de Tarquin está aberta. Consigo ver sua forma adormecida daqui. Mechas soltas de cabelo castanho-avermelhado se projetam entre a grade e o berço, a poucos metros de distância.

Se pelo menos eu pudesse pegá-lo. Ela esperou até que eu o colocasse lá. Ela não quer machucá-lo. Ela não atiraria se ele estivesse em meus braços.

A arma é pressionada na parte inferior das minhas costas.

— Se eu atirar em você agora — Summer sussurra —, a bala vai abrir um buraco no seu útero. — Ela cospe a última palavra como se a odiasse. — Continue se mexendo, maninha.

Descemos as escadas, seguimos para a garagem.

A cada passo tento entender um mundo que mudou de direção. Será que Summer sabe onde Adam está? Não há chance de ele conseguir me ajudar, mas Summer pode não saber disso. E ela não disse nada sobre Virgínia. Talvez ela pense que eu estava sozinha com Tarquin. Ela jamais imaginaria que nossa rival estaria aqui, cuidando de seu filho.

Ela estava esperando que eu tivesse o bebê? Escondida em algum lugar aqui perto? Por horas? Dias? Semanas?

— Vá para a garagem — diz Summer.

Temos que passar pelo quarto de hóspedes. A porta está fechada, e não vejo luz acesa do outro lado. *Por favor, que Virgínia esteja aqui.*

Eu não devia envolvê-la. E se ela se machucar? E se o bebê dela se machucar? Podemos passar direto pelo quarto, e Summer não saberá que ela está lá.

Paro do lado de fora da porta.

— É isso o que você quer fazer, Summer? — pergunto o mais alto que ouso fazer. — Quer assassinar sua própria irmã?

Summer bufa.

— É claro que não. Não seja tão paranoica, Íris. Esta arma está carregada, e eu pratiquei para saber usá-la, mas é só para o caso de você ser estúpida demais para perceber isso sozinha. Se não fizer o que eu digo, terei que atirar em você, mas seria uma pena. Eu preferiria resolver isso amigavelmente.

— Como é possível resolver isso amigavelmente? Você está apontando uma arma para mim.

— Pense nisso como uma parceria — diz Summer. — Você me deu, me emprestou, seu útero, e, em troca, deixo você fugir com sua vida e sua dignidade. Pense nisso, Íris. Se ficar por aqui, você vai perder tudo. Depois do que fez, você não será sequer uma bela lembrança. Nossa mãe vai odiar você, Adam vai prestar queixa. E pense nisso: eu poderia matar você agora mesmo, e seria o crime perfeito. Não haveria sequer uma investigação. Todo mundo já pensa que você está morta.

— Então, o que você quer? — pergunto. — O que quer que eu faça?

Eu me viro para olhar para ela. Estamos paradas do lado de fora do quarto de Virgínia, mas não me deixarei olhar para aquela porta. Nem de relance.

— Vá embora. É tudo. Vá e não volte. Serei supergenerosa. Vou lhe dar o *Betsabeia*. Mas não deixe que haja qualquer dúvida em sua mente. Qualquer sinal de problema, mato você. Eu vou voltar para minha vida, nem que seja sobre o seu cadáver.

Há uma coisa na qual não suporto pensar. Não posso. Não posso. Mas preciso.

Esther.

Acorde, Virgínia.

— Mexa-se — ordena Summer.

Dou um passo para trás, para longe da porta, na direção da garagem. Ainda nada do quarto de hóspedes. Será que Virgínia é covarde demais para me ajudar? Pelo menos, certamente ela vai chamar a polícia depois que partirmos.

Mas Summer é minha irmã gêmea. É difícil esconder alguma coisa dela.

— Pare — ela diz.

Eu paro.

— Abra aquela porta.

— Não tem ninguém ali — digo. — Somos só Tarquin e eu.

— Abra.

Abro a porta com tudo.

— Sinto muito, Virgínia! — exclamo.

O quarto está vazio. Summer e eu olhamos ao redor, e sei que ambas estamos pensando a mesma coisa. Não há espaço embaixo da cama, e a cômoda é compacta. Não há lugar para se esconder.

O rosto de Summer é desdenhoso.

— Virgínia? — ela repete. — Por que diabos você pensou que ela estava aqui?

— Alguém deve estar aqui — digo. — Adam não deixaria Tarquin sozinho.

Summer cai na risada.

— Ele deixou Tarquin comigo, florzinha — diz ela. — Você não entende? Adam sabe. Ele sabe de tudo. Ele está nessa desde o início.

CAPÍTULO 22

A PONTE

Dirijo para Norte. Summer está no banco de trás da BMW. Sei que ela está atrás de mim, porque o aço frio está pressionado na minha nuca. A arma é pequena, mas Summer a empurra contra minha pele com força inesperada.

Adam sabe. É claro que Summer não teria filmado aquela cena sozinha; eles devem ter gravado aquilo na Tailândia, antes de eu colocar o pé no iate.

O flerte de Adam ao telefone, quando ele e Summer me convidaram para ir para a Tailândia... ele me dizendo que eu era linda quando me pegou no aeroporto... o plano original era que eu velejasse com Adam, o que só mudou quando ficou difícil demais para que eu recuasse... o ar vago que me deixou confiante em conseguir encobrir qualquer erro... tudo o que Adam fez era um estratagema. Tudo parte do jogo de Summer. Do jogo deles.

— Para onde você está me levando? — pergunto.

— Para o rio — diz ela. — Você pode pegar o *Betsabeia* e partir antes do amanhecer.

A escuridão cai de vez enquanto deixamos Wakefield. Observo o último poste de luz desaparecer pelo espelho retrovisor.

— Para onde você vai? — pergunto. — Depois que eu partir? Você vai voltar para cá?

— É claro — diz ela. — Eu não deixaria Tarky sozinho a noite toda. Mas você não precisa se preocupar com essas coisas, Íris. Você já tem muito com o que se preocupar consigo mesma. Não pode retomar sua vida, sabia? Eu sempre disse que você não tinha uma vida, mas agora você realmente não tem.

Ela vai me deixar viver? Ela não se incomodou em esconder os telefones quebrados. Isso me dá esperança. Ela não está agindo como alguém que precisa encobrir um crime.

Mas é claro que ela não precisa fazer isso. Como ela disse, se me matar, não haverá investigação.

Tudo o que ela precisa fazer é se livrar do corpo.

— Summer, me deixe viver — digo. — Eu não farei nada.

— Íris, você é minha irmã! Você me conhece bem. Não me julgue pelos seus padrões. Eu falei para o Adam: "Assim que Íris vir a arma, ela vai fazer qualquer coisa que eu lhe disser".

Ela pressiona a arma com mais força contra meu pescoço.

— Adam queria matar você — diz ela. — Você tem sorte de ele não estar aqui. Eu o persuadi a deixar você viver. O *Betsabeia* está totalmente abastecido. Você pode dar meia-volta no mundo sem ter que se preocupar com nada. Há dinheiro a bordo, dez mil dólares norte-americanos. O suficiente para ajudar você. Certifique-se de não voltar, maninha. Tenho medo do que Adam faria com você.

— É claro — digo. Não sei se acredito nela, mas parece mais seguro fingir que sim. — De toda forma, o *Betsabeia* é tudo o que eu sempre quis. Acho que você está sendo generosa depois do que fiz.

Summer dá um apertão fraterno em meu ombro, mas mantém a arma no lugar.

— Eu sabia que você entenderia, maninha — diz ela. — Eu falei para Adam que podíamos confiar em você.

Digo a mim mesma para agir com gratidão. Agir aliviada. Como se não aguentasse mais continuar sendo Summer. Como se tudo o que eu quisesse fosse ir embora.

Quero acreditar nela. Summer recupera sua vida. Ela fica com tudo. Adam. Tarquin. Ela fica — mal consigo aguentar pensar nisso

— ela fica com Esther. Ela tem que acreditar que não quero voltar. Tem que acreditar que farei qualquer coisa, desde que ela me deixe viver. Tem que acreditar que a única coisa que quero é o *Betsabeia*.

Summer sabe que eu sou egoísta, esquisita, nada maternal. Ela sabe que eu não gostava de Tarquin. Ela sabe que sei que não posso ter Adam. Ela sabe que eu nunca quis um bebê. Então não é tão ruim assim, é? Viverei o resto da minha vida sem uma identidade legal, o fantasma de Íris Carmichael, mas pelo menos viverei.

* * *

Saímos da rodovia principal e entramos na estrada de terra que leva à ponte Carmichael. Olho pelo espelho retrovisor. Summer está recostada em seu assento. Ela percebe meu olhar.

— Você não está se perguntando onde escondi o bote? — ela pergunta.

— Suponho que sim — digo, embora, é claro, eu só pense em Esther. Como ter certeza de que ela ficará em segurança. Como manter Summer pensando que eu não me importo com ela. Não posso mencioná-la. Se eu disser qualquer coisa sobre ela, Summer saberá. Ela saberá que não posso ir embora sem meu bebê.

— Eu sabia que precisava escondê-lo bem — fala Summer. — Você está sempre enfiando o nariz em tudo o que é meu. Achei que você não ia querer fazer as tarefas domésticas. Você sempre foi tão desleixada, mas eu disse que a máquina de lavar estava trancada por motivos de segurança.

Mal presto atenção.

— Então o bote estava lá dentro — digo.

— Sim. Tivemos que tirar tudo lá de dentro para poder caber. E a secadora também, para caber o motor de popa e o tanque de combustível. E então você tentou abri-la no momento em que chegou ao porto. Adam me disse o que teve que fazer para distrair você. Que risível. Ele tentou ser o pior amante que podia, mesmo assim você não se cansava dele nunca.

— Isso não é verdade — digo. Ela está tentando me humilhar, e eu realmente sinto uma pontada de dor. Adam sabia. Quando ele me penetrou e me chamou de vadia e puta, não era um jogo sexual com sua esposa. Ele sabia.

— Bem, você deve ter padrões muito baixos — diz Summer. — Ele nunca beijou você, nenhuma vez. Eu o fiz me prometer.

Abro minha boca e a fecho novamente. Não diga nada, Íris. Ela está segurando uma arma.

— Você nunca menstruou, não é? — pergunto. — Nem mesmo no concurso de beleza.

— E não é que somos espertas? — diz Summer. — Eu tinha que me cortar para fazer o sangue escorrer pela minha perna. Era bem fácil enganar nossa mãe, mas eu sempre achei que você podia descobrir algum dia. Você estava sempre tagarelando sobre como eu tinha o corpo perfeito enquanto você era deformada, tagarelando sobre como quase fomos gêmeas siamesas. Como poderíamos ter tido órgãos compartilhados. Foi o que me deu a ideia. Era sua culpa que as coisas estavam erradas dentro de mim.

— Não sou deformada — digo. — Está tudo ao contrário, mas funciona. Está tudo no lugar.

Summer sibila em meu ouvido.

— Eu tampouco tinha alguma coisa faltando — diz ela. — Eu era perfeita até que você se separou de mim. Eu era inteira. Mas então você roubou um pedaço de mim. Você roubou meu útero. E, francamente, eu não teria me importado se ele não acabasse valendo cem milhões de dólares.

* * *

Mesmo sem um útero, Summer é perfeita. Ela é brilhante, resplandecente, metálica. É uma sereia. Agora eu vejo o que a torna bonita, o que sempre a deixou bonita. Ela nunca precisou de mais ninguém. De alguma forma, seu útero perdido a torna autossuficiente. O que é um útero senão um anseio pela maternidade, um anseio por um bebê? Mas Summer não anseia. Summer não precisa. Summer consegue.

E ela me conhece muito melhor do que eu imaginei. Ela sabe tudo o que tentei manter em segredo dela. Ela acha que pode ser minha mente. Será que pode?

Ela acredita que eu não me importo com o bebê. Ela acredita que estou disposta a ir embora. Ou então finge acreditar. Enquanto eu achar que ela vai me deixar viver, vou cooperar. Sim, há uma arma pressionada em meu pescoço, mas se eu soubesse que ela ia me matar, poderia muito bem ter me arriscado. Bater o carro. Sair correndo. Tentar tirar a arma de sua mão. Em vez disso, estou acompanhando a dança. Ganhando tempo. Tentando entender, tentando pensar em algo no qual Summer não tenha pensado.

A única coisa que tenho certeza de que Summer não sabe é que Ben me desmascarou. Tento pensar em um modo de usar isso em minha vantagem. *Ben sabe. Ele pode nos diferenciar. Você nunca vai enganar Ben.*

Mordo meu lábio. Não falo nada. Não vai fazer qualquer diferença. Só vai colocar Ben em perigo. Se ela está planejando me matar, ela provavelmente mataria Ben antes que ele pudesse expor seu crime. Agradeço por Ben ter voltado para Nova York. Espero e rezo para que ele fique em seu mundo e nunca mais volte. Se eu morrer hoje à noite, preciso saber que as pessoas com as quais me importo estão em segurança. Minha mãe. Ben. Esther.

Summer é minha irmã gêmea. Ela previu tudo o que eu faria desde que desapareceu em março. Adivinhou que eu assumiria sua vida, ficaria grávida, derrotaria Virgínia na corrida pelo dinheiro.

Eu disse que não voltaria, mas alguém acredita em palavras ditas sob a mira de uma arma?

* * *

A ponte Carmichael surge à nossa frente. Está fechada ao tráfego atualmente; a estrada principal ao Norte fica mais para o interior.

As pessoas só vêm para cá com o intuito de ver os crocodilos. Ninguém vem aqui à noite.

Cenas aleatórias dos últimos sete meses aparecem em minha mente. Não tenho como saber o quanto da vida que percebi como sendo de Summer era real. Ela realmente passava os dias correndo atrás de Tarquin, limpando o piano de Helen e fazendo os pratos favoritos de Adam, ou aquelas eram tarefas designadas especialmente para mim?

Aqueles lembretes no telefone, aquele álbum compartilhado bizarro, eram coisas falsas plantadas para mim?

Será que Adam tomava todas as decisões e ficava com todo o dinheiro guardado em sua conta para me impedir de ter qualquer influência sobre a vida de Summer enquanto eu mantinha tudo funcionando para ela?

Será que as histórias de Summer sobre as seduções românticas de Adam eram mais verdadeiras do que o vergonhoso sexo-estupro que ele tentava fazer comigo? Eu queria perguntar, mas sei que não posso. Não vou conseguir descobrir.

Algumas coisas eu sei. Summer não gosta de velejar. Seu arrebatamento pelo *Betsabeia*, por Adam, eram mentiras para me atrair. Todos os toques glamorosos, a lingerie, as joias. O piano de cauda, que eles mantinham embora ninguém tocasse. As histórias sobre o sexo espetacular. E eu caí direitinho. Caí naquilo tudo. Ela foi obstinada como um predador, e eu era a presa.

— Pare o carro — ordena Summer. — Vamos esperar pelo *Betsabeia* aqui.

O estacionamento está vazio. Paro na vaga mais próxima. Não consigo ver a ponte muito bem daqui, mas há uma visão clara do rio abaixo. O rio, brilhando negro sob um céu quase sem nuvens, é lento e largo, seguindo preguiçoso em direção ao mar. A costa está repleta de manguezais. Sei o que se esconde lá.

Mais abaixo, o rio faz uma curva, então não dá para ver o oceano daqui, mas o rio é navegável até a ponte. Meu pai trazia o *Betsabeia* de vez em quando aqui.

A lua está alta. Em algum lugar em mar aberto, Adam veleja na nossa direção. Será que ele está me trazendo vida e liberdade, ou morte?

Talvez Summer esteja esperando que ele faça o trabalho sujo por ela. Ou realmente terei permissão para partir?

Cairns fica a quase duzentas milhas náuticas daqui. O *Betsabeia* é um barco rápido, mas não tão rápido assim. Não tem como ele chegar aqui antes do nascer do sol.

Summer deve saber disso.

E não tem como Summer planejar passar a noite toda aqui.

Tem mais alguma coisa. Algo não está certo no jeito como Summer está falando. Ela me contou coisas demais. Ela não precisava ter me dito que tinha fingido sua morte. Podia ter inventado um resgate milagroso. Ela não precisava me dizer que não tem útero. Ela podia ter fingido que perdeu o bebê.

Só existe um motivo para ela ter me contado tudo. Ela não se importa que eu saiba. Não importa o que eu sei. É o quão certa ela está de que eu jamais verei outro amanhecer novamente.

Minha irmã vai me matar.

Estou calma. Tenho sido tão estúpida, que é como se eu merecesse isso. Não só pelos últimos meses. Por causa de toda a minha vida. Summer me enganou desde que tínhamos catorze anos. Desde que nosso pai morreu. Ela nunca teve um útero. Ela conseguiu deixar isso em segredo não só de mim, mas de Annabeth. Lembro-me dela pedindo para nossa mãe comprar mais absorventes íntimos, reclamando de cólicas. Nada parecia errado. Ela foi meticulosa. A última coisa que passou pela mente de alguém quando Summer teve sua primeira menstruação de um jeito bem público, no concurso de beleza, era que ela poderia estar fingindo. Qual a melhor forma de esconder uma mentira do que fazê-la parecer um acidente humilhante?

Ela nunca teria tido a chance de conseguir o dinheiro se eu não tivesse tanta inveja de sua vida. Em um universo alternativo, Íris Carmichael pisaria nas Seicheles e contaria a verdade. Quem sabe qual futuro a aguardava? O primeiro homem em quem pôs os olhos foi Daniel Romain. Ele era um homem mais adequado para mim do que Adam jamais foi, um homem que parecia me conhecer à primeira vista. Um homem com olhos dourados, com quem eu poderia velejar até um pôr do sol dourado.

— Agora — diz Summer —, você precisa me prometer que não vai voltar. Tenho medo por você, Íris. Adam tem algumas ideias bem ruins.

— Eu prometo. A única coisa que eu sempre quis foi o *Betsabeia*. Não sou feita para a maternidade.

— Saia do carro — diz Summer. — Caminhe até a ponte.

Desço do carro e encaro minha irmã.

— Summer, sei que o *Betsabeia* não está vindo para cá. Ele pelo menos está na Austrália?

Os dentes de Summer brilham sob a luz das estrelas. O sorriso dela é frio, reptiliano. Ela está pensando se precisa ainda se dar ao trabalho de me enrolar. Se isso ainda é necessário.

— Ah, sim, o barco está na Austrália — responde Summer. — Vamos fazer a cerimônia funerária para você amanhã a bordo.

O fingimento desaparece. Somos apenas Summer e eu. Ela me olha nos olhos.

Nada de mentiras.

— Summer, sinto muito por tudo.

— Não adianta choramingar, Íris.

— Não estou choramingando. Eu perdi. Sei que perdi, mas, por favor, me prometa uma coisa.

— Vou me assegurar de que você estará morta quando cair — diz Summer. — Não deixarei que a comam viva, embora eu sempre tenha querido ver isso.

O jeito como ela fala aquilo quase me faz afundar no chão. Eu quase desisto. Não consigo falar.

— Ande — diz Summer. — Está na hora.

Caminho até a ponte. Estou com frio, mas o suor escorre pelas minhas costas. Minhas pernas estão fracas, e meu corpo ainda dói por causa do parto. Será que eu conseguiria pular daqui? O guarda-corpo é da altura do meu quadril e há um vão no fundo pelo qual talvez pudesse me espremer. A queda tem uns dez metros. Talvez eu consiga sobreviver. A água é bem funda, mas sei o que tem ali embaixo. Eu só trocaria uma morte por outra. Uma bem pior.

— Mais uma coisa — digo. — Me prometa que vai cuidar de Esther. Eu seria uma mãe atroz, mas a amo. Me prometa que ela ficará bem.

— Ah, não se preocupe. Eu vou tomar conta de Rosebud.

Ela vai tomar conta de Rosebud. Assim como está tomando de mim.

Lembro-me das minhas palavras para Virgínia. *Ela só precisa respirar uma vez*. E de como Virgínia gritou.

Tenho que encarar. Summer não ama Esther. Talvez ela a odeie. Como posso deixar minha filha nas mãos desta psicopata?

Estou tão cansada. Estou acabada só de subir a encosta que leva à ponte. Mas sei o que tenho que fazer.

Tenho que lutar.

— Você está errada sobre uma coisa — digo. — Acho que você devia saber. Adam me beijou. Demorou um bom tempo, e eu me perguntava o motivo, mas agora ele me beijou. Várias vezes. Apertou os lábios contra os meus com tanta força, e sua língua penetrou tão fundo, é como se ele estivesse ansiando por mim...

— Eu disse isso para você — fala Summer. — É óbvio que está mentindo.

— Ele fez isso na frente de outras pessoas — comento. — Pergunte para as enfermeiras no hospital. Pergunte para Nina.

Os lábios de Summer se curvam, e seus olhos brilham. Eu a irritei. Ela está distraída. A arma está descentralizada, apontando para meu ombro. É uma jogada ruim, mas a única chance que tenho.

Avanço na direção dela. Agarro a arma.

Summer é pega de surpresa, mas não solta. Ela segura a arma enquanto minha mão se fecha ao redor da dela. Ela agarra meu cabelo e o puxa para trás. Meu queixo é empurrado para cima.

Eu me jogo contra ela. Caímos juntas. Nós duas atingimos o chão com força. Estou em cima dela, imobilizando-a. Ainda estou segurando a arma, minha mão fechando a de Summer. Bato nossas mãos no concreto. Com o máximo de força que consigo. Ela grita. Eu bato novamente, com mais força ainda. A arma desliza pelo concreto. Para na beirada da ponte. Estendo o braço para pegá-la, mas Summer acerta o joelho com força na minha virilha. Grito de dor, e agora ela está em cima de mim. Ela me arranha. Eu a chuto, arranho de volta e a agarro para impedi-la de pegar a arma.

Ambas lutamos por nossas vidas, e somos perfeitamente iguais.

* * *

Duas garotas estão na ponte. As duas têm o cabelo dourado, os olhos da cor do mar. Uma delas se apoia no guarda-corpo. Seu corpo dói da luta que perdeu, a maior luta de sua vida. Ela sente o espaço sob ela, a longa queda até o rio lá embaixo, e sabe o que há naquele rio, mas não consegue olhar para baixo. Seus olhos estão fixos em sua irmã.

A outra garota está parada no meio da ponte, na parte mais alta. Seus olhos também estão fixos em sua irmã. Ela aponta a arma para a cabeça da irmã.

Um tiro é disparado, cortando a noite em duas, e a garota no guarda-corpo grita, mas não cai.

A garota segurando a arma desmorona e cai. É um tiro perfeito em seu peito. A cabeça de sua irmã gêmea se vira na direção do som, e ela vê seu irmão parado no estacionamento, com um rifle na mão.

— Íris! — ele grita.

PARTE 3

ÍRIS

CAPÍTULO 23

O ANIVERSÁRIO

Sou Íris. Sou Íris. Sou Íris.

Meu irmão corre na minha direção, ainda segurando o rifle. Eu caio em seus braços.

— Graças a Deus! — ele exclama. — Cheguei bem a tempo.

Tremo descontroladamente. O corpo da minha irmã jaz no chão, uma flor escarlate surgindo em seu peito, onde a bala a acertou. O sangue se espalha ao redor de seu corpo. Eu me viro para Ben. Ele treme tanto que não conseguimos nos abraçar. Caímos juntos no chão.

— Como diabos você me encontrou, Ben?

— Foi Noah... eu... eu... — A respiração de Ben sai em arfadas curtas. Seus dedos se afundam em meus ombros. Ele morde o lábio com tanta força, que espero ver o sangue aparecer. — Não consigo acreditar. Eu acabei de matar Summer. Eu assassinei minha irmã!

— Mas você me salvou, Ben. Você não teve escolha. Ela estava prestes a me matar!

— Eu sei. Eu descobri o plano dela. — Ben me solta e engatinha até o corpo dela. É Summer que está ali, caída, morta, bem ao nosso lado. Realmente morta. Ben choraminga ao vê-la. Ele agarra a arma dela e a arremessa para fora da ponte, fazendo o mesmo na sequência com seu rifle. Eles atingem a água com um duplo respingo. — Meu

Deus, eu sempre a odiei tanto, mas agora eu a matei! — exclama Ben.
— Estou na merda!

— Pense, Ben. Temos que pensar. O que fazemos agora?

— Rápido, temos que esconder o corpo dela. Ou devo chamar
a polícia e confessar?

— Não, espere. Vai ficar tudo bem. Vamos sair dessa juntos. Ah,
meu Deus, eu achei que ia morrer! Escute, alguém sabe que você
está aqui? Não acho que ela tenha contado para alguém para onde
ia me levar. Adam está em alto-mar, sem sinal de telefone. Está a
quilômetros de distância. Temos tempo. Estamos no meio da noite.
Ninguém vai aparecer.

— Não, eu não disse para ninguém aonde estava indo. Eu não
tinha tempo. — Os olhos de Ben estão arregalados, mas estão cegos
de pânico. Ele segura a cabeça entre as mãos e solta um gemido baixo.
— Sou um assassino — ele gagueja. — Matei minha irmã.

— Mas como você sabia? Como você me salvou? — pergunto.

— Eu me encontrei com Noah... eu disse para você que ia ver
Noah. Ele me contou que você não podia engravidar. Que foi por
isso que ele deixou você.

— Isso não faz sentido — digo. — Estávamos tentando ter um
bebê durante todo o tempo que durou nosso casamento. Foi por isso
que nos casamos.

— Eu sei, mas Summer o convenceu de que você estava tão
desesperada para impedi-lo de largar você que fingiu que podia ter
filhos. Ela mostrou provas para ele. Ela tinha raios-X, ultrassonogra-
fias, para provar que você não tinha útero. Ela o fez jurar segredo,
dizendo que você jamais a perdoaria por contar para ele. E eu fiquei
sentado ali pensando, mas Íris acaba de ter um bebê. Então, de quem
era o corpo naqueles exames?

— De Summer — digo.

— Certo, mas, antes de desaparecer, Summer disse para você
que estava grávida. Assim que descobri que ela estava mentindo...
mentindo sobre estar grávida, mentindo sobre ser capaz de ter um
bebê... Percebi que a única chance que ela tinha de herdar o dinheiro

A garota no espelho

era fazer com que o bebê de alguém passasse como dela. Foi quando descobri que ela tinha enganado você, que ela não estava realmente morta. Tudo o que ela fez foi planejado para você fazer o que fez. Ter o bebê para ela. E, assim que o bebê nascesse, ela não precisaria mais de você. Ela precisava que você desaparecesse. Íris, foi o pior momento da minha vida. E se ela já tivesse matado você? Telefonei para você, mas caiu direto na caixa postal. Comecei a entrar em pânico quando o hospital disse que não conseguia encontrá-la. Então, corri para a casa dela. Não estava trancada. Encontrei Tarquin dormindo sozinho e telefones destruídos na pia...

— Noah estava com você?

Ben nega com a cabeça.

— Não, eu não contei nada para ele. — Ele pega o telefone. — Vou ligar para a polícia.

— Ben, você está louco? Você matou alguém. Espere um minuto. Pense.

— Não, Íris. Não vou ser pego em mentiras. Vou contar a verdade.

— Pare um segundo. Você não vai expor só a si mesmo, vai me expor também. Todo mundo vai descobrir sobre mim. Se me encontrarem aqui e também o corpo de Summer, terei sérias explicações para dar.

Não consigo imaginar o que a polícia vai pensar, mas sei que não vai ser bom para mim ou para Ben.

— Nem mesmo entendo como você sabia que precisava vir aqui — digo.

— Essa foi a parte mais fácil — murmura Ben. — Assim que me perguntei como Summer mataria Íris, eu soube a resposta. Ela era obcecada com esses malditos crocodilos.

* * *

O mundo está em pedaços. Estou agarrada ao meu irmão. Estou viva, mas tão perplexa que mal consigo me sentir grata por ele ter me salvado. Logo ao meu lado está o corpo da minha irmã. Seu cadáver.

Rose Carlyle

— Ben, você jogou as armas fora, como uma pessoa culpada.

— Eu sei. Não estava pensando.

— Você salvou minha vida. Não posso vê-lo ir para a prisão.

— Você pode testemunhar sobre Summer estar com uma arma apontada para a sua cabeça.

— Sim, e é claro que eu faria isso, mas quem sou eu? Quem é sua testemunha? Alguém que devia estar morta. Alguém que morreu há meses para todos ao seu redor. Não vão acreditar em uma palavra que eu disser. Vão pensar que arquitetamos a coisa toda juntos!

— Mas você não quer contar toda a verdade? — Os olhos do meu irmão me perfuram. — Eu realmente achei que, depois que lesse meus e-mails, você ia querer contar toda a verdade.

— Me deixe pensar — peço. — É tudo tão assustador. Estou tão apavorada, Ben.

Ben espera.

— Eu quero contar a verdade — resolvo. — Quero desesperadamente contar a verdade, mas a coisa mais importante é que você esteja em segurança. Devo tudo a você. Deus, estou congelando.

Tento me levantar, mas não consigo. Caio novamente nos braços de Ben.

— Eu tentei dizer para você, Íris — fala Ben. — Eu sempre soube que ela fazia joguinhos, xingava você, provocava com histórias de terror. E o concurso de beleza. Ela armou para que você fosse humilhada, deixando você usar a coroa e depois expondo sua real identidade na frente de todo mundo, ao mesmo tempo que enganava a todos nós, fazendo-nos acreditar que ela estava menstruando. Isso foi só um mês, mais ou menos, depois da morte do nosso pai, mas ela já estava preparando terreno para seu plano. Ela já devia saber que era infértil... talvez nosso pai também soubesse... mas conseguiu esconder a notícia da nossa mãe. Então, ela teve que fazer você pensar que ela não tinha interesse no dinheiro, para acalmar você e levá-la à complacência. Ela deve ter entrado em pânico quando você se casou. Quando eu soube que ela tinha voado para a Nova Zelândia e que estava tentando salvar seu casamento, tive a sensação de que ela ia sabotá-lo, mas nunca percebi o quão longe ela chegaria. Nossa irmã era um monstro.

Concordo com a cabeça lentamente. A verdade dói. Não quero pensar nisso. Preciso pensar em Ben, no meu irmão. Eu o negligenciei por tanto tempo, mas não posso continuar fazendo isso.

Tento me levantar mais uma vez, e agora consigo. Ben se afasta da beirada da ponte e desvia os olhos de mim, olhando para o estacionamento. É minha chance. Tenho que garantir que Ben não seja preso. Respiro fundo e agarro o cadáver da minha irmã pelas axilas. Com muito esforço, sua cabeça e a parte superior de seu corpo ficam penduradas na beirada da ponte, deixando uma trilha de sangue escuro no concreto. Paro um pouco, tentando recuperar o fôlego.

Isso foi uma contração muscular? Não. Certamente, não. Ben a matou. Estou só limpando a sujeira. Empurro as pernas dela, e ela rola; agora está caindo. Um respingo. Ela está na água agora. Está com os crocodilos. Imediatamente vejo movimento nas margens. Formas compridas e escuras deslizam na água.

— Que diabos você fez? — grita Ben. — Agora parecemos culpados!

— É o único jeito. Sei o que estou fazendo. Não podemos contar a verdade. Seria um desastre para nós dois. Você perderia sua bolsa de estudos. Mesmo se não acabar na cadeia, vai arruinar sua vida.

Ben está pálido como cinzas.

— Como você pode fazer isso com ela? — ele grita. — Pense no que vai acontecer com o corpo dela.

Meus olhos são atraídos para o rio, mas não posso assistir àquilo. Não quero que Ben me veja olhando e, em todo caso, uma nuvem entrou na frente da lua, cobrindo o rio em um manto de escuridão. Mas consigo ouvir alguma coisa. Uma perturbação na água. Os predadores atacando. O giro da morte. Alguma coisa se remexe em minhas entranhas. Será que ela ainda está viva? Será que ela pode sentir aquilo? Como será que é ser comida viva?

Não posso me deixar pensar nisso agora. Não faz diferença alguma. A coisa importante é que não haverá corpo, não haverá evidência.

— Eu fiz isso para que você não tivesse que fazer, Ben — digo
—, porque amo você. Precisamos nos unir agora. Você é o único que
sabe quem sou, e isso precisa continuar assim.

Seguro o braço do meu irmão e o ajudo a ficar em pé.

— Vamos. As chaves estão no contato. Tenho que voltar para
Tarky. Ele está sozinho em casa agora. Como você chegou aqui?

— No meu carro alugado — diz Ben.

— E o rifle?

— Era do nosso pai.

— Alguém sabia que estava com você? — pergunto.

— Não. Eu entrei escondido na garagem da casa de praia e o tirei
do cofre.

— Ninguém viu você?

— Ninguém.

— Ótimo. Agora, pegue o carro e vá embora. E nunca mencione
isso por e-mail ou por telefone. É melhor nunca mais falarmos sobre
esta noite. Volte para Nova York.

— Você não pode estar falando sério — diz ele. — E quanto a
Adam? Como vai lidar com ele?

— Adam? — repito. — Não sei o que pensar sobre Adam. Ela
disse que ele estava envolvido em tudo isso, mas talvez estivesse só
me provocando. Ela disse que ele sonhava com algumas formas
horríveis para me matar, mas não consigo acreditar que ele fosse
capaz disso. Ele é tão gentil comigo.

— Pare com isso, Íris. Não é óbvio? — insiste Ben. — Eles estão
planejando isso há anos. Tudo na vida de Summer foi planejado para
atrair você. Eu me perguntava por que eles compraram o *Betsabeia*,
se Summer odeia velejar. Adam tem que estar envolvido.

— Mesmo se você estiver certo, isso não quer dizer que ele
concordou com o assassinato. Nenhum deles sabia que eu ia aparecer
esta noite. Era para eu ter ficado no hospital. Acho que o plano de
Adam era deixar que eu pegasse o *Betsabeia* e fosse embora. Tenho
certeza de que ele se importa comigo. De toda forma, não se preocupe. Esse problema é meu, e vou cuidar dele.

Ben é tão virtuoso que prefere contar a verdade, ainda que isso arruíne sua vida. Terei que trabalhar duro para evitar que ele confesse. É o mínimo que posso fazer por ele. Ela ia me matar.

É perfeito assim. Serei Íris para Ben, e Summer para todos os demais. Com Adam eu me acerto. Todo mundo fica com a gêmea que ama mais.

Estou no carro, viro a chave, quando Ben bate na janela. Eu desço o vidro.

— Sabe, se eu tivesse chegado alguns segundos mais tarde naquele hospital, você estaria morta agora — diz ele. — E eu jamais saberia. Summer teria conseguido.

— O que quer dizer?

— Eu não consigo diferenciar vocês. Nunca consegui. Se eu não tivesse visto você cheirar aquelas íris, eu jamais teria adivinhado que era você.

— Ainda não acredito que você adivinhou. Eu achei que estava me saindo tão bem. Você é uma lenda, Ben.

— Por favor, não me parabenize. Fico pensando que não dei uma chance para que ela abaixasse a arma. Eu simplesmente atirei nela.

— É verdade — concordo. — Por que você não fez isso?

Ben faz um barulho zombeteiro.

— Se fosse você segurando a arma, eu teria tentado argumentar. Mas olha só. Estamos falando de Summer. Aquela vaca teria atirado em você sem pensar duas vezes.

* * *

Ao meio-dia, no meu aniversário, o *Betsabeia* chega à marina de Wakefield, bem a tempo para que a cerimônia fúnebre seja realizada a bordo. Temos que ser breves; ainda não consegui ir para o hospital hoje. Tive que cuidar de Tarky e me livrar dos celulares quebrados.

Meu instinto na noite passada me dizia para colocar Ben no primeiro avião para Nova York, mas ele decidiu ficar. É sempre possível que alguém denuncie ter ouvido tiros ou ter encontrado manchas de sangue na ponte Carmichael, e, se isso acabasse sendo relacionado a Ben ou a seu carro alugado, não seria nada bom para ele ter fugido do país. O corpo de minha irmã já está descartado em segurança a esta altura, mas os crocodilos não comem rifles. Parece improvável que alguém encontre o rifle do meu pai no rio, mas nunca se sabe. Então, Ben mudou novamente a data do seu voo e passou a noite na casa da nossa mãe. É desconfortável para mim tê-lo aqui hoje sob falsos pretextos, mas é o mínimo que posso fazer depois que ele salvou minha vida.

A cerimônia acontece no salão. Nove pessoas aqui são uma multidão; não terei um momento sozinha com Adam até que acabe. Estou impaciente para descobrir seus verdadeiros sentimentos.

Todo mundo hoje está contando mentiras sobre Íris; é difícil manter o controle. Um pastor que nunca a conheceu faz um discurso interminável e impreciso sobre uma jovem advogada promissora cuja carreira foi interrompida cedo demais. Minha mãe, usando o mesmo vestido negro que usou no funeral do meu pai, fala sobre o laço especial com sua filha do meio. Colton e Virgínia lamentam não ter conhecido Íris melhor. Letitia Buckingham diz como era engraçado ser melhor amiga de sua irmã gêmea idêntica. Noah, Adam e Ben falam o mínimo possível.

Minha mãe chora, e faço o melhor possível para chorar com ela.

Nove pessoas para lamentar uma vida. Não é um legado muito grande. Minha coluna estremece com o pensamento de que Íris está realmente morta agora. Nenhuma possibilidade de ressurreição. Prometi a Ben que manteria para sempre o que aconteceu em segredo.

É o melhor. Ben voltará para Nova York, e eu viverei como Summer, e ninguém jamais vai suspeitar do que Ben fez.

Colton se aproxima de mim depois da cerimônia.

— Summer, o dinheiro está todo nas suas mãos agora — diz ele. — Tenho uma pergunta, e é mera curiosidade. Por que vocês se endividaram tanto para comprar o *Betsabeia*? Se você não tivesse tido o bebê, vocês dois estariam bem encrencados.

A garota no espelho

— Mas nós sempre soubemos que teríamos o bebê — respondo. Colton não tem mais poder algum sobre mim. Sem o fundo fiduciário em suas mãos, ele é apenas mais um tio intrometido, o chato da família. — Sempre soubemos que ficaríamos com o dinheiro. Certamente, você sabia disso. Eu *sou* a mais velha.

Colton arregala os olhos, mas agora minha mãe me chama lá fora.

— Summer, é hora de ir. Adam está no convés esperando você.

Digo adeus para Colton. Digo adeus para Letitia e para Virgínia. Digo adeus para Noah.

No caminho até a cabine do piloto, dou um abraço em Ben.

— Tenha uma boa viagem para Nova York.

Há um buquê de íris brancas na mesa da cabine do piloto. Enterro o nariz nelas e respiro fundo. Assumo uma expressão de êxtase. Tenho que me lembrar de continuar cheirando esses matos sempre que meu irmão acéfalo estiver por perto.

Agora é hora de sair deste buraco do inferno flutuante e ir ao encontro de Rosebud.

Sigo para o sol ofuscante e pego a mão do meu marido.

É bom ser uma pessoa novamente. Meu clone foi estraçalhado. Os crocodilos estão digerindo seu corpo deformado: seu coração retorcido, seus seios cheios de leite, seu útero.

AGRADECIMENTOS

A comunidade de marinheiros ao redor do mundo é cheia de pessoas generosas, engenhosas e inteligentes, e minha família e eu não teríamos conseguido atravessar o oceano Índico sem a amizade das famílias das embarcações *Gromit*, *Sophia*, *Utopia II*, *Simanderal*, *Water-Musik* e *Totem*. Com este romance, espero inspirar as pessoas a sair velejando. Se isso acontecer, o sailingtotem.com é um ótimo lugar para começar sua jornada.

Agradeço aos meus amigos, leitores e pesquisadores, incluindo Jessica Stephens, Cliff Hopkins, Vivien Reid, Greg Lee, Marie-Paule Craeghs, Sarah Heaslip, Nicci Duffy, Behan Gifford e Charlotte Gibbs. Qualquer erro é da minha inteira responsabilidade.

Também sou muito grata a todos da Allen & Unwin e da William Morrow. Jane Palfreyman, Ali Lavau, Elizabeth Cowell, Christa Munns e Angela Handley da Allen & Unwin, e Liz Stein e Laura Cherkas da William Morrow. E à minha gerente de direitos autorais na Allen & Unwin, Maggie Thompson, e à minha agente norte-americana, Faye Bender. Obrigada a todas vocês por acreditarem no meu original.

Também preciso agradecer à New Zealand Society of Authors e à Creative New Zealand, por me premiarem com a mentoria de Dan Myers, cujo entusiasmo me convenceu a continuar escrevendo, e ao Michael King Writers Centre por me premiar com uma residência.

Agradeço também aos meus colegas escritores da University of Auckland, incluindo Amy McDaid, Rosetta Allan, Heidi North e Paula Morris. Obrigada ao falecido Elwyn Richardson, que me aceitou como sua aluna quando eu tinha nove anos e me prometeu que algum dia eu publicaria um livro.

Agradeço aos meus filhos incríveis: Ben, que subiu no mastro para mim e que pilotou nosso iate manualmente durante longas vigílias noturnas; Moses, que ficou sozinho em vários turnos antes mesmo de chegar à adolescência e que conhece todas as espécies de peixes; Florence, que consertou tantos equipamentos e que nadou com tubarões. Agradeço, também, à minha inspiradora tia Kathryn e à minha amada mãe, Christina.

Por fim, agradeço ao meu irmão e à minha irmã. David, quando perdi você, me senti uma irmã gêmea sem sua metade. E Maddie, você me ensinou a viver novamente. Que ironia deliciosa escrever um livro sobre irmãs invejosas quando certamente não há irmãos mais livres de rivalidade do que você, David e eu sempre fomos. Este romance é de vocês tanto quanto é meu.

Primeira edição (maio/2022)
Papel de miolo Pólen soft 70g
Tipografias Bebas Neue e Libre Baskerville
Gráfica LIS